AF515079

Gregor Bähr

# Die Verleugnung

tredition

Wenn Liebe auf Kälte trifft, ist es nicht das Ende, sondern der Anfang einer dramatischen Geschichte.

## Zu diesem Buch

Wer eine große Liebe zerstört, muss damit rechnen, dass ihm auch nach vielen Jahren dafür die Rechnung präsentiert wird. Diese Erfahrung macht der einstmals erfolgreiche Drehbuchautor Peter Siegmund. Für den Film ‚Die Einsiedlerin von Rehlingen' hat er das Drehbuch geschrieben und erwartet nun auf dem Berliner Filmfestival das große Comeback. Der Zeitungsreporter Ferry Stein erfährt aber durch seine Recherchen und mit der Unterstützung eines Whistleblowers aus Berlinale-Kreisen sowohl von der unrühmlichen Vergangenheit Siegmunds in einer Liebesbeziehung als auch von den betrügerischen Machenschaften um den Film. Während Siegmund sich schon auf dem Podium bei der Preisverleihung wähnt, baut sich die Kraft der späten Vergeltung immer bedrohlicher auf.

**Gregor Bähr**

geboren als Nachkriegsmodell und aufgewachsen in wirtschaftswunderlichen Zeiten. Wurde am humanistischen Gymnasium mit Latein und Griechisch traktiert und lernte danach Offsetdrucker. Die erste Mondlandung erlebte er im Wehrdienst bei einer Sanitätseinheit. Drei Jahre nach der Studentenrevolte studierte er in Berlin Wirtschaftskommunikation und Marketing. Ein zweijähriger Sidestep in die Tourismusbranche führte ihn nach Süditalien. Nach seiner Rückkehr arbeitete er in mehreren Marketing-Agenturen. Seit dem Mauerfall ist er freier Werbetexter und schreibt seit mehreren Jahren auch Romane. Gregor Bähr wohnt in Stuttgart.

Weitere Informationen: gregor-baehr-autor.de

© 2019 Gregor Bähr

Umschlaggestaltung: Bodo Bertuleit (dein-buchcover.de)

Verlag & Druck: tredition GmbH, Halenreie 40.44,

22359 Hamburg

ISBN

Paperback 978-3-7482-5376-1

Hardcover 978-3-7482-5377-8

E-Book 978-3-7482-5378-5

Das Werk, einschließlich seiner Teile, ist urheberrechtlich geschützt. Jede Verwertung ist ohne Zustimmung des Verlages und des Autors unzulässig. Dies gilt insbesondere für die elektronische oder sonstige Vervielfältigung, Übersetzung, Verbreitung und öffentliche Zugänglichmachung.

*Gregor Bähr*

# Die Verleugnung

*Roman*

## Statt eines Vorworts

Aus Alexandras Tagebuch-Aufzeichnungen.

*Freitagabend, 18. Februar, München.*

*Eine rote Hundeleine spannt sich quer vor die Glastür des Restaurants und versperrt mir den Zugang. ‚La Quadriga' steht in eleganter Schreibschrift auf der Tür. Am einen Ende der Hundeleine ein weißer Zwergpudel, am anderen Ende die behandschuhte Hand einer Dame im weißen Pelzmantel. Sie steht da und wartet geduldig, bis ihr Hund seine gelbliche Spur in dem Altschnee hinterlassen hat. Weil der Pudel nicht vor mir, sondern hinter mir wieder zu Frauchen strebt, muss ich über die Leine wegsteigen. Das bringt mich aus dem Konzept. Aber jetzt, nachdem ich Peter endlich gefunden habe, will ich nicht wegen eines dummen Pudels im letzten Moment aufgeben.*

*Tagelang habe ich überlegt, was ich ihm sagen will. Sogar ein Manuskript habe ich geschrieben und den Text auswendig gelernt. Unzählige Male habe ich ihn aufgesagt, so wie es auch manche Schauspieler machen, wenn sie vor der Vorstellung bei mir in der Maske sitzen.*

*Ich drücke die Glastür auf und komme durch den Windfang in das Lokal. Es duftet nach Parmaschinken, gedünstetem Knoblauch und Espresso-Kaffee. Leises Klirren von Besteck auf Porzellan. Nur etwa die Hälfte der Tische ist belegt. An einem Vierertisch, ganz hinten im Raum, sitzt Peter in Begleitung. Er bemerkt mich nicht. Einen Moment überlege ich, ob ich auf dem Absatz kehrt machen soll wegen der Frau. Dann aber werfe ich die Kapuze des Par-*

*kas nach hinten, reiße mir den Wollschal vom Hals, stopfte die beiden Enden in die Seitentasche und los! Auf den Tisch zu, wo Peter mit dieser Frau sitzt. Sie ist wohl so alt wie ich.*

*Auf halbem Weg werden mir die Knie weich. Ein Ober kommt mir mit antrainiertem Lächeln entgegen. Plötzlich verschwimmt die Figur und beginnt zu schlingern. Das Bild vor meinen Augen zerfällt wie ein Puzzle und rieselt in zahllosen Fragmenten zu Boden: das schwarze Bolero-Jackett des Kellners, der verchromte Servierwagen mit den Glaskuppeln darauf, die Rotweinflasche mit Weinkrawatte, ein Kerzenleuchter. An Peters Tisch angekommen, ist mir schwindelig. Alles, was ich ihm sagen will, ist weg. Ich schaffe nur zwei Sätze: „Peter, warum bist du weggegangen? Ich bin doch schwanger!“*

*Zeitlupenlangsam wendet er den Blick von seiner Begleiterin, sieht mich unverwandt an und sagt: „Entschuldigung, kennen wir uns?“ – Ich spüre den Wahnsinnsschmerz, als hätte ich ein Messer in den Unterleib gerammt bekommen. Ich glaube, ich hab geschrien wie am Spieß, bevor ich zusammenklappte.*

*In der Notfallklinik komme ich wieder zu mir und weiß sofort: Du hast dein Kind verloren.*

# 1

Im selben Moment, als Ferry Stein sich aus dem Redaktionssystem abgemeldet und den Bildschirm ausgeschaltet hatte, spürte er das vertraute Vibrieren seines Smartphones in der Hosentasche. Die Nachricht war kurz und bündig: „Brand in Rehlingen, Ortsrand. Schofstall”. Kein Absender. Er wusste aber, von wem die Meldung kam.

Wie immer, wenn sich sein Jagdinstinkt regte, strich er sich hastig mit den Fingern durchs Haar. Denn es war keine Allerweltsmeldung über irgendeinen brennenden Heustadel irgendwo in der Gegend. Es war der Zusatz ‚Schofstall‘, der ihn elektrisierte. Denn in dem kleinen Schäfergehöft wohnte seit vielen Jahren die Frau, die alle nur die ‚Einsiedlerin von Rehlingen‘ nannten. Aber niemand schien mehr über sie zu wissen.

Kaum hatte er die SMS gelesen, griff er sich Fototasche, Voice-Recorder und Notebook, pflückte im Vorbeilaufen seine ausgebleichte Schimanski-Jacke vom Garderobenhaken und stürmte aus der Redaktion des Reutlinger Boten. Er nahm die Treppe, weil das schneller ging als mit dem Aufzug. Auf dem Verlagsparkplatz warf er sich hinters Steuer seines alten Golf und raste los. Die Borduhr zeigte 20:16 Uhr. In spätestens zwanzig Minuten würde er in Rehlingen sein. Sofern Selma nicht zu lange mit der Nachrichtenübermittlung gewartet hatte, waren bis dahin die Löscharbeiten noch in vollem Gang und er konnte dramatische Fotos vom brennenden Schofstall schießen.

Dass Selma Polizeikommissarin im Lage- und Einsatzzentrum des Reutlinger Polizeipräsidiums und seine Freundin war, behielt Stein für sich. Auch sonst grinste er nur stumm, wenn die Redaktionskollegen allerhand Vermutungen über seine Quellen bei der Polizei, im Rathaus oder Landratsamt anstellten, die ihn ihrer Meinung nach bevorzugt mit Meldungen und Hintergrundinformationen versorgten. Denn sie wollten nicht so recht glauben, dass es ihm, dem ‚Zugroista' – dem Zugereisten aus Norddeutschland – Spaß machte, den rasenden Reporter zu geben, wo es doch viel bequemer war, durch Umschreiben von Meldungen der Presse- und PR-Agenturen die Spalten zu füllen. Stein hingegen lieferte immer wieder interessante, sauber recherchierte Reportagen, die schon so manche Affäre in der Region aufgedeckt und Skandale ausgelöst hatten.

Auf dem Weg zur nächsten, vielversprechenden Story radierten die Reifen in den Spitzkehren. Im letzten Grauschleier dieses Aprilabends hetzte er den Albtrauf bergan nach Rehlingen. Vielleicht klappte es diesmal, mit der geheimnisvollen Frau ins Gespräch zu kommen. Das letzte Mal, vor einem halben Jahr, hatte er die Gelegenheit auf höchst unprofessionelle Art versemmelt. Da kam ihm auf dem zerfurchten Zufahrtsweg zum Schofstall, wo kein Ausweichen möglich war, ein klappriger, roter R4 entgegen geschaukelt. Es war das gleiche Modell in der gleichen Farbe, wie es seine Mutter gefahren hatte; mit dem sie ihn im Konfirmationsanzug zur Einsegnungsfeier gebracht hatte; mit dem er schon vor der Fahrschule heimlich Fahrversuche gemacht hatte; und wie das Auto bald danach mit der Mutter am Steuer auf der Autobahn unrettbar zwischen zwei Lkw geraten war.

Für eine Sekunde erwartete er, dass aus diesem roten R4 seine Mutter steigt. Es war eine schlanke Frau, Anfang fünfzig, mit schulterlangen, roten, grau durchwirkten Haaren. Sie trat an sein Seitenfenster, er ließ es herunter und sah in ihre Augen, die so blau waren wie die seiner Mutter. Verwirrt blieb er stumm, auch nachdem sie gesagt hatte: „Stoßen Sie bitte zurück und wenden Sie vorne an der Ecke. Hier geht's sowieso nicht weiter." Er tat, wozu sie ihn aufgefordert hatte und nahm die dreißig Meter im Rückwärtsgang. Dort wendete er und fuhr vor bis zur Hauptstraße. Erst da wurde ihm klar, dass er sich wie ein Schulbub hatte wegschicken lassen. Bis heute spürte er die Peinlichkeit seines Versagens. Mit dem Drang, mehr über diese Frau zu erfahren, wollte er den Misserfolg wettmachen.

Nach der steilen Anfahrt über die Serpentinen des Albabbruchs wand sich die Straße in weitgeschwungenen Kurven durch die hügelige Alb-Hochfläche, beiderseits Wiesen und gepflügte Äcker, dunkle Waldsäume, die sich in der späten Dämmerung kaum von der Umgebung abhoben. Kurz vor Rehlingen sah er die schwarze Rauchsäule, die schwerfällig lodernden Flammen und ihren roten Widerschein an den tief hängenden Wolken. Er bog in einen Feldweg ein, von dem er sich eine Abkürzung zu dem abseits gelegenen Schäfergehöft versprach. Mit tanzenden Scheinwerfern und bockend wie ein Rodeopferd polterte der alte Golf über den schlaglöcherigen und mit Erdklumpen übersäten Pfad. In sicherer Entfernung von dem Brand stellte er das Auto auf einem Wiesenstück neben dem Streifenwagen ab, der wohl kurz zuvor ebenfalls diesen

Weg genommen hatte. Stein kannte sich seit den beiden erfolglosen Besuchen aus. Mit umgehängtem Fotoapparat und Voice-Recorder in der Jackentasche hastete er an dem Maschendrahtzaun und den Buchsbaumhecken entlang, die das Anwesen umgaben. Bei dem Sprint kam er außer Atem. Denn er war zwar ein Schlacks, aber mit Sport hatte er nie viel am Hut gehabt. Wo Zaun und Hecke im rechten Winkel abbogen, musste er verschnaufen. Wie immer bei solchen Anlässen sah er die Schaulustigen sich drängeln. Sie drückten und pufften mit den Ellbogen, um die besten Plätze in der ersten Reihe zu ergattern, dahinter machten sie lange Hälse und alle zusammen behinderten die Rettungskräfte. Eine fette Menschentraube drückte gegen das Schwenkgatter zum Grundstück, so dass die beiden Polizisten Mühe hatten, die neugierigen Rehlinger von den Feuerwehrfahrzeugen und den Löschtrupps fernzuhalten. Es war zwar nur der Geräteschuppen, der da brannte, doch er bot ein Schauspiel, das die Dörfler mit uneingestandener Lust am dramatischen Spektakel beobachteten und kommentierten.

Sogleich bahnte sich Stein einen Weg durch die Neugierigen auf der Suche nach der Einsiedlerin. Immer wieder fragte er, ob jemand wisse, wo die Frau sei. Da er keine vernünftigen Antworten bekam, schoss er Fotos für den Zeitungsartikel. Er musste genügend Informationen sammeln, damit der Bericht morgen in der Freitagsausgabe erschien. Wieder strich er sich mit der Rechten durch den Haarschopf, als er den Chef vom Dienst in der Redaktion anrief, um eine halbe Seite zu reservieren. Der lamentierte, dass er den ganzen Umbruch über den Haufen werfen müsse, „nur weil der Herr Stein glaubt, wieder mal eine Super-Story auf der Pfanne zu haben." Der CvD wusste aber auch, dass Ferry kein Heißluftgenerator war und versprach ihm „vier Spalten à 28 Zeilen, inklusive Fotos. Mehr geht nicht!"

Der Reporter musste sich sputen. Bald war Redaktionsschluss und er hatte noch nicht genügend Informationen. Vor allem wollte er die Bewohnerin des Anwesens ausfindig machen. Polizei und Feuerwehr waren momentan zu sehr beschäftigt, um seine Fragen zu beantworten. Die Schaulustigen am Gatter palaverten alle durcheinander, doch keiner wusste Konkretes. Nur die Nachbarin, die auch die Feuerwehr gerufen hatte, erzählte ihm wortreich von den Vorgängen und ihren Beobachtungen. Nein, die Einsiedlerin habe sie nicht gesehen und sich auch schon gefragt, wo sie wohl sei. Mehr wusste sie nicht und verwies Stein an Irene Kehl, der das Schäfergehöft gehörte und etwas abseits von den Gaffern stand. Nur zögernd und sichtlich mit den Tränen kämpfend, beantwortete sie ihm ein paar Fragen und äußerte stockend die Befürchtung, dass ihre Mieterin, Alexandra Gehrwein, in den Flammen umgekommen sein könnte. Das hätte sie auch schon der Feuerwehr und der Polizei gesagt. Sie hätte Alexandra gesucht, jedoch nicht gefunden, obwohl ihr R4 doch auf dem Hof vor der Tür stünde. Die Feuerwehr habe sofort in der Wohnung nachgesehen, wo sie auch nicht gewesen sei. Mit einer Mischung aus Bedauern und Enttäuschung nahm Stein zur Kenntnis, dass er Alexandra Gehrwein wahrscheinlich nicht mehr würde interviewen können. Umso mehr musste er sich nun an die Einsatzkräfte halten. Irene

Kehl nannte ihm noch die Telefonnummer von ihrer Cousine. Carla Savino sei Alexandras beste Freundin – „gewesen“ fügte sie verzögert hinzu.

Mittlerweile war das vierköpfige Ermittlerteam der Kripo eingetroffen. Stein fotografierte die Beamten bei den Vorbereitungen zu ihren Untersuchungen der Brandstelle, während die Feuerwehrmänner ihre Löscharbeiten einstellten. Auch Fotos von dem zerstörten Schuppen nahm er auf, den die Scheinwerfer der Spurensicherung nun taghell ausleuchteten wie bei einem Tatort-Krimi. Vor dem nachtschwarzen Hintergrund stiegen Qualm und Löschwasserdampf aus den verkohlten Holz- und Mauerresten auf, stechender Gestank hatte sich ausgebreitet. Dazwischen die beiden gespenstischen Gestalten der Beamten mit ihren Atemschutzmasken und weißen Einmal-Overalls. Sie untersuchten das Innere des Schuppens, während der Einsatzleiter und seine Kollegin mutmaßliche Zeugen befragten.

Stein blieb so lange am Unglücksort, bis er mit dem Feuerwehrkommandanten, dem Leiter des Ermittlungsteams und dessen Kollegin, Kriminalhauptkommissarin Nicole Berndes, gesprochen hatte. Sie bestätigten ihm, dass ein verkohlter Leichnam im Schuppen gefunden worden sei. Es handele sich mit größter Wahrscheinlichkeit um die sterblichen Überreste der vermissten Alexandra Gehrwein. Dies müsse jedoch die Gerichtsmedizin bestätigen. Demnach war es wohl endgültig, dass er diese Frau nicht mehr näher kennen lernen konnte. Erneut stieg der Ärger in ihm darüber auf, dass er damals die beste Gelegenheit zum Interview nicht genutzt hatte.

Bisher wusste niemand der neugierigen Rehlinger vom Tod der Einsiedlerin, obwohl sie es ahnten. Kurz vor Steins Rückfahrt in die Redaktion traf ein dunkler Kombi mit verhängten Fenstern ein. So wurde schon jetzt für die Schaulustigen zur Gewissheit, was am nächsten Morgen im Reutlinger Boten zu lesen war:

> ***Tod in den Flammen. – Brand fordert ein Menschenleben.***
> *Am Donnerstagabend kam die geheimnisvolle ‚Einsiedlerin von Rehlingen', Alexandra Gehrwein (53), beim Brand auf dem einstigen Schäfergehöft ‚Schofstall' ums Leben, wo sie seit vielen Jahren wohnte. Sie hielt sich gerade im Geräteschuppen auf, als eine Explosion den Brand auslöste. Der Schuppen wurde völlig zerstört.*
>
> *Im Fernsehen lief gerade die Tagesschau, da wurde Hilde M. durch einen lauten Knall und splitterndes Glas aufgeschreckt. Sie stürzte zum Fenster und sah, wie drüben, etwa hundert Meter entfernt, aus den zerstörten Fenstern des Geräteschuppens schon die Flammen schlugen. Sofort rief sie die Feuerwehr an, die wenige Minuten später vor Ort eintraf. Dank des schnellen Eingreifens der Rehlinger Löschstaffel und der Verstärkung aus dem Nachbarort Grolingen konnte ein Übergreifen der Flammen auf das Wohngebäude verhindert werden.*

*Nach Abschluss der Löscharbeiten nahm die Kripo Reutlingen die Ermittlungen auf, die zur Stunde andauern. In den Trümmern wurde ein verkohlter Leichnam gefunden, bei dem es sich wahrscheinlich um die Bewohnerin handelt. Bisher ist nicht bekannt, ob das Geschehen auf Fahrlässigkeit, unglückliche Umstände oder Vorsatz zurückzuführen ist.*

*Insbesondere gibt die Person der Getöteten, Alexandra Gehrwein, Rätsel auf. Nach Aussage ihrer Vermieterin war sie schon als junge Frau in den Schofstall eingezogen und lebte dort allein. Kontakte nach außen seien äußerst spärlich gewesen.*

*Die wenigen Anhaltspunkte über das Leben der ‚Einsiedlerin' sorgten in der Bevölkerung für allerlei Vermutungen und Gerüchte, unter anderem, dass sie doch nicht so allein lebte, wie es den Anschein hatte. Vielmehr gibt es Meinungen, wonach sie lange Zeit mit einem Mann im Rollstuhl zusammengelebt habe. Was aus diesem geworden sei, wisse man nicht. Wie gesagt: Gerüchte. Die weiteren Ermittlungen werden Klarheit bringen über den Tod von Alexandra Gehrwein, der Einsiedlerin von Rehlingen. Wir werden weiter darüber berichten.*

Dem Artikel fügte er zwei Fotos bei: eines vom brennenden Geräteschuppen und ein weiteres von den ermittelnden

Beamten in den weißen Overalls im Gebäudeinnern. Dazu schrieb er passende Bildunterschriften und schickte den Bericht gegen halb zwölf in der Nacht ab – rechtzeitig vor Redaktionsschluss.

Den letzten Satz des Artikels hatte er so selbstsicher schreiben können, weil er die Kommissarin Nicole Berndes noch am Brandort auf ein Dinner im Restaurant eingeladen hatte, natürlich „ganz privat", um jeden Verdacht eines Bestechungsversuchs auszuschließen. „Ich kann am Montagabend den Vorab-Ausdruck der Pressemeldung mitbringen, die am Dienstag sowieso veröffentlicht wird. Das ist dann sozusagen eine vorgezogene Pressekonferenz im kleinen Rahmen", grinste sie und rechtfertigte so ihre Zusage und vielleicht nicht ganz korrekte Informationsbereitschaft.

*

In Situationen, wenn ihm eine Person gegenübersaß, von der er sich interessante Informationen erhoffte, war Stein wie ausgewechselt: nicht mehr der mit Voice-Recorder und Fotoapparat hektisch hantierende Reporter, der Jedem das Mikrofon unter die Nase hielt und Fragen stellte. Viel mehr wurde er so zahm wie ein schnurrender Kater – scheinbar. Denn bei sensiblen Recherchen wickelte er mit dieser Taktik sein Gegenüber in eine Samtdecke ein. Rasch verloren die Befragten das vielleicht anfängliche Misstrauen bei einem vermeintlich harmlosen Gespräch und die darin eingestreuten Fragen. Auf diese Weise hatten schon einige der lokalen ‚Großkopfeten' und Würdenträger, die etwas zu sehr gekungelt hatten, erst im gedruckten

Artikel bemerkt, was sie dem Reporter alles preisgegeben hatten.

An diesem Montagabend im ‚Stadttor' war der schnurrende Kater keine Tarnung. Viel mehr hätte er sich nach dem zweiten Viertel Veltliner am liebsten von Nicole Berndes hinterm Ohr kraulen lassen. Der Grund war zum einen, dass sie ausführlich auf seine Fragen zu den Ermittlungsergebnissen antwortete, zum anderen, dass er glaubte, ein gewisses Knistern zwischen ihnen zu spüren.

Beflügelt von dieser Begegnung lag er nach diesem Treffen halb liegend auf seiner Chaiselongue im Wohnzimmer, auf den leicht angewinkelten Oberschenkeln lag das Notebook. Die Finger glitten über die Tastatur für den zweiten Artikel, der morgen, am Dienstag, erscheinen sollte:

> ***Eine explosive Mischung. – Zum Tod der Einsiedlerin.***
> *Eine Explosion war Schuld am Brand, in dem die Einsiedlerin von Rehlingen ums Leben kam. Die aktuellen Ermittlungsergebnisse beantworten die Fragen, wie und warum es zu der Brandkatastrophe kommen konnte.*
>
> *Der Hergang des Geschehens spielte sich nach den Erkenntnissen der Polizei mit hoher Wahrscheinlichkeit so ab, dass Alexandra Gehrwein kurz nach 20 Uhr den Geräteschuppen betrat, um dem scharfen, Essig ähnlichen Geruch auf den Grund zu gehen, den sie von ihrer Wohnung aus bemerkt hatte. Die Ursache waren Verdunstungsgase ei-*

*ner größeren Menge Aceton, die aus einem lecken Kunststoffkanister ausgelaufen war. Da es inzwischen nahezu dunkel war, betätigte sie den Lichtschalter für die Glühbirne, die lose am Draht von der Decke des Schuppens herabhing. Die elektrische Installation war so marode, dass es zu einem Kurzschluss kam. Dessen Funke entzündete die hoch explosiven Acetondämpfe. Frau Gehrwein wurde durch die Wucht der Explosion zu Boden gerissen und blieb auf dem Zementfußboden besinnungslos in der bis dahin nicht völlig verdunsteten Aceton-Lache liegen. In dieser Stellung wurde ihr Leichnam gefunden. Mit der Explosion entzündete sich die ausgelaufene Flüssigkeit und reagierte brandbeschleunigend. Außerdem sorgten die zerberstenden Fensterscheiben für eine schlagartige Sauerstoffzufuhr, so dass sich das Feuer innerhalb von Sekunden im Schuppen ausbreitete. Weitere Acetonbehälter und mehrere Plastikkanister mit Flüssig-PVC begannen zu schmelzen, deren auslaufender Inhalt fing ebenfalls Feuer. Neben allerhand Gartengeräten und Werkzeugen wurden vom Feuer auch ein Kleiderschrank mit Herren-Oberbekleidung, eine Kettensäge und ein Rollstuhl zerstört. Für die Polizei steht fest, dass Frau Gehrwein durch ein tragisches Unglück ums Leben kam, das sie unbeabsichtigt selbst auslöste.*

*Ungeklärt ist jedoch bisher, warum Aceton und Flüssig-PVC in dem Schuppen gelagert waren. Was machte die Bewohnerin damit? Und was hat es mit dem ausgebrannten Rollstuhl, der zerstörten Kettensäge und der angekokelten Sammlung an Herrengarderobe in dem Kleiderschrank auf sich? Und überhaupt, wer war die einsame Frau wirklich? Im nächsten Bericht wollen wir auf diese Fragen schlüssige Antworten liefern.*

Nachdem er den Artikel abgeschickt hatte, stand Ferry Stein an dem Fenster seiner kleinen Altbauwohnung, das ihn auf die Brandmauer des Nachbargebäudes blicken ließ. Dort, im Lichtausschnitt seines Fensters, sah er sich als Silhouette. Nachdenklich zwiebelte er seine Nasenspitze zwischen Daumen und Zeigefinger, während die Gedanken ungeordnet durcheinander stolperten: einerseits die biedere Atmosphäre des Gasthauses ‚Am Stadttor‘ mit Eiche rustikal allerorten, der Fußboden in beige Keramikfliesen, Fenster mit Butzenscheibenimitat. Andererseits war er von der jungen Frau angetan, die schätzungsweise vier oder fünf Jahre jünger war als er, also um die 28. Ihm gefiel, dass Sie lässig, souverän und schlagfertig war und kein Blatt vor den Mund nahm. Alles, was sie über ihre Ermittlungen im Brandfall Schofstall referiert hatte, verriet fundierte Fachkenntnis.

Selma war ganz anders: einerseits oft eigensinnig bis zur Sturheit, manchmal auch launisch und eifersüchtig.

Andererseits verwöhnte sie ihn gern mit einer hingebungsvollen Schmiegsamkeit. Und ihre bronzefarbene Stimme konnte Stein bis heute Schauer über den Rücken jagen, allerdings nur, wenn sie nicht wütend war. Dann überlagerte ein raues Kreischen die bronzene Schwingung. Eines Tages freute er sich über ein Rosenstöckchen im Blumentopf, das sie ihm schenkte. Ja, das war Symbolik pur: die rote Blüte der Liebe, die zuweilen verletzenden Dornen, die Stein ebenso wie Selmas Besitz ergreifende Liebe zu spüren bekam. Bis vor kurzem hatte er die Pflanze auf dem Fensterbrett zuverlässig einmal pro Woche gegossen. In letzter Zeit hatten sich jedoch Unregelmäßigkeiten eingeschlichen.

Jeder Besucher von Steins Wohnung im zweiten Stock des Altbaus fand den Blick auf die Brandmauer des Nachbargebäudes hässlich. Zum Ausgleich hatte die Küche nach hinten einen großen Balkon zum begrünten, weitläufigen Hinterhof mit zwei alten Kastanienbäumen. Die Fenster des Wohnzimmers lagen zur Straße.

Er blickte gerne auf die Brandmauer, wenn er über etwas nachdenken wollte. Sie diente ihm als neutrale Projektionsfläche, auf die er Gedanken warf und Ergebnisse zurück bekam. Ein Ergebnis seiner soeben angestellten Überlegungen war, dass er Nicole attraktiv fand. Das hieß zunächst nicht viel. Er war zwar ein passionierter und ausdauernder Jäger, aber nur beruflich, wenn er Spuren zu brisanten Themen und Personen verfolgte. Was Frauen betraf, war er eher ein unangestrengter Sammler, der Gelegenheiten wahrnahm, wenn sie sich ihm boten. Selma hatte er vor zwei Jahren beim Tag der offenen Tür des Polizeipräsidiums kennen gelernt, als sie Besuchern die Funktion und Aufgaben des Lage- und Führungszentrums erklärte. Dort war sie in der Nachrichtenübermittlung tätig.

Das Handy in der Hosentasche gab Laut: „Morgen, 14 Uhr, am Schofstall. Haben Sie Zeit? N.B.", las er. Es war nicht Selma, sondern Nicole Berndes. Fein, dachte er, sogar super – nicht nur wegen der Aussicht auf weitere Informationen für den geplanten nächsten Artikel über Alexandra Gehrwein. Er antwortete mit „ok" und ging zu Bett.

*

„Na, Sie waren ja noch recht fleißig, gestern Abend, nach unserem Date im Stadttor", empfing Nicole Berndes den Reporter, der soeben Alexandras Wohnbaracke betreten hatte. „Demnach haben Sie meinen Artikel im ‚Boten' gelesen?" – „Habe ich. Alle Achtung, wie Sie die nüchternen Ergebnisse unserer Ermittlungen dramatisch in Szene gesetzt haben", spöttelte sie grinsend. Er lächelte zurück und meinte: „Jeder macht seinen Job wie er kann." Stein sah sich in dem Wohnraum um, der den Eindruck machte, als wäre er nur für einen Moment verlassen worden: die abgelegte Strickjacke über der Armlehne des abgewetzten Plüsch-Ohrensessels am Fenster; das Geschirr im Abtropfgestell des Spülsteins; mitten im Raum, auf dem Küchentisch, ein Tee-Set im blauen China-Dekor mit Kanne und Tasse, ein Schüsselchen mit Kandisbrocken; daneben die angebrochene Blisterpackung eines Herzmedikaments. Stein machte Fotos und ging in den hinteren Teil des Raums wo der abgebeizte Trödel-Bauernschrank und das

Bett standen. Auf dem Boden vor dem Bett zwei Bücher, eines mit Lesezeichen. Ein Nachtkästchen gab es nicht, dafür eine Stehlampe aus der Nierentisch-Ära. Im Wandregal über dem Bett lagen zwei Stapel der Zeitschrift ‚Theater heute'. „Hatte Frau Gehrwein irgendwas mit dem Theater zu tun?" fragte er die Polizistin. „Ja, sie war gelernte Maskenbildnerin und arbeitete bis zu ihrem ‚Exil' am Staatstheater in Stuttgart. Die Zeitschriften brachte ihr wahrscheinlich ihre Freundin Carla aus Stuttgart mit." Während Nicole Berndes' Antwort hatte Stein die mit Büchern vollgestopften Regalbretter inspiziert. „Sage mir, was du liest, und ich sage dir, wer du bist", fiel ihm dazu ein. Mehrere Exemplare zu Psychotherapie und Psychoanalyse standen da. Recht abgenutzt und wohl am meisten gelesen war ‚Traumabewältigung'. Zu der Bibliothek gehörte auch das bekannteste Buch von Erich Fromm: ‚Die Kunst des Liebens', außerdem ‚Zen-Buddhismus und Psychoanalyse' und zwei Ratgeber zu Meditation und Yoga. Auf drei Regalebenen waren Science-Fiction- und Fantasy-Taschenbücher versammelt: von Isaac Asimov und Stanislaw Lem über Tolkien bis Harry Potter. Verwundert las er die Rückentitel. Wovor war diese Frau geflohen, wenn sie solche moderne Märchen las?

Als er sich der Kommissarin zuwandte, fiel ihm ein weiteres, aus Brettern roh gezimmertes Regal auf, das neben dem Fenster an der Wand befestigt und mit Aktenordnern vollgestellt war. Alexandra Gehrwein schien eine ordnungsliebende Person gewesen zu sein. Jeder Ordner war mit Filzstift sauber beschriftet. Die meisten mit Jahreszahlen, beginnend bei 1984. Auf dem alten Schreibtisch, direkt unter dem Fenster, stand eine alte, mintgrüne Schreibmaschine, Modell Adler. Dort saß die Polizistin, wie immer in Zivilkleidung, lässig mit halbem Po auf der Tischkante und wartete geduldig, bis Stein mit seinem Rundgang und dem Fotografieren fertig war. Sie hielt ihm ein beiderseits von Hand beschriebenes Blatt Papier entgegen: „Hier, der angefangene Brief, von dem ich Ihnen gestern Abend erzählt hatte" sagte die Kommissarin und reichte ihm das Schriftstück. Die krakelige, aufrechte Schrift war für Stein nicht leicht zu entziffern. Er las die Anrede und wollte gleich wissen: „Wer ist dieser Peter?“ – „Alles weist darauf hin, dass es sich um Peter Siegmund handelt. Der war vor 27 Jahren Grund und Auslöser für Alexandra Gehrweins Entscheidung zum Einsiedlerinnen-Dasein. Jedenfalls ist das aus einem der ersten Blätter ihrer Aufzeichnungen zu entnehmen. Aber lesen Sie erst mal den Brief.“

*Rehlingen, 4. April 2012*

*Lieber Peter,*

*aus der Tiefe der Vergessenheit erreicht dich mit diesem Brief eine Nachricht, die dich vielleicht überraschen wird. Doch ich glaube, dass es eine gute Nachricht für dich ist.*

*Ich will keinen langen Brief schreiben, sondern dir nur mitteilen, dass ich mich in einigen Tagen einer Herzoperation unterziehen muss. Und wie das wohl jeder vernünftige Mensch in einer solchen Situation macht, regele ich vorher meine Angelegenheiten für den Fall der Fälle.*

*Vor einiger Zeit habe ich erfahren, dass du Drehbücher schreibst. Da dachte ich mir, dass dich evtl. meine Auf-*

*zeichnungen, die ich seit 28 Jahren gemacht habe, aufgrund deiner beruflichen Tätigkeit interessieren könnten. Ich meine damit, dass sie Basis für ein Film-Drehbuch sein könnten. Einen Arbeitstitel hätte ich auch schon: ‚Die Einsiedlerin von Rehlingen', weil die Leute hier mich so nennen. Denn ich lebe in großer Zurückgezogenheit auf diesem kleinen Schäfer-Gehöft. Ich habe mich unmittelbar nach meiner großen Niederlage dorthin zurückgezogen, um die Folgen auszukurieren.*

*Ganz frei, auch frei von jeder Schuldzuweisung demjenigen gegenüber, durch den mein Ungemach ausgelöst wurde, lebe ich hier nun in Ruhe, denn die großen, inneren Schlachten sind geschlagen. Sollte ich die Operation nicht überleben, möchte ich, dass du dir die Aufzeichnungen unter dramaturgisch verwertbaren Gesichtspunkten ansiehst. Dann entscheide, ob du daraus was machen willst.*

*Am 14. April wird die OP sein, wenn ich danach*

Stein blickte auf und zwiebelte wieder nachdenklich seine Nasespitze. Warum brach der Brief mitten im Satz ab? Konnte es sein, dass Alexandra in diesem Moment den beißenden, säuerlichen Acetongeruch wahrnahm, spontan aufstand und in den Geräteschuppen ging, um nachzusehen? Gab es tatsächlich das unglaubliche Zusammentreffen des „Falls der Fälle" genau in dem Moment, als sie ihren letzten Willen formuliert hatte? Er legte das Blatt auf den Tisch, schob Teekanne und Kandiszucker beiseite und fotografierte die beiden Blattseiten formatfüllend, so dass er den Brief später erneut lesen konnte. Sein Blick ging zu den Aktenordnern im Regal. Nicole Berndes folgte ihm mit dem Kommentar: „Alles Tagebücher, die mit den Jahreszahlen. Oder sagen wir mal: Journale der etwas anderen Art. Ich schreibe auch welche, aber halt handschriftlich in Leerseitenbücher, die es in jedem Schreibwarenladen gibt. Hier ist alles mit Maschine geschrieben." Einen der Ordner hatte sie auf die Schreibmaschine gelegt und aufgeschlagen. Dem entnahm sie das oberste Blatt: „Hier, der letzte Eintrag vom vergangenen Mittwoch ...", unnötigerweise ergänzte sie: „... ein Tag vor ihrem Tod. Das Blatt war schon im Ordner abgeheftet." Ferry trat neben Nicole an den Schreibtisch. Sie duftete nach einem samtenen, fruchtigen Parfüm. Er war sich sicher, dass sie gestern Abend im Restaurant nicht, jedenfalls für ihn nicht wahrnehmbar, duftete. Sein Puls bekam einen sanften Tritt. Sie reichte ihm das Blatt, das er ebenfalls las, nun flüssiger, weil der Text mit Maschine geschrieben war:

*Donnerstag, 5. April*

*Muss endlich die sterblichen Überreste meiner Männer entsorgen. Die Plastiksäcke im Schuppen liegen schon viel zu lange. Wird ein ziemlicher Stress. Mehrere Nachtfahrten in die Umgebung zu herausgestellten Müllcontainern sind nötig. In zehn Tagen ist die OP. Da muss das erledigt sein.*

*Habe Angst wegen der OP. Was, wenn sie schief geht? Dann doch lieber über den Jordan gehen als ohne OP nach Herzinfarkt im Rollstuhl dahinzusiechen. Falls ich auf der Strecke bleibe, will ich, dass Peter Siegmund meine Aufzeichnungen erhält. Nur für alle Fälle. Eigentlich sollte ich der modernen Medizin vertrauen. Muss noch den Brief an ihn schreiben.*

Bisher hatte Ferry Stein geglaubt, dass ihn so leicht nichts schockieren konnte. Doch das hier brachte seine Fassung schlagartig in Schieflage: „... die sterblichen Überreste meiner Männer entsorgen ... in Müll-Containern ...” War Alexandra Gehrwein eine Serienmörderin? Mit betont neutraler Mine beobachtete die Kommissarin die Fragezeichen in seinem Gesicht. „Die Aufzeichnungen haben wir natürlich schon am Donnerstagabend entdeckt und uns angesehen”, meinte sie in sachlichem Ton. Dann musste sie doch über ihren gelungenen Coup lächeln, dass sie den Reporter aus der Fassung gebracht hatte. Amüsiert sprach sie weiter: „Mundinger, mein Chef, war auch erst mal perplex. Dann haben wir die beiden Kollegen von der Spurensicherung gefragt und uns am Freitag die Ordner genauer angesehen. Bekanntlich ist für unseren Job eine gute Kombinationsgabe die Kernkompetenz Nummer Eins. Wir haben also schnell herausgefunden, wie alles zusammenhängt zwischen den Überresten des Rollstuhls, der ausgeglühten Kettensäge, den angekokelten Männerklamotten und den zerstückelten Torsoteilen.” – „Welche Torsoteile?“ fragte Stein, nun noch mehr verwirrt. „Das ist ja wie im Horrorfilm.” – „Ich will es mal ‚mysteriös’ nennen, weil wir die Gründe der Verstorbenen für ihre Aktivitäten nur vermuten. Die Ordner dort im Regal brauchten wir nicht von vorne bis hinten durchzulesen weil die gesammelten Indizien auf eine völlig harmlose Erklärung hinauslaufen. Und Vermutungen sind – im Gegensatz zu Ihrem Geschäft – für uns uninteressant, wenn sie keine Bedeutung für die Ermittlungsergebnisse haben.”

Während er auch dieses Schriftstück abfotografierte, wiederholte er in Gedanken: „... im Gegensatz zu Ihrem Geschäft ..." Ein weiterer ein Seitenhieb wie vorhin mit dem „dramatisch in Szene gesetzt". Diesmal lächelte er nur andeutungsweise und blickte ihr offensiv in die Augen, als er ihr das Blatt zurückgab. Es waren glänzende, braune Augen. Nicole hielt dem Blick stand und fuhr fort: „Gestern Abend hatte ich Ihnen doch von den Fundstücken berichtet, die aus Pappmaschee und zum Teil aus dünnem Drahtgeflecht mit einer Beschichtung aus Glasfaser und Kunststoff gefertigt waren. Dafür brauchte sie das Flüssig-PVC und das Aceton in den Kunststoffkanistern. Auch die Glasfasermatten haben wir gefunden, allerdings völlig verrußt." Wieder trafen sich ihre Blicke, buchstäblich nur einen Augenblick lang, aber lange genug, dass Stein eine gewisse Verlockung spürte. „Ich wollte allerdings Ihre Fantasie nicht unnötig beflügeln, so dass Sie am Ende sensationsheischende Spekulationen veröffentlichen. Deshalb habe ich Ihnen verschwiegen, dass es sich ursprünglich um die Einzelteile von lebensgroßen Puppen handelte. Die wurden von Alexandra Gehrwein irgendwann mit der Kettensäge zerlegt. Sie war also keine Männer vernichtende Massenmörderin, sondern eine Puppenbauerin, die ihre Erzeugnisse offenbar in Männerkleidung steckte und in den Rollstuhl setzte. Was sie zu dieser ungewöhnlichen Tätigkeit veranlasste, konnten wir bis jetzt nicht herausfinden. Auch nicht, warum sie die Puppen wieder zersägte. Vielleicht steht dazu etwas in einem der Aktenordner hier." – „Und warum erzählen Sie mir erst jetzt davon, was Sie schon gestern Abend wussten? Schließlich könnte ich mach wie vor eine Räuberpistole daraus machen, was Sie mir ja unterstellen." – „Weil ich Ihnen die Überreste zeigen will und Sie hoffentlich sachlicher darüber berichten, wenn Sie das verbrannte Gerümpel gesehen haben. Denn etwas anderes als Gerümpel ist es nicht. Gehen wir rüber." Warum sie schlagartig in einen fast abweisenden Tonfall gewechselt war, konnte er sich nicht erklären. War sie wegen seiner Bemerkung nun eingeschnappt? Er folgte ihr in engem Abstand und sog wie ein Raucher auf Entzug tief den samtigen Duft ihres Parfüms ein. Gerade eben war sie ganz entspannt und jetzt, ohne Vorwarnung, kühl wie eine Grabkammer. Ferry Stein sah sich wieder einmal in seinem Standardspruch bestätigt: „Soll mal einer schlau werden aus den Frauen. Ich nicht."

Am Eingang zur Brandruine wurde ihr Parfümduft brutal vom penetranten Brandgeruch verdrängt. Nahezu alles war von einer Rußschicht bedeckt. Die übereinander gestürzten, chaotisch ineinander verkeilten Trümmer, der verkohlte Kleiderschrank, die Reste der Kettensäge, das ausgeglühte Gerippe des Rollstuhls, die rundum versengten Zeitungsstapel, ein Berg an undefinierbaren Brocken, wahrscheinlich die zersägten Puppenteile – alles war schwarz. „Die Kanister des Flüssig-PVC sind durch die Hitze des brennenden Acetons geschmolzen", begann Nicole Berndes ihren Fachvortrag. „Der Inhalt verteilte sich großflächig und entzündete sich ebenfalls. Wenn aber Flüssig-PVC ausschließlich unter Zufuhr von normaler Umgebungsluft verbrennt, reicht der Sauerstoffgehalt nicht für eine optimale chemische Reaktion aus. Das heißt, dass der Kohlenstoff in den PVC-Molekülen nicht vollständig mitverbrennt. Es entsteht Ruß ...” Stein wollte sie unterbrechen mit dem Hinweis, dass er im Chemieunterricht hinreichend aufgepasst hätte und Bescheid wüsste. Doch sie ließ ihn nicht zu Wort kommen: „... der zum Teil in den heißen Verbrennungsgasen mitgerissen wird, daher der tiefschwarze Rauch, den Sie während der Löscharbeiten beobachten konnten. Der Rest des Kohlenstoffs, der nicht durch die thermischen Kräfte fortgetragen wird, lagert sich als Rußschicht in unmittelbarer Nähe des Brandherdes ab. Unter diesem Rußfilm kann man kaum sachdienliche Objektuntersuchungen vornehmen, frei nach dem Motto: Wie Sie sehen, sehen Sie nichts.” Mit dem letzten Satz ihres Fachvortrags lächelte die Kriminalistin wieder. Er war erleichtert und freute sich über das kleine Wortspiel, dem sogleich ein weiteres folgte: „Es war buchstäblich Schwarzarbeit für die Spurensicherung, aus diesem Chaos verwertbare Erkenntnisse zu gewinnen.”

Als professioneller Schreiber liebte er solche Wortspiele und vergab deshalb an Nicole viele Bonuspunkte. Nur ein paar Schritte entfernt entdeckte er die Kreidemarkierung, wo die Polizei Alexandras Leichnam vorgefunden hatte. Davon wollte er mit der umgehängten Kamera Fotos machen. Vorsichtig, aber nicht vorsichtig genug, jonglierte er durch die Trümmer. Die Kommissarin warnte ihn: „Bleiben Sie lieber hier. Oder wollen Sie als Neger nach Hause fahren?” Sein irritierter Blick zu ihr wegen des politisch unkorrekten ‚Negers‘ und die daraus folgende, ungeschickte Bewegung kostete ihn das Gleichgewicht. Hastig griff er nach einem verkohlten Holzbalken. Der lag nur lose und gab nach. So fand sich Ferry unversehens auf dem Ruß überzogenen Zementfußboden sitzend wieder. Er besah sich die schwarze Innenseite seiner Hand und fluchte: „Scheiß Ruß, verdammter."

Die Kommissarin verkniff sich eine weitere spöttische Bemerkung und schadenfrohes Grinsen. Sie schlängelte sich an den Trümmern vorbei zu Ferry Stein und reichte ihm hilfreich die Rechte. Der griff spontan mit seiner verrußten Hand zu. Mit herzhaftem Händedruck und kräftigem Armzug stellte sie ihn wieder auf die Beine. Stein konstatierte: eine gut durchtrainierte Polizistin. „Rumdrehen", kommandierte sie und inspizierte seinen Hosenboden. „Knackiger Arsch, aber die Hose ist reinigungsbedürftig", kicherte sie, und ging voraus zur Wohnung. Vor der Haustür zogen sie die Schuhe aus und durchquerten den Raum zu dem alten Spülstein. Darunter, hinter dem Vorhängchen, kramte sie Neutralseife und eine grobe Handbürste hervor. Während sich beide gleichzeitig die Hände wuschen, spürte er ihre Schulter an seiner, und er war sich sicher, dass es nicht zufällig war. Er spürte die Bewegungen ihres Oberarms, der warm und fest war. Sie hatte sich mit dem seitlich hängenden Geschirrtuch die Hände getrocknet und gab es an ihn weiter.

„Hosen runter," befahl sie plötzlich. Er drehte sich verdutzt nach ihr um. Da er zögerte, meinte sie: „Hey, Junge, so kannst du dich nicht ins Auto setzen. Du ruinierst den Sitz. Erst muss die Hose wenigstens notdürftig gereinigt werden. Also, was ist ...?" Er wollte Einspruch erheben, doch sie trat kurz entschlossen ganz nah an ihn heran, blickte ihm herausfordernd in die Augen und griff nach seinem Hosengürtel. „Du bist nicht der erste Mann, den ich in Unterhosen sehe", raunte sie. „Du lässt mir keine andere Wahl", antwortete er, umfasste sie mit beiden Armen, presste ihren Körper gegen seinen, berührte probehalber ihre Lippen mit seinen und da sie es geschehen ließ, küsste er sie nachdrücklicher, probierte einen Zungenschlag, den sie jedoch abwehrte, worauf er ihren Hals mit zwei Küssen bedachte. Seine Hände glitten über ihren Rücken, er spürte das Band und den Verschluss ihres BH. Daran tastete er sich seitwärts nach vorn. Sie trug ein stabiles Modell, das seinem Tastsinn keine Chance gab. Als er sich an den Knöpfen ihrer Bluse zu schaffen machen wollte, schob sie ihn sanft von sich und sagte: „Nein, nein. Du bist dran." – „Womit?" fragte er dümmlich. – „Mit der Hose. Du brauchst eine entrußte Hose. Oder willst du in der Unterhose nach Hause fahren?" Dabei grinste sie wieder frech. „Doch nicht jetzt." – „Ach so, ich verstehe. Na ja, du kannst dich ja beim Ausziehen wegdrehen, wenn dir das Zelt peinlich ist, das du aufgestellt hast." – „Ein durchtriebenes Luder bist du. Das ist Erpressung. Du willst nur, dass ich mich vor dir lächerlich mache." Dann glaubte er, die rettende Idee zu haben. Überhaupt, warum war er nicht gleich darauf gekommen: „Ich behalte die Hose an. Gib mir die Bürste, ich schrubbe mir den Ruß selbst vom Hintern." Nicole rollte genervt die Augen: „Das kannst du vergessen. Du massierst den Ruß nur ins Gewebe ein und wenn du dich ins Auto setzt, löst er sich wieder und du drückst ihn mit deinem Hintern ins Sitzpolster. Dass man einem einigermaßen intelligenten Menschen Vorträge über reinigungstechnische Banalitäten halten muss, ich fasse es nicht." – „Das Wort ‚einigermaßen' bitte ich ersatzlos zu streichen", beschwerte er sich.

Er sah sich suchend um, weil er einen weiteren Einfall hatte, nämlich etwas Verwendbares zu finden, das er auf den Sitz legen konnte. Nicole erahnte seine Absicht und sagte entschieden: „Nix da! Hier verlässt keine Stecknadel den Raum. Wenn wir gehen, schließe ich ab und versiegele amtlich den Zugang wieder. Da darf nichts fehlen. Warte mal!" Sie verschwand durch die Tür zu ihrem Dienstwagen und kam kurz darauf mit einer gefalteten Hose über dem Unterarm zurück: „Probier mal. Die ist frisch von der Reinigung. Sie müsste im Bund einigermaßen passen, so ein Hering wie du bist." – „Ich wusste es", platzte er heraus, „du bist ein durchtriebenes Luder. Du hattest die ganze Zeit die Idee mit der Hose. Aber du wolltest mich vorsätzlich bloßstellen, im wahrsten Sinne des Wortes! Angeklagte, gestehen Sie Ihre schändliche Absicht!", rief er theatralisch wie ein Staatsanwalt vor Gericht. Dann nörgelte er: „Ich in Unterhosen und du kein Knöpfchen von deiner Bluse ..." Er nahm sie in den Arm und versuchte, an ihrem Ohrläppchen zu knabbern. Sie schob ihn erneut von sich weg: „Jetzt zieh sie mal an." – „Im Bund sehr knapp und im Schritt kneift sie", bemängelte er. „Und in der Länge Hochwasser", ergänzte sie. „Bis nach Hause wird's reichen." – „Zu dir oder zu mir?" fragte er keck. Sie sah ihn wieder amüsiert an. Dann nach kurzer Pause: „Mal sehen ..."

Nicole hatte eine raffinierte Art, das Heft in der Hand zu behalten. Sie einigten sich darauf zu ihm zu fahren. Kaum fünf Minuten zu Hause, klingelte es an Steins Wohnungstür. Ungeduldig schellte es nochmals, jetzt länger, dann Sturm. Klopfen, eine Faust hämmerte gegen die Tür. „Mach auf! Mach sofort auf!" Wieder Hämmern. „Ich weiß, dass du da bist! Mach auf!" Sturmklingeln... Schon beim ersten Klingeln hatten Ferry und Nicole ihre Zärtlichkeiten abgebrochen. Sie waren gerade drauf und dran, sich aufs Bett zu werfen. „Scheiße!", flüsterte er. „Ich dachte, sie hätte Dienst. Schnell, schleiche in die Küche. Warte hinter der Küchentür. Ich leite sie ins Wohnzimmer. Zwischenzeitlich kannst du verschwinden. Lass' die Wohnungstür offen, nicht zuziehen, sonst hört sie was." Während Nicole auf Zehenspitzen die Küche erreichte, knöpfte sie sich die Bluse zu. Ferry schlich unhörbar auf die Toilette, streifte die Ersatzhose ab und stopfte sie in das Schränkchen des Stromzählers. Wieder ging die Türklingel, Hämmern, Klopfen, Trommeln. Dann ihre Stimme, die nun krähte: „Mach auf! Wenn du bis drei nicht aufmachst, trete ich die Tür ein. 1, 2 …" Bei einer Polizistin ist das ernst zu nehmen, dachte sich Ferry, betätigte die Spülung und rief: „Moment, ich komme." Kaum hatte er die Türklinke gedrückt, stürmte Selma mit Wucht den Flur entlang in Richtung Wohnzimmer. Außer sich vor Wut schrie sie: „Wo ist sie? Wo ist die Schlampe? Ich weiß, dass du nicht allein bist!" Er folgte ihr ins Schlafzimmer. Innerlich ganz kühl und meisterlich in der Verstellung, brüllte er sie an: „Sag mal, spinnst du? Was soll das? Du machst das ganze Haus rebellisch und führst dich auf wie Rumpelstilzchen. Was ist los? Kann man nicht mal in Ruhe auf der Toilette sitzen?" „Wo ist sie?", keifte sie ihn an. „Wo ist die Frau mit der du ins Haus gegangen bist?

Streite nichts ab, ich habe euch beide gesehen.” Nun ganz berechnend ruhig und mit leicht vorwurfsvollem Ton antwortete Ferry: „Oh mein Gott, Selma, fang dich wieder ein! Das war Frau Safranek aus dem Erdgeschoss. Ich sah sie kommen, habe die Haustür geöffnet und gewartet, dann sind wir gemeinsam rein. Das macht man so unter Mitbewohnern.”– „Du lügst! Du betrügst mich!” Sie wollte mit den Fäusten auf ihn los. Er hatte viel Mühe, ihre Attacke abzuwehren. Schließlich war sie ebenfalls Polizistin, wenn auch nicht ganz so durchtrainiert wie Nicole. Er konnte sie an den Handgelenken festhalten und wusste, dass der Sturm bald beigelegt war. Begütigend redete er auf sie ein: „Ruhig, Selma, ganz ruhig. Du irrst dich. Es ist gar nichts. Es war Frau Safranek und niemand anderes. Wenn du möchtest, gehen wir gemeinsam runter, klingeln bei ihr und du solltest dich dann auch bei ihr entschuldigen für den Lärm.”

Das Angebot war abgefeimt, weil er wusste, dass sie sich niemals für irgend etwas entschuldigen würde. Sowie ihre Rage abnahm, begann sie zu weinen, bis sie lauthals heulte. Er kannte den Ablauf schon. Selma war enorm eifersüchtig. Wegen des geringsten Anlasses, der bis auf heute nie ein ernsthafter war, konnte sie ihm heftige Vorwürfe machen, ihn der Untreue bezichtigen, nur um am Ende nach vielen Tränen und feuchten Taschentüchern immer die gleichen Fragen zu stellen: „Ferry, liebst du mich?” – „Ja, Selma. Ich liebe dich.” – „Liebst du mich wirklich?” – „Ja, Selma, ich liebe dich wirklich.” Nach diesen überzeugenden Antworten belohnte sie ihn stets mit überwältigenden Erlebnissen im Bett. Nur, diesmal war er nicht mehr so überzeugt. Selma merkte es nicht.

*

In der Redaktion wählte Ferry Stein die Nummer von Carla Savino, die er an der Brandstelle von Alexandras Vermieterin erhalten hatte. Für das Gespräch hatte er sich gedanklich vorbereitet. Denn es ist auch für einen routinierten Reporter nicht einfach, bei einem Todesfall nahe stehende Personen zu einem Gespräch zu bewegen. Auch Frau Savino war zunächst ablehnend und Stein musste alle Argumentationskünste aufbieten, bis sie sich zu einem Treffen nach der Beerdigung in einer Woche bereit erklärte. Erleichtert legte er auf und notierte sich den Termin. Dann wählte er die Fotos von der rußgeschwärzten Brandruine und den Umrisslinien des Leichenfundortes am Bildschirm aus und schrieb den dritten Artikel für die Samstagsausgabe des Boten.

***Das Geheimnis der Einsiedlerin. –***
***Mysteriöse Funde in der Brandruine.***

*Die Untersuchungen der Kriminalpolizei in dem abgebrannten Geräteschuppen des Schofstall-Anwesens förderten Überreste von Gegenständen zutage, die den Ermittlern seither Rätsel aufgeben. Im unbeschädigten Wohngebäude wurden umfangreiche Tagebuchaufzeichnungen gefunden, die vielleicht Licht ins Dunkel des geheimnisvollen Lebens von Alexandra Gehrwein bringen.*

*Die Explosion mit nachfolgendem Brand hinterließ ein Bild der Verwüstung: Rußgeschwärzte Fensterhöhlen, ein teilweise eingebrochenes Dach sowie die windschief in den Angeln hängende Eingangstür. Innerhalb der Ruine ist alles überdeckt von einer dicken Rußschicht: das ausgeglühte Gerippe eines umgekippten Rollstuhls, die Überreste eines Kleiderschranks mit Herrenbekleidung und eine zerstörte Kettensäge, die irgendwo aus den Trümmern ragt. Unspektakulär auf den ersten Blick, wenn nicht der Berg mit Teilen wäre, die aussehen wie menschliche Arme, Beine, Ober- und Unterkörper. Rasch weicht jedoch der Schreck über ein vermeintliches Kettensägen-Massaker der Erkenntnis, dass es Teile von lebensgroßen Puppen sind, deren Glasfaser-Kunststoff-Oberfläche den Flammen widerstand. Daher auch der Schrank mit Herrengarderobe, mit der Alexandra Gehrwein die Puppen einkleidete und offenbar in den Rollstuhl setzte. Mit der Kettensäge hatte sie die Puppen zerlegt, die sie in Müllcontainern entsorgen wollte. Auch wenn die Auflösung des Rätsels harmlos ist, gilt es dennoch, die Frage zu beantworten: Was hat Frau Gehrwein bewogen, lebensgroße Puppen zu bauen, sie wie Männer einzukleiden und in einen Rollstuhl zu setzen?*

*Auch dieser Frage werden wir nachgehen und versuchen, unseren Lesern in einer der nächsten Ausgaben die Antwort zu liefern.*

*

Es war kalt an diesem frühen Montagnachmittag. Der Frühling hatte einen seiner häufigen Rückschläge erlitten, hier oben auf der Alb. Das Glöckchen der Rehlinger Friedhofskapelle bimmelte hektisch. Stein kam in seinem Golf gerade rechtzeitig, als der Diakon im schwarzweißen Ornat, eskortiert von einem Ministranten, durch den Mittelgang auf Alexandras Sarg zuschritt. Die fünf Stuhlreihen links und rechts waren leer. Nur drei Frauen in Schwarz standen ganz vorne, links vor den ersten Stühlen, wenige Schritte vom Sarg entfernt: Carla Savino, ihre Cousine Irene Kehl und die Nachbarin, die den Brand gemeldet hatte. Stein schlich an der Seitenwand nach vorne und machte mit lautlosem Auslöser und ohne Blitz ein paar Aufnahmen vom Sarg mit dem Geistlichen und seinem Ministranten. Irgendwo in der Kapelle erklang vom CD-Player Trauermusik. Nach der Zeremonie schoben die Friedhofswärter den Rollwagen mit dem Sarg aus der Kapelle.

In einigen Metern Abstand folgte Ferry dem Sarg und der kleinen Trauerschar zur Grabstätte. Dann und wann blähte eine kalte Bö die weißen Chorhemden über den schwarzen Talaren. Der Geistliche hielt das altmodische Birett fest, damit es ihm nicht vom Kopf flog. Carlas gedrungene Körperfülle in dem zeltähnlich frei hängenden Wintermantel erinnerte ihn bei den Windstößen an eine mittelalterliche Kogge mit wallenden Segeln, die von zwei weiteren Schiffen begleitet wurde. Dazu fielen ihm die Namen der kleinen Armada des Christoph Kolumbus ein: Santa Maria, Niña und Pinta. Nach den Gebeten und ohne Ansprache des Geistlichen ließen die vier Friedhofsangestellten den Sarg mit zwei kräftigen Seilen ruckelnd und schaukelnd in die Tiefe gleiten. „Erde zu Erde, Asche zu Asche, Staub zu Staub ..." Der Diakon verschwand mit seinem Gehilfen in rasantem Schritt, nachdem er seine liturgische Pflicht erfüllt und mit oberflächlicher Anteilnahme den Frauen sein Beileid ausgesprochen hatte. Carla entnahm dem einzigen Blumengesteck eine weiße Calla und warf sie als letzten Gruß auf den Sarg. Mit schmerzlich unbewegtem Gesicht wartete sie, bis Irene und die Nachbarin ihr Schäufelchen Erde dazu gegeben hatten, dann gingen auch sie. Stein folgte den Frauen erneut und stieg in sein Auto.

Carla Savino hatte sich für das Treffen nach der Beerdigung größte Vertraulichkeit ausbedungen. Denn sie wollte unter keinen Umständen in der Öffentlichkeit bekannt werden. Das sei mit ihrer Position als Leiterin des Passamtes der Landeshauptstadt unvereinbar. Erst, nachdem Stein ihr zugesichert hatte, dass er in den nächsten Zeitungsartikeln weder ihren Namen nennen, noch Hinweise verwenden würde, die einen Rückschluss auf sie erlauben, willigte sie ein. Diesen letzten Dienst, dass der Nachwelt ein würdiges, wahrheitsgetreues Bild von Alexandra nach einem so schrecklichen Tod vermittelt werde, diesen letzten Dienst sei sie ihrer Freundin schuldig, begründete sie schließlich ihre Zusage.

Sie trafen sich im ‚Forsthaus‘, einem Lokal in unmittelbarer Nähe zum Schloss Lichtenstein, dem Neuschwanstein der Schwäbischen Alb. Um diese Jahreszeit hatte das Ausflugslokal zwar schon geöffnet, wochentags waren jedoch bei so unfreundlichem Wetter kaum Gäste anzutreffen. Da Stein auf dem Friedhof nur fotografiert und jeden Kontakt zu den Frauen vermieden hatte, fügte bei der Begrüßung die obligatorische Floskel „mein herzliches Beileid" an. Dann nahm er ihr den schwarzen Mantel ab und hängte seine ausgewaschene Schimanski-Jacke daneben an die Garderobe.

Begräbnisse waren für Ferry Stein ein Graus wegen ihrer Rituale, die in scheinbar würdevoller Trauer mit quälender Langsamkeit absolviert wurden. Deshalb war er froh, dass Carla mit ihrer Eröffnungsfrage ohne Umschweife zur Sache kam, nachdem sie sich an einen Fenstertisch gesetzt hatten: „Nun, Herr Stein, was wollen Sie wissen?"

Seit er Alexandras Büchersammlung gesehen hatte, beschäftigte ihn die Frage: „Wovor ist Frau Gehrwein geflohen?" und fügte hinzu, dass ihm die vielen Fantasy- und Science-Fiction-Bücher in ihrer Wohnung aufgefallen waren. Nach einer Pause, in der sie ihre Gedanken ordnete, antwortete Carla: „Am besten ist es wohl, wenn ich ganz vorne anfange, also lange bevor Alexandra mit dem Vorsatz nach Rehlingen kam, sich von ihrer schweren Krise zu kurieren." Dann erzählte sie Alexandras Geschichte, die ja schon seit Kindheitstagen auch ihre, Carlas, Geschichte war: die Geschichte von dem unzertrennlichen Zweiergespann ‚C&A‘.

„Ich erinnere mich gut," setzte Carla ihre Erzählung mit der Liebesgeschichte zwischen Alexandra und Peter Siegmund fort, „als mir Alex völlig euphorisiert um den Hals fiel und mir ins Ohr schrie: ‚Ich hab ihn gefunden. Ich hab meinen Prinz gefunden!' Das war zwei Tage nach der großen Friedensdemo im Oktober 1983 in Bonn. Mit der ganzen Clique waren wir von Stuttgart aus im Sonderzug hingefahren. Nicht übermäßig politisiert, viel mehr gehörte es für uns einfach zum guten Ton, friedensbewegt zu sein. Fünfhunderttausend Menschen, all die Rauschebärtigen, die Leute mit Peace-Zeichen und Palästinensertuch, mit Parka und Jeans wie wir selbst ja auch, demonstrierten quasi unter dem Weihnachtsmotto: ‚Friede auf Erden'. Damit haben wir uns identifiziert, denn es war ja Kalter Krieg und rund fünfzig Kilometer von hier, in Mutlangen, sollten die ersten amerikanischen Atomraketen stationiert werden. Auf dem Weg vom Bonner Bahnhof zum Hofgarten waren wir noch alle beisammen. Plötzlich war Alex weg. Ich machte mir deswegen keine Sorgen, schließlich waren wir junge Erwachsen. Wieder zu Hause, auf einer Bank an der großen Säule auf dem Schlossplatz, verkündete sie mir dann lautstark ihr Liebesglück. Dazu natürlich haarklein alle Einzelheiten. Dass er Peter Siegmund hieß, kastanienbraune, naturgewellte Haare hatte – nicht ganz lang, auch nicht bieder kurz, nicht in Parka und Jeans, sondern mit Sportsakko. Auch nicht ganz schlank, eher ein wenig gepolstert. Im Revers trug er, laut Alex, eine rosa Nelke aus Plastik. ‚Damit sie länger frisch bleibt', habe er ihr grinsend erklärt. Und Regieassistent beim SDR-Fernsehen sei er. ‚Ach weißt du, Carla, es war wie im Märchen mit dem Aschenputtel. Da steht plötzlich der Prinz neben dir. Er schaut dich an, und er lächelt, als wollte er sagen: Du bist die Auserwählte, die Frau, auf die ich so lange gewartet habe. Diese dunkelgrauen Augen! Carla, dieser Blick!!' – Auch nach so vielen Jahren erinnere ich mich genau an ihre Erzählung." Nachdenklich sah sie aus dem Fenster, hinüber zur Burg.

Sie nahm einen Schluck von ihrer Weißwein-Schorle und erzählte weiter: „Irgendwann hatte ich den Eindruck, dass Alex in eine Liebe mit Salto rückwärts verfallen war. Ich wusste ja, dass sie von sich immer glaubte, ein hässliches Entlein zu sein. Sie hat selbst einmal gesagt: ‚Dürrer Stecken mit roten Haaren und Sommersprossen'. So wie Alex erzählte, empfand sie es wohl als Gnade, dass ein ‚Prinz' sie auserwählt hatte – sie, die ‚Unwürdige'. Deshalb bedankte sie sich überschwänglich und schenkte sich ihm bedingungslos. Ich glaube, dass alles von ihr ausging und Peter einfach nur da war – zur richtigen Zeit am richtigen Ort: der milde, sonnige Herbsttag, die warmen, bunten Farben der Blätter. Und plötzlich merkt sie ganz überrascht, dass sie sich inmitten der vielen, friedfertigen Menschen geborgen fühlt. Alex war eigentlich eine Einzelgängerin, oft allein mit sich in ihrem Apartment. Einen echten Freundes- und Bekanntenkreis hatte sie nicht. Ab und zu war sie mal mit ihren Theaterleuten unterwegs. Nachdem wir beide im Beruf mit unterschiedlichen Arbeitszeiten standen, trafen wir uns nicht mehr jeden Tag wie in der Schulzeit. Sie war Maskenbildnerin am Staatstheater, das heißt abends vor und nach den Vorstellungen beschäftigt, auch sonntags. Und ich, die biedere Verwaltungsangestellte, hatte pünktlich Feierabend. Die Situation auf der Demo, das schöne Wetter, die laue Luft und die Überraschung, dass sie sich in dieser riesigen Menschenmenge wohl fühlte – vielleicht brach in diesem Moment der Kokon auf, in den sie sich eingesponnen hatte. Plötzlich entschlüpfte sie der inneren Enge und entfaltete sich wie ein Schmetterling. Vielleicht hat sie dieses Gefühl überwältigt. Und dann steht dieser Peter vor ihr. Das ist meine Vorstellung, wie es hatte passieren können."

„Wie kam Alexandra dann auf den Gedanken, Einsiedlerin zu werden? Da muss doch etwas Dramatisches vorgefallen sein", fragte Ferry Stein weiter. – „Ist es auch, und wie! Eines Tages, Anfang 84 und gerade mal ein Viertel Jahr, nachdem sie sich kennengelernt hatten, war Peter Siegmund weg. Spurlos verschwunden, ohne ein Wort. Und hat Alex völlig verzweifelt zurückgelassen. In ihrer manischen Euphorie hatte sie an die Unzerstörbarkeit der Liebe geglaubt. Sie träumte von Peter und Familie und wurde schwanger. Das erfuhr sie erst, nachdem Siegmund weg war. Sie machte sich auf die Suche nach ihm. Wie sie ihn dann in München aufspürte, weiß ich nicht mehr. Nur soviel, dass sie ihn in einem italienischen Restaurant fand, schon in Begleitung einer anderen. Sie versucht, ihn zurückzugewinnen, sagt ihm, sie sei schwanger. Er aber lässt sie eiskalt ablaufen, indem er behauptet, sie nicht zu kennen. Sie bricht zusammen und wacht erst im Krankenhaus wieder auf und hat das Kind verloren. Jahre später beschrieb sie einmal, wie sie den Blick in dieser Situation empfunden hatte: Sein Blick sei wie ein eiskalter, dunkelgrauer Stahl gewesen, den er ihr in den Unterleib gerammt habe. Dazu meinte sie: ‚Seitdem weiß ich, dass Blicke töten können. Meinem Kind hat dieser Blick das Leben gekostet.' – Und trotzdem hat sie ihn nie gehasst. Im Gegenteil, sie hat ihn weiterhin geliebt. Das habe ich lange nicht verstanden." Carla blickte wieder durch das Fenster, an der Burg vorbei, über die hügeligen Felder und Wälder, die noch ohne Laub waren.

Stein verfolgte gern die Taktik, Menschen reden zu lassen und einfach nur zuzuhören, auch solche Pausen zu respektieren. So erhielt er oft viel mehr Informationen als durch insistierende Fragen. Deshalb ließ er Carla erzählen und machte sich dazu dann und wann Notizen. Sie fing den gedankenverlorenen Blick über die kalte Landschaft wieder ein und konzentrierte ihn auf das Weinglas vor sich.

Wie zur Rückbesinnung wiederholte sie die Frage, die Stein zu Beginn des Gesprächs gestellt hatte: „Ja, wovor floh Alex? – Ich glaube, dass sie nicht *vor* etwas floh. Das würde bedeuten, dass sie Angst vor etwas hatte. Ich glaube eher, dass sie sich *in* etwas flüchtete, nämlich in Fantasie- und Märchenwelten, um der Überforderung zu entgehen, die sie über weite Strecken bei der Bewältigung ihrer Krise verspürte. Es war ja nicht nur der Schock der maximalen Enttäuschung in dem italienischen Restaurant, sondern auch der Verlust des ungeborenen Kindes, der sicher viel schwerer wog. Als Mann können Sie, Herr Stein, nicht annähernd ermessen, was ein solcher Verlust für eine Frau bedeutet. Ich selbst war zweimal schwanger. Und in beiden Fällen hatte ich panische Angst, dass auch ich eine Fehlgeburt erleiden könnte. Ich sage Ihnen: Meine Angst hat mir nur einen spaltbreiten Blick auf das entsetzliche Erlebnis gewährt, das Alex ausstehen musste. Es waren ja zwei Verluste, die sie zu verarbeiten hatte: den Verlust ihres Geliebten und den des ungeborenen Kindes. In den Wochen, währrend sie bei mir wohnte, weil sie um alles in der Welt nicht mehr in ihr Apartment zurück wollte, entschloss sie sich, in die Einsamkeit des Schofstalls zu ziehen, um ihr Trauma zu bewältigen. In dieser Zeit flüchtete sich Alex zeitweise in die Fantasiewelten der Bücher, sozusagen zur Erholung während ihrer Anstrengungen, die Krise zu verarbeiten, das Erlebte aufzuschreiben und immer wieder laut vorzulesen. Mir hat sie einmal ganz zu Anfang von dieser Therapieform erzählt und dass diese Methode genau die richtige für sie sei: Wenn man Schlimmes erlebt habe und traumatisiert sei, solle man alles, was einen schmerzt und bedrückt und alle Erinnerungen an das Trauma schonungslos aufschreiben und immer wieder vorlesen. Das hat sie offenbar sehr konsequent gemacht, wenn man an die vielen Ordner denkt, die bei ihr im Regal standen. Die Bücher las sie also zur Entspannung. Oft dachte sie sich auch selbst Geschichten aus. Ihre Phantasie war außerordentlich stark. Manchmal erzählte sie mir Geschichten aus dem Stegreif. Einmal geriet sie dabei regelrecht in Trance. Da wurde mir ganz komisch. Das käme von ihren Meditationen, sagte sie. Meditieren würde ihr, wenn sie wieder mal eine dieser Panikattacken oder Depressionen hätte, ganz gut helfen. Ihre selbst ausgedachten Fantasy-Geschichten waren so voller Ideen, so farbig, lebendig, oft exotisch. Das kam sicher auch von ihrer Arbeit am Theater. Nach Beginn der Vorstellung hatte sie ja Pause. Dann setzte sie sich ins Publikum und sah sich die Stücke an. Oft hing ich wie ein Kind an ihren Lippen, wenn sie erzählte. Jedes Mal beschwor ich sie, die Geschichten schriftlich festzuhalten. Sie schrieb doch sonst alles auf. Haben Sie die vielen Ordner gesehen?" Es war eine rhetorische Frage, deshalb schwieg Stein und nickte nur, um ihren Gedanken- und Redefluss nicht zu unterbrechen. „Sie hat es nie getan. In einem ihrer Briefe, die sie mir schrieb, lehnte sie es ab, das aufzuschreiben, weil sie ja keine Schriftstellerin sei und ihr die Geschichten einfach nur zuflögen. Ich solle sie nicht wertvoller machen, als sie tatsächlich seien." Stein notierte sich in Großbuchstaben und doppelt unterstrichen BRIEFE, das ihn erinnern sollte, am Ende des Gesprächs nachzuhaken.

Bisher hatte Carla mit keinem Wort die lebensgroßen Puppen erwähnt, deren verbrannte Überreste im Schuppen gefunden worden waren und auf die sich nicht einmal die Polizei einen Reim machen konnte. Er fragte sie danach. „Darüber spreche ich ungern, weil wir uns darüber beinah zerstritten hätten." Sie machte erneut eine Pause. Nachdenklich wischte sie zwei Kuchenkrümel von der weißen Tischdecke und überlegte, ob sie davon erzählen wollte. Doch dann nahm sie ihre Erzählung wieder auf: „Ungefähr ein Jahr nach ihrem Einzug im Schofstall sah ich eines Tages einen Rollstuhl mit einer lebensgroßen Puppe in ihrer Wohnung stehen. Ich stutzte, sagte aber nichts. Es war dann immer so, wenn ich zu Besuch kam, dass der Rollstuhl mit Puppe irgendwo hinten neben dem Bauernschrank im Hintergrund stand. Da wirkte er nebensächlich, so dass ich ihn bewusst ignorierte. Obwohl ich gar nicht wusste, dass die Figur Peter Siegmund darstellen sollte, fand ich die Idee des ‚Hausgenossen' sehr merkwürdig. Doch ich dachte mir: Es ist wohl Teil ihrer Therapie. Na ja, wenn's hilft?! Das ging eine ganze Weile so. Irgendwann war ich dann wieder einmal zu Besuch. Da saß die Puppe im Rollstuhl am Tisch, wo wir beide immer saßen und Alex machte keine Anstalten, das Objekt in den Hintergrund zu schieben. Im Gegenteil, sie sprach die Puppe mit ‚Peter' an und redete mit ihr wie mit einem vernünftigen Wesen. Das fand ich so bizarr, dass ich ausrastete. Ich sagte wohl ziemlich giftig, dass ich für solche Puppenspielereien kein Verständnis hätte. Sie reagierte aggressiv und schrie mich an, dass ich keine Ahnung hätte; ob ich oder sie das alles durchgemacht hätte; ihr sei sehr wohl bewusst, dass es nur ein Hilfsmittel sei, allerdings ein wertvolles, mit dem sie versuche, sich zu kurieren und es sei keineswegs alles ausgestanden, auch wenn sie vielleicht diesen Eindruck mache. Ich meinte, dass ich es pervers fände, ausgerechnet den Urheber ihrer seelischen Katastrophe auszuwählen, damit er sie weiterhin durchs Leben begleitete, zwar nur als Puppe, aber sie tat ja so, als wäre er live."

Stein unterbrach sie nun doch: „Es war über die Jahre immer dieser Peter?" – „Es war immer dieser Peter", bekräftigte Carla, „in unterschiedlichen Ausführungen. Die Puppen stellten laut Alex jeweils einen Lebensabschnitt in ihrer Beziehung dar." – „Wissen Sie, wie viele Ausführungen sie angefertigt hat?" – „Ich glaube, es waren fünf oder sechs. Laut Alex sei das Besondere an dieser Therapieform, dass man im Lauf der Zeit in der Puppe die Originalperson, also ‚Peter live', sähe und sich mit ihr identifiziere. Deshalb müsse man sich mit diesem Wesen ständig beschäftigen. Das hätte dann den Effekt, dass die Wahrnehmungsgrenzen zwischen Puppe und realem Peter mehr und mehr aufgehoben würden, erklärte sie mir. Peter hatte sie zum Beispiel angedichtet, dass er im Lauf der Zeit dicker und phlegmatischer geworden war. Auch eine Glatze hatte er bekommen. Und wegen seiner Eitelkeit habe er sich den verbleibenden Haarkranz regelmäßig tönen lassen. Das alles spielte sich nur in ihrer Phantasie ab und war der Grund, warum die Peter-Puppen jedes Mal ein wenig anders aussahen. Seine Kleidung, die sie öfter wechselte, besorgte sie sich billig auf dem Flohmarkt."

„Mich wundert, dass sie so unbeirrt an Peter festhielt. Wäre es nicht realistischer gewesen, wie im wahren Leben den Partner zu wechseln?" – „Das habe ich sie auch gefragt. Sie hatte dafür zwei Erklärungen. Die erste war, dass die Therapie zu einer Art Seelensymbiose zwischen ihr und dem Verursacher ihrer Krankheit führen sollte. Wenn die Therapie glückt, und diese weitgehende, emotionale Übereinstimmung erreicht wird, ist die ehemals kranke Seele geheilt, sagte sie. Der zweite Grund waren ihre Erfahrungen in der Kinder- und Jugendzeit mit ihrer Mutter, die ihre Freunde häufig wechselte und Alex sich jedes Mal an einen neuen ‚Vater' hatte gewöhnen müssen. An den Stress, den sie damit hatte, erinnere ich mich noch gut. Deswegen hat Alex ihre Mutter mit den Jahren immer kritischer bis hin zur völligen Ablehnung gesehen. Daher kam meiner Meinung nach auch die so lange andauernde Scheu vor den Jungs. Mit der Treue zu Peter wollte sie sich beweisen, dass sie nicht den Fehler ihrer Mutter wiederholen wollte. Ich fand, dass die ganze Puppen-Thematik eine ziemlich abenteuerliche Psychologisiererei war. Deshalb warf ich ihr irgendwann an den Kopf, dass ich das alles für Mumpitz hielt. Nach dem Streit habe ich im Internet recherchiert, aber nirgendwo passende Hinweise über eine solche Therapieform gefunden. Ich glaube, dass sie die Methode selbst erfunden hat. Kurz und gut: Wir haben uns bis aufs Messer gefetzt. Danach lagen wir uns flennend in den Armen und schworen, niemals mehr über dieses Thema zu reden. Jedes Mal, wenn ich kam, war die Peter-Puppe weg, wahrscheinlich in den Geräteschuppen gerollt."

Carla trocknete sich die feuchten Augen mit einem Papiertaschentuch. Inzwischen hatte sie sich eine Tasse Kaffee und ein Stück Kuchen kommen lassen. Während sie ein mundgerechtes Stück mit der Kuchengabel abtrennte, meinte Stein nachdenklich: „Die Therapie hat meines Erachtens etwas für sich, weil sie eine Art Projektionswand aufbaut. Alexandra konnte sich ihren Peter so zurecht zimmern, wie sie ihn gern gehabt hätte. Und dabei musste sie sich selbst beobachten, um die Wünsche, wie er sein sollte, erzeugen und formulieren zu können. So dichtete sie ihm Eigenschaften an, die ihr passten und sich bei Bedarf nach ihrer momentanen Laune richteten. Sie konnte ihn dann liebhaben oder drangsalieren, sogar quälen, wenn ihr danach war. Sie konnte ihm alles sagen, sich mit ihm über Alltägliches unterhalten, ihn beschimpfen, wenn sie die Idee hatte, dass er beispielsweise bei Tisch rülpste oder ihn hänseln, dass er schon wieder beim Frisör war – was immer ihr gerade einfiel. Sie glaubte zwar, dass sie sich ständig mit ihrem Peter beschäftigte. Tatsächlich beschäftigte sie sich mit sich selbst und dem Trauma, das sie zu bewältigen hatte. Bitte, verstehen Sie mich nicht falsch, Frau Savino: Obwohl ich nicht viel Ahnung von Psychotherapie habe, glaube ich, dass eine solche Therapie vielleicht doch heilsam sein kann, wenn sie konsequent verfolgt wird." – „Oder am Ende zur Schizophrenie führt. Das ist gottlob nicht passiert", fügte Carla hinzu. Nun kam Stein auf die zersägten Körperteile im Geräteschuppen und den letzten Tagebucheintrag Alexandras zu sprechen: „Haben Sie eine Vorstellung, warum Alexandra die Puppen irgendwann einmal mit einer Motorsäge zerlegte? Wenn ich ihre emotionale Bindung bedenke, die sie zu den Peter-Puppen aufgebaut hatte, war das doch jedes Mal ein barbarischer Akt, der in ihren Augen einem Mord gleichkommen musste. Somit wäre sie aus ihrer eigenen Sicht mehrfache Mörderin. Wie passt das in ihre Geschichte?" Carla hatte über diese Aussage vor Schreck die Augen aufgerissen und war blass geworden. Verstört blickte sie Stein an und atmete tief durch. „Mein Gott, Herr Stein, daran habe ich gar nicht gedacht. Das wäre ja entsetzlich. Oh, mein Gott ..." Tränen schossen ihr in die Augen.

Der sonst so einfühlsame Reporter bereute sofort seine Bemerkung und suchte fieberhaft nach einer Erklärung, die seine Vermutung abmilderte: „Frau Savino, entschuldigen Sie bitte. Ich wollte sie nicht schockieren. Alexandra hat ja nichts anderes getan, als Gegenstände zu zerkleinern, um sie bequem transportieren und in Müllbehältern deponieren zu können. Das hat sie in ihrem Tagebuch geschrieben. Ich glaube auch, dass sie die Puppen alle in einem Aufwasch für die Entsorgung vorbereitet hat. Und wissen sie warum?" Zum Glück war ihm die rettende Erklärung eingefallen, die er auch für sehr plausibel hielt: „Sie fühlte sich aufgrund der Therapie endlich so stark, dass sie ohne diese Hilfsmittel weiterleben konnte. So besehen, war es für sie der finale Akt der Befreiung gewesen. Es war das Zeichen, dass sie ihre Krankheit überwunden hatte. Ich werde versuchen, dass ich über die ermittelnde Kriminalkommissarin noch einmal die Tagebuchaufzeichnungen durchsehen und gezielt danach suchen kann. Alexandra hat sich gewiss darüber geäußert."

Carlas Gesichtszüge entspannten sich. Sie kramte ein weiteres Papiertaschentuch aus ihrer Handtasche und trocknete sich die Tränen damit. Erleichtert seufzte sie: „Ihr Wort in Gottes Ohr, Herr Stein. Nur allzu gern will ich glauben, was sie sagen." – „Eine Frage zum Abschluss, Frau Savino. Sie erwähnten vorhin, dass sie beide im Briefaustausch standen. Haben sie Alexandras Briefe aufbewahrt und könnte ich sie mir einmal ansehen?"– „Herr Stein, nichts für ungut, aber das sind sehr persönliche Dokumente. Ich glaube, dass Sie von mir so viel über Alexandra gehört haben, dass Sie auch ohne diese Briefe einen Artikel schreiben können, der in gebührender Weise das Andenken an sie ehrt." Danach nahm sie ihre Handtasche vom Stuhl neben sich und stand auf: „Ich möchte jetzt gerne nach Hause fahren. Der Abschied von Alex war nicht leicht. Im Vertrauen auf einen Bericht in Ihrer Zeitung, der dem Schicksal meiner Freundin gerecht wird, habe ich Ihnen das alles erzählt. Bitte enttäuschen Sie mich nicht." Während sie das sagte, ergriff sie seine Rechte und drückte sie fest. An der Garderobe half er ihr in den Mantel und bedankte sich herzlich für das Gespräch. Er bezahlte die Rechnung, zog die Jacke über und verließ ebenfalls das Gasthaus. In die Redaktion schrieb er den Nachruf auf Alexandra Gehrwein:

***Das ungerechte Schicksal. – Ein Nachruf zum Tod der Einsiedlerin von Rehlingen.***

*Selten ist es dem Chronisten vergönnt, über Menschen zu schreiben, die in so eindrucksvoller Weise wie Alexandra Gehrwein ihr Leben gemeistert haben. Umso schwerer fällt es ihm zu berichten, dass diese Meisterin für ihre buchstäbliche Lebensleistung nicht belohnt, sondern mit dem Tode bestraft wurde. So himmelschreiend ungerecht kann das Schicksal sein.*

*Alexandra verliert den Geliebten, weil der sich feige und ohne ein Wort des Abschieds davonmacht. Sie ist schwanger von ihm, es sollte ein gemeinsames Kind ihrer Liebe werden. Doch er weiß nichts davon, als er verschwindet. Sie sucht ihn verzweifelt und findet ihn endlich in einem Münchner Restaurant. Dort begegnet sie jedoch nicht ihrer Liebe, sondern dem größten anzunehmenden Unfall ihres Lebens. Als sie an seinen Tisch tritt und ihn anspricht, interessiert den Geliebten die Mitteilung ihrer Schwangerschaft nicht im Geringsten. Er sitzt dort schon in anderer trauter Begleitung. Die Begegnung ist wie ein Showdown. Es fällt zwar kein Schuss, sondern nur ein einziger Satz. Dieser aber mit ebenso tödlicher Wirkung. Er entgegnet nur: „Entschuldigung, kennen wir uns?“*

*Von dem, was in den nächsten Minuten geschah, ist nur überliefert, dass Alexandra ein eiskalter Blick „ohne jede Liebe“ traf. Der Blick und der eine Satz dieses ‚noblen‘ Herrn in diesem noblen Restaurant hatte die Wirkung eines Fallbeils, einer Guillotine, bei dem ihr Ungeborenes das Leben verlor und ihre Seele zerstückelt wurde. Sie bricht besinnungslos zusammen, ein Notarztwagen bringt sie in die nahe gelegene Klinik.*

*Nach dem Verlust ihrer Liebe und dem Verlust ihres Kindes steht sie am Abgrund: Hinter sich die verbrannte Erde ihres bisherigen Lebens, vor sich die wahrlich nächstliegende Lösung, nämlich sich das Leben zu nehmen. Und schon das macht sie zur Heldin, dass sie nicht den einfachen Weg der Selbsttötung wählt, sondern sich für das Leben entscheidet. Sie hat die Kraft, diese Todeszone zu verlassen, mehr noch, sie bietet alle Kräfte auf, um sich aus der Trümmerlandschaft ihrer Seele ein neues Leben aufzubauen. Eine härtere Arbeit als diese gibt es nicht. Sie geht das Wagnis der Selbsttherapie ein.*

*Ganz allein ringt sie um ihre Zukunft. Und niemand weiß, welche Dramen an Rückschlägen, der Selbstbehauptung und des Durchhaltens sich in dem kleinen Schäfergehöft am Rande von Rehlingen abspielten.*
*Mehrere Jahre währte der Kampf der ‚Einsiedlerin von Rehlingen', wie sie bald von den Einheimischen genannt wurde. Schritt für Schritt ist sie ihren Weg gegangen, jeder Schritt ein Sieg im Kampf um die Genesung ihrer Seele. Was für eine Energieleistung! Welche Kraft hat sie bewiesen, nur für sich selbst und nicht, um Lob und Beifall eines Publikums zu erlangen. Die Einsamkeit von Rehlingen hat ihr dabei geholfen und die Fähigkeit, sich ganz auf sich selbst zu konzentrieren, nichts an sich herankommen zu lassen, was sie in diesem Ringen ums Überleben stören könnte.*
*Hochachtung sei den Einwohnern von Rehlingen gezollt, die nicht wussten, jedoch instinktiv spürten, dass diese Frau die Einsamkeit brauchte wie die Luft zum Atmen. Sie ließen sie in Ruhe. Sie ignorierten sie, was kein Vorwurf ist, sondern die von Alexandra gewollte und willkommene Reaktion. Als sie glaubte, mit sich selbst wieder soweit im Reinen zu sein, dass sie die Krücken der selbsttherapeutischen Maßnahmen wegwerfen konnte, ereilt sie das Schicksal des To-*

*des, nicht eines normalen Todes, sondern des entsetzlichen Flammentodes, den sie, so hoffen wir inständig, nicht bewusst erleben musste.*
*So erbarmungslos kann das Schicksal sein. Angesichts dieser ‚höheren' Ungerechtigkeit, der Alexandra Gehrwein letztlich unterlag, bleibt mir, dem Chronisten, nur die Verneigung in ehrendem Andenken vor dieser Meisterin ihres Lebens.*

*

Peter Siegmund wusste von alledem nichts. In den achtundzwanzig Jahren seines Lebens in München avancierte er bald vom Regieassistenten zum gefragten Drehbuchautor, erst beim BR-Fernsehen, dann als freier Autor. Doch die fortwährende Akquise, das Umschwänzeln der Produzenten und Regisseure wurde ihm auf Dauer zu nervig. Irgendwann nahm er das Angebot der Omega Productions an, die sich auf TV-Serien spezialisiert hatte. Dort baute er das Script Department auf und übernahm die Leitung. Lange Jahre verdiente und lebte er gut. Er ging in dieser Zeit völlig auf in der Traum- und Schaumwelt der Bavaria-Studios, dem Klein-Hollywood an der Isar. Diese Zeiten waren aber lange vorbei, als er den Namen Alexandra Gehrwein zum ersten Mal wieder hörte. Da dümpelte sein Erfolgsstern knapp über dem Horizont der Bedeutungslosigkeit und materiellen Bedürftigkeit.

## 2

An einem der heißesten Tage des Jahres, Mitte Juni, gegen drei Uhr nachmittags, saß Peter Siegmund mit nacktem Oberkörper an seinem Rechner. Stark schwitzend, wie es übergewichtigen Menschen oft zu eigen ist, schrieb er am Drehbuch für ein zehnminütiges Firmenvideo. Schweißperlen bedeckten die Stirnglatze, der Bund seiner Bermudashorts unter den Speckwülsten wies ein unregelmäßiges, dunkles Band auf, die Fußsohlen klebten auf dem Parkettlaminat. Obwohl er alle Fenster seiner Zwei-Zimmer-Wohnung geöffnet hatte, stand die Luft. Unter dem Fenster stritten sich zwei Betrunkene aus der Eckkneipe nebenan.

Als das Festnetztelefon sein elektronisches Gedudel abspielte, zeigte das Display eine Nummer an, die er nicht kannte. Es war also nicht der drängelnde Kunde, für den er das Video schrieb. Auch nicht die Werkstatt, die wieder einmal die Reparaturrechnung für seinen alten Mercedes anmahnen wollte. Siegmund schloss das Fenster und nahm den Hörer aus der Ladestation. Ein Notar namens Lothar Frasch aus Reutlingen meldete sich. Der fragte ihn ohne Umschweife, ob er jener Peter Siegmund sei, der einmal unter der Münchner Adresse ‚Alte Heide 17‘ gewohnt hätte. „Ja, das ist aber schon sehr lange her, schätzungsweise dreißig Jahre“, bestätigte Siegmund. Dann wollte der Anrufer wissen, ob ihm der Name Alexandra Gehrwein bekannt sei. Siegmund kramte in seinem Gedächtnis, ohne sich zu erinnern: „Warum wollen Sie das wissen?” Daraufhin erklärte ihm der Anrufer in einem wasserfallartigen Vortrag, dass er mit einer Erbschaftsangelegenheit befasst sei und sichergehen müsse, die richtige Person als

Nachlassempfänger, respektive -empfängerin, anzusprechen. Seine Aufgabe sei es nämlich auszuschließen, dass der Nachlass einer anderen als der vom Erblasser – im vorliegenden Fall sei es eine Erblasserin – bestimmten Person von Rechts wegen zugesprochen werde.

Da es wohl ein längeres Gespräch werden würde, eher ein Monolog des Notars mit deutlich schwäbischem Akzent, setzte sich Siegmund mit dem Mobilteil des Telefons auf das protzige Ledersofa, dem einzigen Möbelstück, das er aus der Penthouse-Wohnung in Harlaching mitgebracht hatte. Alles andere hatte er dem Nachmieter für ein schönes Abstandssümmchen überlassen.

Der Notar schwäbelte im Expresstempo drauflos: „Der Sachverhalt ischt folgender, dass die erwähnte Alexandra Gehrwein vor kurzem verstorben ischt, das heißt, wegen eines tragischen Unglücksfalls nicht mehr unter den Lebenden weilt. In ihrem Nachlass wurde ein schriftlich fixierter Letschter Wille gefunden, sozusagen ein Teschtament oder diesem in seiner Werthaltigkeit gleichrangigen Dokument, in dem der Begünschtigte, ein gewisser Peter Siegmund, namentlich genannt ischt."

Siegmund stellte rasch fest, dass dieser Notar eine Marotte hatte: Er wiederholte jeden Satz leicht modifiziert ein zweites Mal, was die Länge seines Vortrags in etwa verdoppelte. Das glich er aus, indem er die Sprechgeschwindigkeit beschleunigte, wobei er die Wortzwischenräume gegen null komprimierte sowie Punkt und Komma unterschlug. Er überlegte, an wen ihn der Anrufer erinnerte: Es war wohl ein ehemals führender Politiker aus Baden-Württemberg, der in diesem sich selbst überholenden Honorationen-Schwäbisch jeden Zuhörer innerhalb kürzester Zeit zur inneren Kapitulation zwang. Es war daher sehr anstrengend für Siegmund, diesem rasenden Wort-ICE zu folgen.

„Der Name, den Sie, Herr Siegmund, tragen, ischt also durch die verstorbene Frau Gehrwein teschtamentarisch in dem Sinne feschtgehalten, dass Sie, sofern sie der von ihr gemeinte Peter Siegmund sind, von Frau Gehrwein letschtwillentlich als Erbe vorgesehen sind. Da, wie eingangs schon erwähnt, Ihre Identität anhand Ihres Personalausweises zweifelsfrei feschtgestellt werden muss, ischt ein persönlicher Besuch von Ihnen hier in Reutlingen in der Kanzlei unumgänglich. Wenn Sie also bei uns vorstellig werden, bringen Sie bitte Ihren gültigen Ausweis zur Vorlage mit, ersatzweise einen gültigen Reisepass. Von meiner Seite wäre der nächschtmöglichen Termin der kommende Donnerschdag, 14:30 Uhr. Das wäre übermorgen, der 26. Mai, um halb drei Uhr nachmittags. Dann können wir alles weitere besprechen. Wenn Sie mich also übermorgen Nachmittag um halb drei persönlich hier besuchen, erläutere ich Ihnen gerne alle Sachverhalte und die rechtsverbindlichen Modalitäten und beantworte Ihre allfälligen Fragen, so dass Sie sich ein umfassendes Bild von der Erbschaftsangelegenheit und der weiteren Verfahrensweise machen können."

Siegmund legte auf und ließ sich wieder auf seinem Bürostuhl nieder. Der Zettel mit der hastig gekritzelten Adresse des Notariats und dem Namen Alexandra Gehrweins vibrierte zwischen seinen feuchten Fingern. Er wischte sich mit einem Abriss Küchenpapier von der Rolle den Schweiß von Stirn, Nacken und aus den Achseln und starrte auf den Zettel.

– Was war das denn?! Ein Notar aus Reutlingen ruft mich an und sagt: Sie haben geerbt. Von einer gewissen Alexandra Gehrwein. Kein Wort über warum und wie viel. Schwallt mir im Zeitraffertempo das Ohr zu und bestellt mich für übermorgen nach Reutlingen. Von der Dampfwalze überrollt und geplättet. Keine Chance für Fragen. Wer ist, um alles in der Welt, diese Alexandra Gehrwein? Wie kommt diese Person dazu, mir was zu vererben? Keine Idee zu dem Namen. –

Er öffnete das Fenster wieder, verspürte jedoch keine Erfrischung. Immerhin hatten sich die besoffenen Krakeeler verzogen.

– Hab keine Erbtante in Amerika oder sonst wo, die so heißt. Hatte ich mal was mit einer Alexandra? Wenn ja, warum erinnere ich mich nicht? Reutlingen. Keine Ahnung. Jetzt zeigt sich's: Ich wollte immer so was wie ein Beziehungsregister führen: mit wem und wann, nachschlagen und Bescheid wissen. Wieso die Frage nach meiner ersten Adresse hier in München? In der Alten Heide bei Toni? Wann war das? Anfang 84. Also ‚verdammt lang her', frei nach BAP. Hat das mit dieser Alexandra zu tun? Also bitte: eine Affäre aus den achtziger Jahren! Wie soll ich mich heute noch daran erinnern? Übermorgen nach Reutlingen. Zweieinhalb Stunden Fahrt. Mit Sicherheitspuffer gegen halb zwölf hier weg, bis ich aus der Stadt und auf der Autobahn bin ... –

In der Küche, die er ‚Pantry' nannte, weil er sich darin mit seinem Umfang gerade mal um die eigene Achse drehen konnte, schenkte er sich einen Grappa aus seiner Spirituosensammlung ein.

– Sekt oder Selters? Lackschuh oder barfuß? Mehr dazu übermorgen nach dem Termin. War sie wohlhabend? Schon wegen ein paar Tausendern würde ich eine Kerze für ihr Seelenheil spenden. Oder nur eine stille Verehrerin, die mir ihr Poesiealbum vermachen will? Vielleicht ist alles ein Fake, Irrtum oder riesengroßer Scheiß, wie so ziemlich alles in den letzten Jahren. Ich kann mich nicht an diese Frau erinnern. –

Nach dem zweiten Grappa dudelte das Telefon erneut. Diesmal las er ‚Werkstatt'. Siegmund ließ es dudeln, bis der Anrufbeantworter ansprang. Ohne Nachricht wurde wieder aufgelegt. Es war zu heiß, um sich unnötig zu bewegen. Er ging ins Bad und stellte sich unter die Dusche. Anschließend kämmte er die nassen Strähnen seines Haarkranzes wie eine graue Gardine in den Nacken und band sich aus einem Handtuch einen Turban. So konnte er die Haare nachher wieder zum glatten Pferdeschwanz binden. Mit Turban, Boxern und einem T-Shirt bekleidet, legte er seine hundertzehn Kilo auf die ächzende Couch. Mal sehen, was sich heute Abend ergibt, war sein letzter Gedanke. Kurz darauf teilte er der Nachbarschaft durch das Fernster zum Hof im Rhythmus seiner Atemzüge laut vernehmlich mit, dass er sich im Zustand der Tiefenentspannung befand. Das war gut so, denn er wollte fit für den Augustiner sein, wo er sich auf acht Uhr mit Yvonne verabredet hatte.

*

Yvonne, einer jungen Regieassistentin, hatte er genau beschrieben, wo er im Augustiner, seiner Stammkneipe um die Ecke, zu finden war, nämlich nicht im Biergarten, sondern im Schankraum, der so groß wie ein Bahnhofswartesaal war. Auch an einem tropisch warmen Abend wie heute saß er lieber drinnen, wo sonst niemand war. Da hielt er es gut aus, denn alle Fenster standen weit offen. Mit einem Weißbier vor sich, wartete er allein an seinem Stammplatz auf Yvonne.

– So mild, so seidig. Ein Abend zum Helden zeugen. Wäre gegen später ein guter Einstieg in den vertraulichen Teil des Abends mit Yvonne. Wo bleibt sie nur? Alexandra Gehrwein, Herrgott! Ich weiß nichts von der Frau. Das nervt! Ratschläge will sie, die Yvonne. Auch Drehbücher schreiben, sagt sie, wie ich. Na, dann mal viel Glück! Ich werde ihr aus meinen Zeiten schon was erzählen können. Und wie das Geschäft heute läuft. Nicht immer lustig! Vielleicht imponieren ihr meine Stories. Man sagt ja: Erfolg macht sexy, auch wenn's schon eine Weile her ist. Also: jede Menge Erfolg servieren. Zeichnet sich was ab, dann der Vorschlag: ‚Praxisbeispiele' aus meiner Mediathek, zu Hause. Mit allen Filmen meiner Drehbücher auf Videokassette? Und zig Filme großer Meisterwerke auf DVD und Blu-ray. Andere Leute präsentieren stolz ihre Bücherwand. Was ist das gegen meine Film- und Videosammlung! Das wird auch der kleinen Yvonne mächtig imponieren. Ja, Mann! Vor fünf, sechs Jahren: Wunderhornstraße, Penthouse, ein Steinwurf von den Studios in Geiselgasteig, da ging die Post ab! Da hätte ich ihr noch eine Menge mehr bieten können. Überfällig ist sie seit mehr als einer Viertelstunde. Kommt aus Norddeutschland. Da tun sie doch immer so exakt, mit dem s-pitzen S-tein. Hört sich hier im Bayrischen ganz witzig an, vor allem bei einer so feschen Naturblonden. Ob diese Alexandra ein gut gefülltes Bankkonto hinterlassen hat? Ein warmer Regen wäre jetzt wegen der Mercedes-Rechnung sehr willkommen. Schon eine halbe Stunde Verspätung. Yvonne! Du hast meine Handynummer! Also, was ist? Woran ist sie eigentlich gestorben? Herzinfarkt, Krebs, Autounfall oder was? Du hast deine Chance gehabt, Yvonne. Vergessen wir's. Wär vielleicht geil geworden, der Abend. –

„Schreib's mir auf den Deckel" sagte er dem Wirt hinterm Tresen und ging zum Auto. Von dort rief er Toni an und verabredete sich mit ihm in Schwabing im ‚Wildschütz' – nicht wegen Schwabing, sondern wegen Toni, der nach seinem Umzug aus der Alten Heide und zwei weiteren Ortswechseln dort seit ein paar Jahren wohnte.

Mit vollem Namen hieß er Toni Castello. Das war sein Künstlername. Der bürgerliche Name, Anton Sebald, spielte nur eine Rolle, wenn er amtliche Unterschriften leisten musste, zum Beispiel bei seiner Heirat mit Annika und drei Jahre danach bei der Scheidung. Ausgestattet mit einem phänomenalen Sprachtalent und dem Aussehen eines norditalienischen Adeligen – groß, schlank, schwarze, links gescheitelte Haartracht, braune Augen, fein modellierte Nase – hatte er sich bereits während der Schauspielerausbildung auf den Typ ‚Italiener' festgelegt: der stets charmante, sympathische, zuweilen schlitzohrige

Südländer, der ein fließendes italienisch-deutsches Kauderwelsch beherrschte, perfekt als Rollenbesetzung in TV-Serien. Privat sprach er ausschließlich ein gepflegtes Münchnerisch. Siegmund hatte ihn zu Studienzeiten bei einem Praktikum kennengelernt, wo Toni in seiner ersten Serienproduktion spielte. Bald darauf, als Siegmund von Stuttgart zum BR-Fernsehen nach München wechselte, wohnte er ein paar Wochen in der Alten Heide bei ihm. Solche Zeiten verbinden. Toni erhielt Rollen zum Beispiel als Latin Lover oder heimwehkranker italienischer Kioskbetreiber am Münchner Hauptbahnhof. Und Siegmund hatte, so oft es ging, eine Rolle für ihn in seinen Drehbüchern vorgesehen. Auch das verbindet.

Die Luft im Wildschütz war stickig, zum draußen Sitzen hatte der Wirt keine Konzession. Der Schweiß rann den wenigen Kneipengästen aus allen Poren. Hans, der Wirt, fand das gut so, denn was ausgeschwitzt wird, muss nachgefüllt werden. Als Siegmund eintraf, saß Toni schon auf einem der Barhocker, Baujahr 71, mit Chromgestell. „Ja, da schau her, der Siegmund Peter, unser ew'ger Schwerenöter", tönte Toni von der Bar. Siegmund erwiderte: „Ja da schau her, der Italiener, der ist das noch viel mehrner." Seit vielen Jahren war es der Running Gag zwischen beiden, sich in liederlichen Stegreif-Reimen zu begrüßen. Und da es nun in war, gaben sie sich die Faust, anstatt des biederen Händeschüttelns. „Und? Was geht?", fragte Toni, als sich sein Spezl auf den Barhocker neben ihm setzte. „Nix geht! Hätte ich dich sonst angerufen?", meinte er ironisch. „Vorhin war ich im Augustiner. Da hatte ich ein Date mit einer jungen Regieassistentin, eine aus Felix Haberers Stall." – „Ach, der Regisseur von der bescheuerten Daily-Soap 'Liebe und Hass'. Und ...?" – „Nix und. Die blöde Kuh kam nicht. Sie hätte wenigstens eine SMS schicken können. Stattdessen versetzt sie einen alten Mann!" – „Ja, was machst du auch mit den jungen Madln rum, alter Sack." – „Hey, du wärst sicher der Erste, der seine Angel auswirft, wenn so ein Fischlein freiwillig daher geschwommen kommt." – „Mei, die jungen Schwänz' schmeißt doch jeder erfahrene Angler gleich wieder in den Bach. Und die ist einfach fortgeblieben? Vielleicht hat sie Angst gekriegt vor deinem Ruf als unwiderstehlicher Womanizer", grinste Toni. Hans, der Wirt, stellte wie gewohnt neben Siegmunds Weißbier einen Obstler, denn dank Toni war er auch hier Stammgast.

Die Bar hatte ihre besten Zeiten Anfang der siebziger Jahre gehabt. Tapeten mit großflächigen Ornamenten in orange und braun; die Bodenfliesen im Tresenbereich ebenfalls in orange; angrenzend braune Fliesen. Das übrige Mobiliar nicht schön, aber original aus der ‚guten, alten Schwabinger Zeit': niedrige Hocker, Cocktailtischchen und Sitzsäcke, in denen man sich mit Schlaghosen räkelte oder im Mini-Rock und Plateau-Sohlen mit züchtig zusammengeklemmten Beinen posieren konnte. Hans meinte, dass man ein solches Erbe bewahren müsse. Seine beiden Stammgäste vermuteten jedoch, dass er aus der Not fehlender Finanzen eine Tugend machte und damit alles beim Alten lassen konnte. Den beiden war's recht, so oder so.

„Quatsch!" entgegnete Siegmund auf die Womanizer-Anspielung und kippte das Scharfgetränk. Er spürte der innerlich hinabrinnenden Flüssigkeit nach, klopfte sich mit der Faust auf die Brust, wie der betrunkene Butler in „Dinner for One“ und unterdrückte den Rülpser, dem der Butler im Film freien Lauf ließ. Anschließend sagte er: „Viel interessanter war der Anruf, den ich heute Nachmittag bekam. Von einem Notar.” – „Von einem Notar”, echote Toni. „Und was wollte der?” – „Mir mitteilen, dass ich ein Erbe antreten kann. Und zwar von einer Frau, von der ich nichts weiß, oder nicht mehr.” – „Ja, mit der Zeit verliert man den Überblick”, stichelte Toni weiter, dann: „Du erbst? Erzähl!” Siegmund berichtete ausführlich über das Telefonat mit dem Notar und die Gedanken, die er sich dazu gemacht hatte. Zusammenfassend sagte er: „Du siehst, viel Geschwätz eines Notars. Trotzdem weiß ich nix. Alles Vermutungen, Spekulationen, und am Ende kein Fleisch am Knochen. Kannst du dir vorstellen, wie das nervt, wenn man ein Sackl vor die Nase gehalten bekommt, das nach irgendwas riecht und man ständig rätselt, nach was?“ – „Na ja, übermorgen um halb drei wirst du schlauer sein.”

Toni legte eine kurze Denkpause ein. „Wie, sagst du, hieß die Dame? Alexandra?” Siegmund bestätigte mit einem Kopfnicken. „Und du meinst, dass es zu der Zeit gewesen sein könnte, als du von Stuttgart nach München gewechselt bist?” Auch dazu nickte Siegmund. Toni fragte gezielt wie ein Kriminaler. Er schien einen Verdacht zu haben. „Und der Notar kannte die Adresse in der Alten Heide?” – „Ja, hab ich doch gerade gesagt,” kam die Antwort jetzt etwas ungeduldig. „Was soll die Fragerei?” – „Herr Lehrer, ich weiß was”, besänftigte Toni seinen

Spezl: „Pass auf. Zu der Zeit war ich gerade in den ersten Wochen mit Annika zugange. Du hast sie auch mal kennen gelernt, wolltest sie sogar anbaggern, du Drecksack." – „So was würde ich niemals tun, Toni. Die Freundin meines besten Freundes anbaggern", unterbrach ihn Siegmund entrüstet. – „Damals waren wir erst ziemlich beste Freunde", konterte Toni. „Lass' mich nochmal nachdenken. Nach einer kurzen Pause und zwei Schluck Weißbier erinnerte er sich: „Also, es muss an dem Abend gewesen sein, als du eine Verabredung in dem italienischen Restaurant „La Quadriga“ hattest. Du warst schon weg. Ich wartete auf Annika, weil wir, glaube ich, ins Kino wollten. Es schellt an der Haustür. Ich sage in die Türsprechanlage „Hallo“ und höre gar nicht mehr genau hin, eine weibliche Stimme sagte irgendwas mit A ... Klar, denke ich: Annika und drücke den Türöffner. Dann steht aber nicht sie an der Wohnungstür, sondern eine fremde, junge Frau. Ich, völlig verdattert. Sie sagt so was wie: Hallo, ich bin die Alexandra, Freundin vom Peter. Ist er da? Nein, sage ich, der ist schon ins Quadriga gefahren. Ich dachte, ihr beide hättet euch in dem Ristorante verabredet und es wäre nur ein Missverständnis, dass sie zur Wohnung gekommen war." Siegmund unterbrach Tonis Redefluss und brummte: „La Quadriga! Alexandra! Mir dämmert nix. Erinnerst du dich, wie sie aussah?" – „Klar, als stünde sie vor mir: Typ Irin. Sommersprossen übers ganze Gesicht, intensiv blaue Augen, geile Augen! Und kupferrote, schulterlange, gewellte Haare. Und sehr schlank war sie." Siegmunds Gedächtnis blieb dunkel. – „Kann es sein, dass ich da was verdrängt habe? Und wenn ja, warum?" Toni antwortete auf die erste

Frage: „Nicht verdrängt, sondern ertränkt, und zwar in einer Flasche Chianti und 'ner dreiviertel Flasche Wodka aus meinem Fundus. Ich weiß das, weil du ständig an meine Vorräte gegangen bist, und ich mich sakrisch darüber aufgeregt habe. Es gab auch mal Krach deswegen, und du hast mir am nächsten Tag den Kühlschrank und die Bar vollgestopft, sodass wieder alles okay war. Jedenfalls hast du dir in der Nacht einen granatenmäßigen Strandhaubitzenvollrausch angesoffen. Als ich am nächsten Nachmittag von Annika nach Hause kam, bist du in den Klamotten vom Abend wie tot auf deinem Bett gelegen, der Fernseher lief noch. Kein Wunder also, dass du dich an nichts erinnerst." – „Glaubst du wirklich, dass da was mit einer Alexandra war? Sommersprossen, blaue Augen, rote Haare?" – „Du hattest was von einer Verabredung erwähnt, und ich dachte, mit ihr im Quadriga." – „Wenn es stimmt, was du erzählst, dann könnte diese Alexandra ins Quadriga gekommen sein. Nur, mit ihr hatte ich mich nicht verabredet. Mein Bauch sagt mir: Nicht mit ihr, doch mit wem dann?" – „Merkwürdig, dass ausgerechnet eine Frau, an die du dich partout nicht erinnerst und die nun tot ist, dich als Erbe eingesetzt hat. Hatte sie keine Verwandten, Familie?" – „Keine Ahnung. Ich weiß nicht einmal, ob ich alles erbe oder nur einen Teil. Auch das hat mir der Notar nicht verraten." – „Na, dann stoßen wir mal auf das Andenken an die gute Alexandra und das Erbe an, auf dass es reichhaltig sei! Übermorgen bist du schlauer. Hans, zwei Obstler auf mich." Siegmund brummte nur dazu.

Eine Weile saßen sie schweigend an der Bar und ließen sich von den Tremeloes und ihrem 70er-Jahre-Hit „Silence is Golden“ berieseln. Auf der Heimfahrt durch den nächtlichen Vollverkehr und die rastlos suchenden Touristen nach „Wo ist was los in Schwabing?“ flogen Filmfetzen in seiner Erinnerung vorbei. Personen und Szenen tauchten wie verwaschene Schatten auf einer Leinwand auf und verschwanden wieder. Eine Alexandra war nicht dabei.

– Alexandra Gehrwein, hatte der Notar gesagt. La Quadriga. Wo ist das Lokal überhaupt? Kann ja mal im Internet nachsehen. Der Karton mit den alten Fotos. Muss ich mal drin kramen. Vielleicht finde ich ein Bild von dieser sommersprossigen, rothaarigen und blauäugigen Schönheit, das mir auf die Erinnerungssprünge hilft. –

*

Der nächste Tag begann für Siegmund recht erfreulich. Gegen halb zehn fand er im Briefkasten den Kontoauszug mit einer Tantiemenzahlung vor, auf die er seit Tagen wartete. Es war für die Wiederholung von ‚Bernsteinblauer Horizont’ in einem der öffentlich-rechtlichen Kultursender, wofür er vor sechs Jahren das Drehbuch geschrieben hatte.

– Na endlich! Dreieinhalb Tausend. Reicht für die Werkstattrechnung und das Konto wieder auffüllen. Als Nächstes: Luggi anrufen, Termin für die Haare. Dann zum Geldautomaten. Danach zum Frühstück ins Tanninger. –

„Servus, Luggi. Peter hier. Du, ich hab morgen einen wichtigen Termin. Kannst mich heut noch reinschieben? Wie immer: Volle Tönung Platin und den Haarschweif trimmen. Ja? Klasse, danke! Also dann bis um sieben heut Abend. Ciao, Luggi.“

– Nach dem Geld die Schuhe vom Schuhmacher holen, nach sechs Wochen. Oder doch besser gleich ins Tanninger. Da kommt manchmal auch die eine oder andere Figur von den Studios rein. Vielleicht ergibt sich was. Und Klimaanlage hat's auch. So eine Hitze! Rot. Pacellistraße. Da ist es ja, das Ristorante La Quadriga. Alexandra. Soll im Winter gewesen sein. Wie soll ich mich jetzt bei der Hitze erinnern, was im Winter vor vielen Jahren war! Grün. Tanninger. Kein Parkplatz. Also wenden. „Ja, hup doch, du Hugo!" Der da fährt weg, also rein! Schwer was los hier drin. Sitzen da die Letzten vom Frühstück oder die Ersten zum Mittagessen? –

„Ja, Spatzl, Grüß Gott: Erst mal einen Aperol Spritz zur Einstimmung, bitte mit echtem Schampus; dann einen Cappuccino, ein kleines San Pellegrino-Wasser, zwei Eier im Glas, vier Scheiben Pane pugliese, San Daniele Schinken, Gorgonzola dolce und ein paar Oliven, nur grüne. Und bringen'S mir bitte die tz. Danke!"

– Von den Gesichtern, die da sitzen, kenn ich keins. Die treiben sich jetzt wohl alle in der Bavaria-Kantine 'rum. Da sollte ich auch mal wieder hin. Feuilleton kannst du vergessen bei der tz. Sportteil: Jaja, der FC Bayern auf dem ersten Tabellenplatz, langweilig. Politik: Immer mehr Flüchtlinge ersaufen im Mittelmeer, Lampedusa überfüllt. Franz Kallwey! Da schau' her: Wir trauern um Franz Kallwey, steht da. Bayrischer Rundfunk, Fernsehdirektor von 1979 bis 1996. Der war zu meiner Zeit oberster Chef. Hatte eine hübsche Tochter. Wie hieß die nur mit Vornamen? –

„Ah, da kommt die bezaubernde Dame mit dem Frühstück, wunderbar. Darf ich Ihren Vornamen erfahren? Sie machen das ja ganz vortrefflich. Diana! Oh, die römische Göttin der Jagd. Na, von Ihnen würde ich mich sogar als kapitaler Zwölfender gerne erlegen lassen.“ Kurz vor zwei Uhr verließ er das Café-Restaurant Tanninger, mit sich und der Welt im Einklang. Denn eine Tantiemenzahlung wirkte nun mal beruhigend und anregend zugleich auf ihn.

– Alexandra. Diese Erbschaft! Was steckt dahinter? Vielleicht hab ich morgen ausgesorgt. Oder ist es doch nur ein schäbiger Fake einer verlassenen Enttäuschten. Davon gibt‘s ein paar, geb ich ja zu. Mich haben auch einige reingelegt. Beruht alles auf Gegenseitigkeit. –

Seit dem Anruf des Notars war in ihm ein Pendel in Schwung gekommen. Langsam erst, dann unweigerlich mit immer stärkeren Ausschlägen. Nichtwissen, Vermuten und Spekulieren trieben das Pendel an. Zweifel und Hoffnung, Hochgefühl und Zweckpessimismus bestimmten die Kraft, mit denen das Gewicht gegen die Magenwände und die Herzkammern schlug. Es machte ihn zunehmend nervös.

Um sich abzulenken und nicht fortwährend an die Erbschaftsangelegenheit und den Termin morgen zu denken, flanierte er durch die Innenstadt am Odeonsplatz, setzte sich unter einen Sonnenschirm vom Café Luitpold und hörte über Ohrstöpsel den Soundtrack von ‚Das Boot‘. Er guckte in Schaufenster mit exquisiter Ware und hing den Erinnerungen nach, als er hier des Öfteren verkehrte. Gute Zeiten, schlechte Zeiten. Gerade waren schlechte Zeiten für ihn, also kein neues Dinner-Jackett von Armani, nicht einmal einen Hosengürtel von Gucci.

– Sieben Jahre lang für die Fernsehserie ‚Wo leben wir denn?‘ gearbeitet. Von heut auf morgen war Schluss. Erst Hinhaltetaktik vom Sender, unserem Auftraggeber. Dann Ende der Vorstellung, Ende für ‚Omega‘ als Produzent und damit auch für mich. Auflösung des Script Departments. Ja, das war mein letzter Job. Zerstörung des eigenen Lebenswerks. Den Leuten sagen: It's all over now. Plötzlich arbeitslos, aber nicht mittellos. Trotzdem, was jeder Künstler ohne Engagement in der Branche macht: Stempeln gehen. Einfach erniedrigend. Arbeitslos. Formulare ausfüllen ohne Ende. Dafür hat man ja plötzlich jede Menge Zeit. Antrag auf Arbeitslosengeld abgeben und ab in Urlaub. Erst Ibiza, dann Fuerte. Danach Weihnachten in Kenia: nachts 25 Grad. Im Klubhotel eine Schwarzwaldtanne als Weihnachtsbaum mit Kerzen, Kugeln und Lametta. Ziemlich jenseits von Afrika. Wenigstens keine ‚Stille Nacht, heilige Nacht‘.

Mitte Januar wieder zu Hause. Angebote? Anfragen? Fehlanzeige. Telefonate bei allen bekannten Produzenten. Nichts. Stellen als Leiter des Script Departments sind rar, äußerst rar! Dann: Entwicklung eigener Projektideen, Pitch-Gespräche am Telefon. Selten genug: „Na, dann schicken Sie halt mal ein Zwei-Seiten-Exposé.“ Nachhaken, Absage. Ja, leckt mich doch!!! Geld war da – noch! Im April in Babelsberg: „Wir rufen an, wenn sich was ergibt“. Juni in Rom, Cinecittá und alle möglichen Produktionsstudios. Ergebnis: Mitleidiges Lächeln oder Absagen mit gesten- und wortreichen Begründungen. London, Pinewood Studios und andere: We're so sorry! Zurück in München: Wieder TTT – Telefon-Tingel-Tour, durch alle Produktionsfirmen dieser Republik, egal welches Genre oder Format: Doku-Soaps, Daily-Soaps, Dokumentationen, Entertainment, Infotainment, Spielfilme. Ich kann alles, sage ich. Auch ganze Teams führen, hab ich bewiesen bei Omega. Erfolglos auf ganzer Linie. Die hatten längst ihre Lektoren, Dramaturgen, Creative Producer, Developer und was es sonst alles auf dem Gebiet Drehbuchschreiben und -entwicklung gibt. Langsam begriff ich, dass ich draußen war. –

Nachdem Siegmund Luggis überragende Coiffeurs-Kunst genossen hatte, entschloss er sich spontan, im Restaurant ‚La Quadriga' aufzukreuzen. Es war kurz vor halb neun Uhr, Primetime in der Speisegastronomie.

– Ohne Anmeldung hast du zwar keine Chance, aber wenigstens mal reinschauen, vielleicht tauchen irgendwelche Erinnerungsbilder auf. –

Die Rückblende blieb dunkel, und der Maître meinte nur: „Tutto completo, mi dispiace – Alles belegt, tut mir leid." Er fuhr nach Hause, stellte das Auto ab, ging zu Fuß zum Augustiner und aß einen Leberkäs mit Kartoffelsalat – gewiss keine gleichwertige Alternative zu Sogliola al Limone oder Ossobuco. Deshalb investierte er die gesparte Preisdifferenz in alkoholhaltige Getränke und palaverte mit anderen Stammgästen im Biergarten.

*

Ein Knall riss Siegmund mitten in der Nacht aus dem Schlaf. Die Schlafzimmertür war krachend zugeschlagen.

Bevor er zu Bett gegangen war, hatte er alle Türen und Fenster auf Durchzug gestellt, mit seinem schweren Kopf aber vergessen, sie zu arretieren. Im Zwielicht der Straßenbeleuchtung sah er, wie fette Tropfen die Fensterbank bombardierten und auf dem Parkettlaminat zerstoben. Im ersten Moment schrieb er das bedenkliche Schaukeln der Straßenlaternen dem übermäßigen Alkoholgenuss im Augustiner zu. Schlafzimmer samt Interieur blieben jedoch bewegungslos. Die Ursache waren folglich die Gewitterböen. Bei dem Versuch, unter das Fenster einen Putzlappen zu legen, überforderte er dann doch seinen Gleichgewichtssinn. Er glitt in der Nässe aus und prallte mit der Wucht seiner hundertzehn Kilo auf die nackte linke Gesäßbacke, da er unbekleidet war. Beim Aufstehen fluchte er. Mit Stühlen hinderte er die Türen am weiteren Zuschlagen, die Fenster brachte er in Kippstellung. Im Bad trocknete er Füße und Gesäß und legte sich wieder ins Bett, vorsorglich auf die rechte Seite. In den nächsten Tagen würde wahrscheinlich ein kräftiges Hämatom seinen Allerwertesten zieren.

Irgendwann krachte ein Krankenwagen mit Blaulicht in das Schaufenster eines Supermarkts. Siegmund hörte einen schrillen, langgezogen Schrei, der das Glas bersten ließ und in seine Ohren schnitt, während er innen hinter einer Säule kauerte und einen Terroranschlag befürchtete. Stattdessen beförderten zwei Sanitäter eine Frau in einem blutbefleckten, trerrakottafarbenen Hochzeitskleid auf der Krankentrage zur Ambulanz. Sie hatte den Mund geöffnet, als käme von ihr der Schrei. Beim hastigen Rangieren nahm das Fahrzeug mehrere Obst- und Gemüse-Steigen auf die Stoßstange und brauste davon. Der Notarzt, in Einsatzkleidung mit grell fluoreszierenden Streifen, rannte über die Scherben des zertrümmerten Schaufensters dem Krankenwagen hinterher. Dabei glitt er auf den glatten Glassplittern aus und verletzte sich. Blutend stand er auf, schüttelte wütend die Faust dem davonrasenden Blaulicht hinterher und ging zurück in den Supermarkt. Dort kollidierte er mit der Säule, hinter der sich Siegmund versteckt hatte. Plötzlich steckte in der Notarzt-Uniform Toni, der ein schwarzes Piraten-Kopftuch trug und eine Machete schwang, als wollte er ihn köpfen. Toni fragte Siegmund aber nur: „Kennen wir uns?“

Vor Jahren hatte Siegmund eine Fähigkeit entwickelt, von der er glaubte, dass sie einzigartig sei: Er konnte nach einem Traum absichtlich aufwachen. Er wusste nicht, wie es funktionierte. Er hatte es trainiert, so dass er den eben gesehenen Film gleich notieren konnte. Die oft skurrilen, abenteuerlichen oder schrecklichen Szenen sammelte er in Schulheften, weil er hoffte, dass sie ihm einmal als Anregungen in seinen Drehbüchern dienen könnten. Deshalb lagen stets ein Klemmbrett mit einem Schulheft und ein Bleistift auf seinem Nachtschränkchen griffbereit. Trotz seines längst nicht normalisierten Alkoholpegels weckte er sich nach diesem Traum, knipste die Nachttischlampe an, knautschte die beiden Kopfkissen zurecht und verlagerte nach einer unachtsamen Bewegung mit unmittelbar folgendem stechenden Schmerz das Gewicht auf die rechte Gesäßhälfte. So saß er windschief halb aufrecht im Bett und notierte stichwortartig das eben im Traum Erlebte. Als er den letzten Eintrag schrieb: „Kennen wir uns?“ flackerte ein fernes Wetterleuchten in seinem Gedächtnis auf. Es war schwach und erhellte nur für einen Moment eine liegende Gestalt auf dem Terrakotta-Boden eines Restaurants. Er hörte sich murmeln: "Alex", dann fiel ihm der Stift aus der Hand, das Klemmbrett rutsche unkontrolliert zur einen, sein Kopf zur anderen Seite.

Das Aufstehen zögerte er hinaus, weil er sich gerädert und nervös fühlte. Weniger wegen der Biere und Schnäpse, diese über Nacht zu verarbeiten war er gewohnt. Viel mehr machte ihm das Rätselraten um die Erbschaft und daraus folgend das ständige Schwanken zwischen Zuversicht und Pessimismus zu schaffen. Sein Nervenkostüm war erheblich angefressen. Erst heute Nachmittag würde sich der Zustand bessern, wenn er vom Notar über die Angelegenheit aufgeklärt wurde. So lange musste er durchhalten.

Nach den allmorgendlichen, heute etwas verspäteten Verrichtungen, einschließlich des obligaten Stuhlgangs nach dem doppelten Espresso, inspizierte er vor dem großen Schrankspiegel die schmerzhafte Prellung, die er sich in der Nacht zugezogen hatte. Ein zweiter, handlicher Kosmetikspiegel half ihm dabei, bequem sein Hinterteil zu betrachten, ohne sich im Kreuz zu verdrehen. Denn so hüftelastisch wie früher war er nicht mehr, erst recht nicht nach dem Sturz. Mehr als eine Rötung der fraglichen Stelle konnte er nicht feststellen. Eine weitere Betrachtung seiner selbst vermied er, weil ihm die einst stattliche, und nun deutlich aus den Fugen geratene Statur nur Missvergnügen bereitet hätte.

Die Zeit, bevor er nach Reutlingen starten musste, nutzte er für die Online-Banküberweisung an die Auto-Werkstatt. Anschließend machte er sich auf den Weg zum Schuhmacher, was er gestern auf heute verschoben hatte. Kaum vor der Haustür, kam er wieder ins Schwitzen. Mit dem nächtlichen Gewitter war es kaum kühler, stattdessen drückend schwül geworden. Im Nu klebte das T-Shirt auf der Haut. Vereinzelt fielen die letzten Tropfen aus dem nassen Blattwerk der Bäume zwischen Straße und Gehweg. Der warme Asphalt dünstete einen strengen Geruch aus, der sich mit dem Duft des frisch besprengten Laubs mischte. Im Schuhmacherladen wechselte der Duft in eine nicht unsympathische Mischung aus Leder, Fußschweiß und lösungshaltigem Kleber. Der Vorhang zur Werkstatt bewegte sich. Ein schwitzender Schneemann rollte hinter den antiken Verkaufstresen: eine kleine Kugel als Kopf und eine größere als Leib, die Haut aschfahl und der Haarkranz schneeweiß. Es war wohl die lebenslange Inhalation der Kleberdämpfe, die ihn so leidend aussehen ließ. Mit einem Eck der dunkelgrünen, kleberfleckigen Schürze wischte er sich die Stirn. Ohne den Kugelkopf zu bewegen, blickte er seinen Kunden von weit unten fragend an. Siegmund legte ihm wortlos das Billet auf die Glasplatte des Tresens, unter der Schuhcremedosen und Glanzbürsten zum Verkauf bereit lagen. Mit der Dynamik einer hundertjährigen Schildkröte machte sich der Schuster auf die Suche im Regal, bis er unter den vielen Packpapiertüten endlich die richtige mit Siegmunds schwarzen Business-Slippern gefunden hatte.

Die Zeit war knapp geworden, da er zuhause nochmal duschen und sich umziehen musste: Feinripp-Unterhemd und weißes Businesshemd. Dazu die eben abgeholten Schuhe. Die Jeans tauschte er gegen eine dunkle Tuchhose. Er war der Meinung, dass man anlässlich einer Erbschaftsangelegenheit beim Notar angemessen gekleidet auftreten sollte. Als er sich wie gewohnt in den alten Mercedes setzte, stöhnte er unwillkürlich auf: seine linke Hinterbacke hatte ihn unsanft an ihre frisch erworbene Empfindlichkeit erinnert.

Von Untergiesing aus auf die Autobahn zu kommen, war zeitraubend. Endlich auf der A8, machte er es sich durch vorsichtiges Bewegen seines Abdomens in dem Fahrer-Sessel bequem. Dabei halfen ihm das ausgelegte Lammfell über Sitzpolster und Rückenlehne und die dahinter versteckte zusätzliche Lordosestütze. Diese Ausstattung hatte er schon in seinem ersten, vom Papa übernommenen Mercedes genutzt, weil ihm die riesigen, Wohnzimmersessel ähnlichen Sitze bei langen Fahrten ziemlichen Verdruss im Kreuz bereiteten. Kaum hatte er sich einigermaßen schmerzfrei auf dem Sitz eingerichtet, begann schon wieder das Gedankenkarussell um die Erbschaft zu kreisen. Damit er nicht in völlig derangiertem Geisteszustand beim Notar eintraf, lenkte er sich ab und führte die Betrachtungen von gestern Nachmittag fort.

– Erst der Verdacht, dann die Gewissheit: Ich bin draußen. Weit und breit kein Interesse am Können des erfahrenen und kreativen Drehbuchautors Peter Siegmund, nicht einmal als Krankheitsvertretung. Unzählige Versuche, wie die Stubenfliege gegen Fensterglas. Die Finanzen wurden langsam knapp. Das Arbeitslosengeld ein Nasenwasser. Immer wieder zu Mittag in der Bavaria-Kantine. Ehemalige Kollegen gehen an andere Tische, bleiben unter sich, unverbindliche Smalltalks, nichts Konkretes. Das tut man sich nicht lange an. Irgendwann wird's peinlich. Der Umzug von der Wunderhorn- in die Arminiusstraße, vom Luxus-Apartment in die Zwei-Zimmer-Bude: würdelos, jedoch unumgänglich. Und jetzt? Hier und da mal ein Drehbuch für ein Firmenvideo oder ein PR-Filmchen. Tantiemen von früheren Arbeiten? Spärlich. –

Aus der lautlosen Gedankenwelt wechselte Siegmund in ein Selbstgespräch, bei dem er engagierter Sprecher und aufmerksamer Zuhörer in einem war: „Und dann das dumme Geschwätz von Idioten, die keine Ahnung haben: Ich hätte mich beizeiten um einen neuen Job kümmern sollen. Leute! Drehbuch-Entwicklung für Serienproduktionen ist heutzutage Akkordarbeit. Da gibt's nur Schreiben, Essen, Schlafen. Keine Weiber, nix Vergnügen, nur Maloche. Als ich bei Omega anfing, hatten wir paradiesische Zustände im Vergleich zu heute. Dann kamen mit dem Erfolg immer mehr Produktionen, das Script Department wurde größer und die Entwicklungszeiten kürzer. Und ich verantwortlich für alles, was dieses Schreibkontor als Manuskript verließ. Nach und nach wurde es zum Höllenjob. Wenn du nicht selbst schreibst oder das lektorierst, was andere geschrieben haben, oder wenn du gerade mal nicht Briefinggespräche mit deinen Autoren führst, sitzt du in einem der endlosen Produktionsmeetings, wo jeder Satz des Skripts durchgekaut, jede Szene auf dramaturgische Wirkung seziert wird. Wenn da vier, fünf oder mehr Leute am Tisch sitzen und jeder glaubt, eine Meinung haben zu müssen, dann wirst du zum Hirsch! Denn jeder Shot, jeder Take, jeder Dialog, das bist *du*! Weil *du* für das Drehbuch verantwortlich bist, es ist *dein* Baby! Wenn du dir nicht im Lauf der Zeit einen Nashornpanzer zugelegt hast und nicht pragmatisch und flexibel auf die Argumente reagierst, landest du unweigerlich im Irrenhaus. Manchmal glaubst du, dass du schon drin bist, so wie es in den Meetings manchmal zugeht. Hab's doch erlebt, wie sie sich gegenseitig an die Gurgel gegangen sind! Ich hab mich da immer rausgehalten. Was? Urlaub? Dass ich nicht lache! Maximal ein verlängertes Wochenende oder über die Feiertage. Freizeit erkaufst du dir durch Nachtarbeit. Von wegen Glamour und Hollywood! Sklavenarbeit ist das! Da verschwendest du nicht einen Gedanken für was anderes. Zugegeben, als Chef des Script Departments konnte ich mir die eine oder andere Freiheit genehmigen. Aber meine Schreiber, Galeerenarbeit bis zum Schluss, obwohl ich immer versucht habe, den Stress klein zu halten. Termine müssen nun mal eingehalten werden. Bis zum bitteren Ende, bis die letzte Folge der letzten Staffel im Kasten war, haben wir wie gewohnt weiter geschuftet. Auch wenn ich nicht schlecht verdient habe und kaum Zeit hatte, das Geld auszugeben, bin ich mittlerweile runtergestuft auf Hartz IV. So sieht mein Glamour aus!“

*

In München wölbte sich der sprichwörtliche, weißblaue Himmel, zwischen Augsburg und Ulm verschleierte er sich. Am Drackensteiner Hang, wo Siegmund die Autobahn verließ, hatten die Wolken schon graue Bäuche und im Tal hinter Wiesensteig schaltete er die Scheibenwischer ein. Das Navi führte ihn durch strömenden Regen ohne Umweg nach Reutlingen in die Bahnhofstraße. Kurz vor halb drei stellte er sein Auto auf dem Parkplatz gegenüber dem staatlichen Notariat ab. Nach dem nächtlichen Gewitter in München hätte er sich denken können, dass die Schwäbische Alb daraus Dauerregen macht und ein paar Grad abzieht. Zum Glück hatte er ein maisgelbes Sommer-Jackett auf der Rücksitzbank liegen. Es passte nicht zur dunklen Tuchhose, was ihm jetzt egal war. Als er es sich angelte, schoss prompt der Schmerz durchs linke Gesäß. Er fluchte, als er dem Handschuhfach das Siebeneuroknirpsimitat eines Regenschirms entnahm. Der Pförtner schickte ihn in den 4. Stock zum Referat VII - Nachlassgericht. Wie bei Behörden üblich, musste er auf dem öden Flur warten. Wegen seines lädierten Hinterns blieb er lieber stehen anstatt einen der unbequemen Besucherstühle zu belegen. Da er der Einzige war, konnte es nicht lange dauern, bis er vorgelassen wurde. Dass man in Behörden entweder aufgerufen oder vorgelassen wird, wusste Siegmund durch seine Besuche beim Sozialamt. Er tippte auf vorgelassen werden wegen des Automaten, an dem er sich eine Nummer ziehen musste, die auf dem Anzeigedisplay bald erscheinen sollte. Die Anzeige funktionierte aber nicht. Unsicher, ob er nun doch aufgerufen würde, las er, was neben der Tür, fein säuberlich in einem matt gebürsteten Alurähmchen stand: Referat VII, Nachlassgericht, Notar Lothar Frasch.

Nach einer Viertelstunde endlich öffnete sich die Tür neben der von Notar Fraschs Büro. Es erschien eine kontrastreich geschminkte, mittelalterliche Vorzimmerdame in einem Sommerkleid mit Mohnblumen-Dekor, die den Türrahmen weitgehend ausfüllte. Er wurde also aufgerufen oder besser: Sein Name wurde so unbeteiligt in den Raum gestellt, wie er soeben den Regenschirm in den Schirmständer gestellt hatte. Auch sah ihn die Dame nicht an, sondern blickte inhaltslos an ihm vorbei. Trotzdem deutete er die Nennung seines Namens als Aufforderung näherzutreten. Die Sekretärin drehte sich wortlos um und steuerte mit gewichtigem Schritt in klobigen Pumps, mächtig wankendem Hüftengold und wild pendelndem Rocksaum die Verbindungstür zum Büro ihres Chefs an. Indem Siegmund ihr folgte, entzifferte er im Vorbeigehen, was in dem Rähmchen neben ihrer Tür stand: Vorzimmer Referat VII, Rosemarie Bertele. Bei aller Anspannung, was die Nachlassangelegenheit betraf, verspürte er einen Lachreiz wie bei einer gut gelungenen Pointe: In dieser grauen Behördenumgebung und angesichts der rosa Pausbacken, den kirschroten, leicht geschürzten Lippen, die sie nach dem letzten Anmalen wohl vergessen hatte, wieder in Normalstellung zu bringen; in Anbetracht des azurnen Lidschattens und des sorgfältig gepuderten Doppelkinns samt üppigem Dekolleté, fiel ihm die Bezeichnung ‚Rosige Rosi‘ ein.

Das passte alles nicht in diese Umgebung und irgendwie doch wieder auf eine skurrile Art. Rosi deutete ein Klopfen an und riss, ohne eine Antwort aus dem Jenseits abzuwarten, die Tür auf und meldete dem Notar die Ankunft des Herrn Siegmund. Der Notar war ein Männlein mit den Gesichtszügen eines Asketen, der allen Vergnügungen dieser Welt abhold zu sein schien. Die scharfen Falten um die hängenden Mundwinkel ließen auf Magenprobleme schließen, wahrscheinlich hervorgerufen durch den ständigen Stress, alles doppelt zu sagen, und das affenartig schnell. So bunt wie seine Mitarbeiterin herausgeputzt war, so sehr entsprach der Notar in Aussehen und Kleidung seiner Umgebung: grau in grau. Siegmund, der eingetreten war, ärgerte sich wegen des unverhohlenen Behördengehabes dieses Paragraphenjockeys.

– Jockey, genau! Diese halben Portionen, denen man schon im Gesicht ansieht, dass sie nur aus Haut und Knochen bestehen. Ein Jockey im Sattel der Bürokratie. –

Es war nur ein kurzer Gedanke. Wegen des Hämatoms wäre Siegmund auch hier lieber stehen geblieben und hätte das dem Notar in einer gefälligeren Situation gerne erklärt. Da sich nun Herr Frasch ohne ein Zeichen der Kenntnisnahme seines Klienten weiterhin mit einem Schriftstück beschäftigte, das seine ganze Aufmerksamkeit zu binden schien, nahm er sich aus Trotz den Stuhl, dessen Lehne akkurat parallel zur Schreibtischkante ausgerichtet war, drehte ihn absichtlich schräg zum Fenster, ließ sich vorsichtig auf der dünnen Polsterung nieder, verlagerte dabei das Körpergewicht auf die rechte Gesäßhälfte und schlug das linke Bein ebenso vorsichtig über das rechte. So nahm er eine seiner Meinung nach nonchalante Haltung ein, die nicht provozierend war, sondern nur ein wenig signalisierte, dass er nicht bereit war, wie ein Bittsteller herumzustehen, bis er aufgefordert wurde, Platz zu nehmen. Kaum saß er, blickte der Notar auf, als bemerke er den Besucher erst jetzt. Siegmund stellte fest, dass sogar Fraschs Blick so grau war wie das ganze Männlein. Das lächelte magensäuerlich, kam um den Schreibtisch herum, und begrüßte Siegmund mit Handschlag. Leidlich überrascht, erhob er sich wieder, um den Handschlag zu erwidern. „Grüß Gott, Herr Siegmund! – Oh, bleibet Se doch sitze. Das wäre aber nicht notwendig gewesen, dass Sie sich extra in die baden-württembergischen Landesfarben Schwarz-Gold, in Ihrem Fall Gelb, kleiden“, bezog sich der Notar auf die dunkle Hose und das gelbe Jackett. Dabei legte er unter Aufbietung aller Kräfte ein feines Lächeln in sein verhärmtes Gesicht. Er wandte sich wieder seinem Platz hinterm Schreibtisch zu, wo er das gerade so intensiv studierte Schriftstück zurück in den Pultordner legte und nach einem Aktendeckel in der Ablage griff.

„Ja, Herr Siegmund,“ überbrückte der Notar die Zeit, bis er sich anhand der Akte den Vorgang vergegenwärtigt hatte und setzte seinen Vortrag im heimatlichen Akzent fort: „als Erstes bräuchte ich Ihren Personalausweis zur eindeutigen Identifikation, womit ich meine, dass ich sicherstellen muss, dass Sie auch der Peter Siegmund sind, der von der Erblasserin erwähnt wurde.“ Das Dokument prüfte der Notar eingehend, verglich das isometrische Porträtfoto mit dem vor ihm sitzenden Original und übergab es dann seiner Sekretärin zur Fotokopie. Wieder trat eine Pause ein, in der er den Inhalt des Aktendeckels kurz überflog. Dann öffnete er das Schleusentor seines Vortrags. Nach wenigen Sätzen spürte Siegmund, wie alle ohnehin schon vorsorglich abgewiegelten Hoffnungen auf ein opulentes Erbe von diesem Wortschwall fortgespült wurden und das Ganze in einem Desaster zu münden drohte. Der Notar konnte als Nachlass nicht mehr anbieten als die persönliche Habe der Verstorbenen. Dazu gehörte ein, wie er betonte, umfangreiches Konvolut an schriftlichen Aufzeichnungen in Form von Tagebüchern, Briefen und Notizen, „welche die verstorbene Frau Gehrwein Ihnen übereignen wollte. Das dafür entscheidende Dokument ist ein von ihr handschriftlich verfasster und an Sie, Herr Siegmund, adressierter Brief, der den letzten Willen der Erblasserin insofern formuliert, als dass dieser Teil des Nachlasses, das heißt die schriftlichen Aufzeichnungen, größtenteils in Aktenordnern gesammelt und aufbewahrt, ausdrücklich für Sie bestimmt ist."

Siegmund befürchtete, dass er vorzeitig die Konzentration auf den Vortrag des Notars wegen der ständigen Duplikation und Verhaspelung des Gesagten verlieren könnte. Deshalb unterbrach er den Wortschwall mit der Frage, ob es irgendwelche Anhaltspunkte gäbe, warum Frau Gehrwein ihn als Erben bestimmt hätte. Sicherlich gäbe es doch Verwandtschaft, die ein Anrecht auf den Nachlass hätte. Darauf der Notar: „Der Brief an Sie, den Frau Gehrwein wenige Tage vor ihrem Tod geschrieben und an Sie adressiert, aber nicht abgeschickt hat, nennt als Grund für ihr Vermächtnis an Sie, dass Sie, Herr Siegmund, in Ihrer Eigenschaft als Drehbuchautor an ihrer, Frau Gehrweins, Lebensgeschichte interessiert sein könnten." Der Notar beugte sich mit der Geste eines Verschwörers über den Schreibtisch, senkte die Stimme ein wenig und meinte: „Im Vertrauen, Herr Siegmund, Frau Gehrwein war ja hier eine lokale, geheimnisumwitterte Bekanntheit als die Einsiedlerin von Rehlingen, der man höchst seltsame Aktivitäten nachsagte, unter anderem, dass sie alte Männer im Rollstuhl gepflegt haben soll. Dabei sei sie beobachtet worden. Wie die Männer zu ihr kamen und was aus denen wurde, konnte niemand der Gerüchteköche sagen. Ich persönlich habe sogar einen weitläufigen Bekannten über sie sprechen hören. Der hat behauptet, er hätte sie als Druidin einmal in einem weißen Gewand im Wald beobachtet, wie sie mit einer goldenen Sichel Mistelzweige geschnitten hätte." Das sei aber gewiss ein Märchen, fügte er schnell hinzu. Siegmund belastete absichtlich die schmerzende Gesäßbacke, damit er nicht in prustendes Lachen ausbrach. Das war doch starker Tobak und bewies, dass sein Gegenüber niemals einen Asterix gelesen und folglich nicht bemerkt hatte, dass er von dem ‚weitläufigen Bekannten' ganz gehörig auf den Arm genommen worden war.

„Laut polizeilichem Ermittlungsbericht gibt es keinerlei Hinweise auf merkwürdige oder gar unerklärliche Aktivitäten von Frau Gehrwein, bis auf die Tatsache, dass sie äußerst zurückgezogen, also sehr einsam auf einem kleinen Schäfergehöft gewohnt hat, dem so genannten Schofstall, am Rand des Dorfes Rehlingen, zwölf Kilometer von hier." Das Luftholen seines Gegenübers nutzte Siegmund abermals für eine Frage und bereute sie im selben Moment: „Wissen Sie, warum Frau Gehrwein diese Einsamkeit suchte?" – „Die Unterlagen der kriminalpolizeilichen Ermittlungen enthalten Zeugenaussagen, wonach die Frau zum Zeitpunkt ihres Einzugs in dem kleinen Anwesen eine schwere Beziehungsenttäuschung, in deren Folge sie eine Fehlgeburt erlitten hatte, auf diese Weise verarbeiten wollte. Inwieweit ihr das gelungen ist, entzieht sich meiner Kenntnis." Den leichten Stich in der Magengrube überspielte Siegmund mit einer weiteren Frage: „Und woran ist sie gestorben? War es Krebs oder Herzinfarkt?" – „Oh nein, eine ganz tragische Geschichte!" Dabei legte der Notar zur Bekräftigung seiner Kümmernis das ohnehin schon gefurchte Gesicht in noch tiefere Falten. „Da Sie bisher nicht offiziell anerkannter Erbe sind, also die Erbschaft von Ihnen nicht beantragt und daher behördlich nicht entschieden wurde, kann und darf ich Ihnen nicht den mir vorliegenden kriminalpolizeilichen Ermittlungsbericht voll umfänglich referieren. Nur so viel: Frau Gehrwein kam beim Brand ihrer kleinen Werkstatt in den Flammen um. Sie starb also in erschütternder Weise den Flammentod. Nach den polizeilichen Ermittlungen liegt jedoch kein Fremdverschulden vor. Nicht, dass Sie glauben, auf der Alb gäbe es verirrte Seelen, die eine Hexenverbrennung anstrebten." Das sagte er mit unverändert bekümmerter Mine und ohne jeden schalkhaften Unterton. „Nein", sagte er hastig, „es war eindeutig ein Unglücksfall. Auch ein Suizid scheidet aus. Diese Erkenntnis wird erhärtet durch ihre schriftlich in der letzten Tagebucheintragung festgehaltene Einlassung, dass sie sich in wenigen Tagen einer Herzoperation unterziehen wollte, vor der sie begreiflicherweise Angst hatte und deshalb vorher die Übereignung ihrer schriftlichen Aufzeichnungen an Sie geregelt wissen wollte. Es liegt als ursächlich ein tragischer Unfall vor. Ihre Frage nach erbberechtigter Verwandtschaft kann ich insofern beantworten, dass unsere sorgfältigen Recherchen, zu denen wir von Rechts wegen verpflichtet sind, keinerlei Ergebnisse ergeben haben. Das heißt, dass wir trotz unserer Nachforschungen keine Erbnachfolger ausfindig machen konnten. In Erweiterung dessen bin ich berechtigt, Sie als Alleinerben einzusetzen, sofern Sie das Erbe antreten wollen. Das bestätigen Sie uns durch den von Ihnen eigenhändig unterschriebenen Erbschein und werden in der Folge von Rechts wegen als Universalerbe des keineswegs wertlosen Nachlasses anerkannt. Keineswegs wertlos sage ich, weil zu den persönlichen Gebrauchsgegenständen und dem schriftlichen Konvolut ein Behältnis mit Familienschmuckstücken gehört. Der Wert des Schmucks wurde von einem vereidigten Sachverständigen auf rund zehntausend Euro beziffert. Meiner Meinung nach war die Schmucksammlung ursprünglich bedeutend größer. Frau Gehrwein hat wohl durch gelegentlichen Verkauf eines der Stücke ihren Lebensunterhalt bestritten oder aufgebessert. Denn soweit mir bekannt, ging sie keiner geregelten Beschäftigung nach. Jedenfalls würden Sie im Falle der Erbannahme auch über diese Schmucksammlung im Wert von rund zehntausend Euro verfügen können. Im Falle der Erbannahme würden Sie auch Vollmacht über das Bankkonto erhalten, das momentan einen ...“ Notar Frasch suchte in der Nachlassaufstellung den genauen Betrag, während Siegmunds Anspannung augenblicklich einen Höchststand erreichte. „... das derzeit einen Kontostand von 432,87 Euro aufweist.“ Die Anspannung sackte ebenso rasch wieder ab. Der Pegelstand seiner Enttäuschung pendelte sich bei dem Wert von 10.000 Euro ein, dem der hinterlassene Schmuck entsprechen sollte. Sein Gegenüber sagte währenddessen: „Zudem existiert ein Kraftfahrzeug der Marke Renault R4, Baujahr 1983. Der Zeitwert liegt zwar bei Null, das Kfz soll jedoch, wie mir versichert wurde, fahrtüchtig sein."

Wieder mit verschwörerischer Geste rückte er über den Schreibtisch nach vorne, senkte die Stimme erneut und flüsterte: „Ich habe früher als Student selber einen R4 gefahren. Für das Auto werden heute Liebhaberpreise bezahlt, natürlich in bescheidener Höhe. Immerhin, um die tausend Euro kriegen Sie für ein fahrbereites und karosseriemäßig einigermaßen intaktes Modell allemal. Besser als wenn Sie fürs Verschrotten draufzahlen müssen", meinte er und kehrte zum offiziellen Ton ihrer Unterredung zurück. Siegmund bekam den Eindruck, dass Frasch ihm den Nachlass möglichst schmackhaft machen wollte. Wahrscheinlich ging es ihm darum, den Vorgang rasch vom Tisch zu bekommen.

„Zur Übernahme einer Erbschaft gehört auch die Begleichung von Forderungen Dritter. Nach Durchsicht der Unterlagen konnten wir solche Forderungen, speziell finanzielle, nicht feststellen bis auf die üblichen laufenden Kosten wie zum Beispiel Strom- und Wasserverbrauch, Kfz-Steuer et cetera. Im Einzelnen finden Sie die Positionen und die dazugehörigen Dokumente hier in der Nachlassaufstellung aufgelistet."

Nach einer kurzen Unterbrechung leitete er das Ende der Unterredung ein, indem er im beschleunigten Schweinsgalopp den Vortrag herunterleierte: „Herr Siegmund. Hier ist das Formular des Erbscheins, mit dem Sie die Übernahme und Aushändigung des Nachlasses von Frau Alexandra Gehrwein in der Eigenschaft als Alleinerbe beantragen. Zusätzlich erhalten Sie die Aufstellung der erbrelevanten Gegenstände mit ihrem tatsächlichen, beziehungsweise geschätzten Wert. Bis auf den Schmuck befinden sich die Gegenstände, auch die schriftlichen Aufzeichnungen, in der amtlich versiegelten Wohnung von Frau Gehrwein in Rehlingen. Mit Ihrer Unterschrift nehmen Sie das Erbe als Universalerbe an. Dazu können Sie sich hier und jetzt mit Ihrer Unterschrift entscheiden oder wenn Sie wieder zu Hause sind. Dann schicken Sie uns den unterschriebenen Schein innerhalb einer Woche zu und wir veranlassen, dass Sie uneingeschränkten Zugang zu dem Nachlass erhalten." Einen Unterbrechungsversuch Siegmunds ignorierte der Notar. „Nach Leistung der Unterschrift haben Sie sechs Wochen Zeit, die Erbschaftsentscheidung rückgängig zu machen, das heißt, Sie können in diesem Zeitraum Ihre Entscheidung revidieren und vom Erbe zurücktreten. Es besteht für Sie also keinerlei Risiko." Jetzt erst konnte Siegmund seine Frage stellen: „Kann ich denn den Nachlass sehen, bevor ich unterschreibe?" – „Das ist, wie ich eben erwähnte, nicht möglich: Ein Großteil des Erbes, insbesondere das Konvolut der schriftlichen Aufzeichnungen, befindet sich nach wie vor in der Wohnung der Erblasserin. Die Wohnung ist amtlich versiegelt und die Rechtslage schreibt vor, dass erst der Erbfall geregelt sein muss. Dann haben Sie das Recht, über das Eigentum von Frau Gehrwein, also auch über die persönlichen Gegenstände in der Wohnung zu verfügen. Die erwähnte Schatulle mit dem Familienschmuck lagert sicher bei uns und wird Ihnen in Ihrer Eigenschaft als rechtmäßiger Erbe ausgehändigt. Weitere Fragen Ihrerseits können wir im Bedarfsfall gerne auch telefonisch klären."

*

„Hallo! Grüß Gott, können Sie mir sagen, wo ich das Gehöft ‚Schafstall' finde?" Bevor Siegmund nach München zurückfuhr, wollte er unbedingt den Ort sehen, der mit dieser Frau und der Erbschaft zu tun hatte. In Rehlingen hatte er aber keine Lust, lange herum zu suchen. Deshalb sprach er aus dem Auto heraus die Fußgängerin auf der Hauptstraße an. Die Frau beugte sich ein wenig zum Seitenfenster herunter, so dass ihr aufgespannter Regenschirm unangenehm auf dem Autodach kratzte. „Moinet Sie dr Schofstall?" Sie betonte das offene o, um ihm zu zeigen, wie der Name richtig ausgesprochen wurde und schob gleich zwei weitere Fragen nach: „Was wellet Sie do? Send Sie von der Zeitung? Do gibt's nix meh zum säa." Im Geiste übersetzte er simultan, obwohl ihm als gebürtigem Konstanzer das Idiom der Gegend nicht völlig fremd war: Meinen Sie den Schofstall? Was wollen Sie da? Sind Sie von der Zeitung? Da gibt's nichts mehr zu sehen. „Nein, ich bin von der Brandschutzversicherung und muss den Schaden begutachten", log er. „Ach so. No fahret Se do vorna rechts nai ond dann wieder lenks, no säet Se's glei." Wieder übersetzte er für sich: Fahren Sie da vorne rechts ab und wieder links, dann sehen Sie es schon.

Auf dem regenglitschigen Feldweg bis zum Gatter des Anwesens schlingerte sein schweres Auto. Vor der Zufahrt hielt er an und stellte fest, dass er den Regenschirm im

Notariat vergessen hatte und außerdem, dass alles verschlossen war. Sogar das amtliche Siegel erkannte er, das am Gatter angebracht war. Aussteigen machte also keinen Sinn. Es gab nur das zu sehen, was er sah: die verschlossene Wohnbaracke und die notdürftig mit ein paar blauen Plastikplanen abgedeckte Brandruine. Davor ein uralter Renault R4 in ausgebleichtem, über die Jahrzehnte stumpf gewordenen Ziegelrot, der ihm die Rückfront mit der senkrechten Ladeklappe zuwandte. Der Scheibenwischer seines Mercedes war auf Intervallschaltung gestellt und quietsche bei jeder Wischbewegung.

In diesem Moment bestieg eine junge Frau in Jeans und olivgrünem Parka den Renault. Mit den Bewegungen des tausendmal Geübten schob sie zuerst das rechte Bein in den Fußraum, knickte dann in der Hüfte ab und neigte den Kopf weiter nach links, damit sie ihn nicht an der Oberkante des Türrahmens anschlug. Der dichte, rotgewellte Haarschopf schwang mit. Im Polster sitzend, zog sie das linke Bein neben das rechte und schlug die Fahrertür mit metallischem Scheppern zu.

Es war kein Film, kaum ein Bild, das er für einen Sekundenbruchteil durch das geöffnete Seitenfenster sah. Es war nur der Gedankenschatten eines Wiedererkennens. Der alte R4, der dort stand, gab ihm plötzlich die Gewissheit, dass er die dazugehörige Frau kannte. Er empfand eine Vertrautheit, weil Frau und Auto eine unauflösbare Einheit ergaben. Dieses Auto hatte er nie so recht ernst nehmen können und immer als minderwertig betrachtet im Vergleich zu dem Mercedes, den er schon damals besaß. Erneut quietschte der Scheibenwischer über das Glas.

– Parka, Jeans, rote Haare, R4 – das passt zusammen und gehört zusammen. Trotzdem kann ich mich an nichts Konkretes erinnern. Was war passiert? Im Alkohol ertränkt, wie Toni meinte. Eine schwere Beziehungsenttäuschung, hatte Frasch gesagt. War ich das? Alexandra Gehrwein und ich? Oh Gott!! –

Quietsch. Er schaltete den Wischer aus und machte mit dem Handy aus dem offenen Seitenfenster ein paar Aufnahmen. Dann, als wollte er eine verrostete Mutter auf ihrem Gewinde bewegen, zwang er seinen massigen Oberkörper vorsichtig wegen des zu erwartenden Schmerzes im linken Gesäß in eine Rechtsdrehung, legte den rechten Arm hinter die Nackenstütze des Beifahrersitzes und drehte den Kopf, bis der Atlaswirbel auf dem Axiszahn knirschte. So manövrierte er das Auto mühsam den Weg rückwärts bis in eine kleine Ausbuchtung, wo er mit mehrmaligem Rangieren den sperrigen Mercedes wieder in Normalstellung brachte. An der Einmündung zur Hauptstraße wählte er auf dem Navi ‚nach Hause‘ und trat den Heimweg an.

Beim Gedanken an eine Verbindung zwischen ihm und Alexandra begann er zu überhitzen. Der Schweiß rann ihm aus den Achselhöhlen zum Armausschnitt seines Feinripp-Unterhemdes wo er aufgesogen wurde. Mit der Rechten am Lenkrad, fühlte er mit der Linken den heftig pochenden Puls: mindestens 100, schätzte er.

– Nun mal ganz cool! Wie ist der Stand der Dinge? Der Nachlass: im Wesentlichen ein Berg beschriebenes Papier und Schmuck im Wert von zehntausend Euro. Der R4 ist, soweit erkennbar, Schrott. Für einen Bastler maximal zweihundertfünfzig Euro wert, von wegen tausend, wie der Notar behauptet. Die persönlichen Habseligkeiten, inklusive Haushaltsausstattung, höchstwahrscheinlich ebenfalls wertlos. Lohnt sich der Aufwand? Den ganzen Behördenkram erledigen, also wieder nach Reutlingen zur rosigen Rosi und ihrem Paragraphenjockey wegen des Schmucks. Dann die Wohnung ausräumen. Den R4 auf einen Schrottplatz schleppen, sofern er nicht läuft, was anzunehmen ist bei so langer Standzeit. Oder nach München bringen und den Scherben im Internet verhökern. Die Memoiren-Ordner nach Hause schaffen, sichten und checken, ob man daraus was machen kann. Glaub ich zwar nicht, aber: Sag niemals nie. Für das alles gibt's zehn Mille in Schmuck. Immerhin. Hab in letzter Zeit bei weit mehr Aufwand schon weniger verdient! –

Das Handy auf dem Beifahrersitz bimmelte. „Servus, Toni! – Ja, ich bin jetzt auf der Rückfahrt vom Notar. – Naja, wie man's nimmt. Erzähl ich dir dann. Heute nimmer, bin zu müde. Der Notar war echt anstrengend. – Seine Sekretärin? Ich sag dir, ein Rubensgemälde von einer Frau! Treffen wir uns morgen Abend? Okay, dann um acht, diesmal im Augustiner. Einverstanden? Hasta la vista, baby!“ Sein Puls hatte sich normalisiert. Der alte Diesel brummte mit hundertdreißig über die Autobahn in Richtung München. Siegmund sprach wieder mit sich selbst.

– Die zehntausend sind auf jeden Fall nicht von der Hand zu weisen. Was ist mit den Aktenordnern? Was steckt da drin? Der Notar sprach von einer Beziehungskrise, wegen der sie die Einsamkeit gesucht hat. Vielleicht die Aufzeichnungen ihres Leidensweges der letzten Jahre?

Je nachdem, was sie geschrieben hat, könnte man daraus vielleicht was machen, zum Beispiel ein Psychodrama: die Geschichte einer Verstoßenen der Liebe, die in ihrer Verzweiflung und Enttäuschung die pulsierende Welt verlässt und sich in die Einsamkeit zurückzieht, wo sie einen schweren Kampf ausficht, mit Depressionen und Rückschlägen, und immer wieder aufsteht. So könnte es gewesen sein. Das Ganze als Dokumentation. ‚Die Einsiedlerin von Rehlingen' hat der Notar die Frau genannt. Klingt schon wie ein Filmtitel. Drehbuch, Location: Der ‚Schofstall', ein harmlos anmutendes Kleingehöft. Jahreszeit: Spätwinter, kaum Vegetation. Wetter: Grau. Handlung: Eine junge Frau in Parka und Jeans fährt mit ihrem R4 vor die Wohnbaracke und beginnt, ihre spärlichen Habseligkeiten ins Haus zu tragen. Sie ist allein. Kaum Ton. Irgendwo kläfft entfernt ausdauernd ein Hund. Kamera macht auf: Totale, langsamer Schwenk. Menschenleere Umgebung, Wiesen, Ackerland, hügelig, karg mit einzelnen Schneeresten. In der Nähe beginnt ein Wald. Kamerafahrt auf den Waldrand zu einer Weggabelung mit großem Kruzifix. Cut, Close-up: Porträt des Schmerzensmannes am Kreuz mit Dornenkrone. Dann Zoom-out und Schwenk auf den Weg in den Wald, der sich im Dunkel verliert. Wäre vielleicht eine gute Intro-Szene wegen der symbolischen Anspielungen: Einsamkeit, dunkler Wald, geheimnisvoll, bedrohlich, Leiden und so weiter. Ist sie darüber verrückt geworden, reif für die Klapsmühle oder sonst wie abgedreht? Viele Einsiedler sollen ja übergeschnappt sein mit Halluzinationen und so, weil sie die Einsamkeit nicht ertragen haben. Erinnert mich an ‚Shining' mit Jack

Nicholson. Aber auf einem völlig unbewohnten Planeten lebte sie ja nicht. Sie musste auch mal einkaufen gehen. Egal. Die Story könnte reizvoll werden. Wenn sie schreibt, wie sie es geschafft hat, sich vor dem seelischen Untergang zu retten, kann man sie zur Heldin stilisieren, zu einer ‚Hidden Heroine'. Und dann, als sie glaubt, alles überwunden zu haben, kommt sie in den Flammen um. Dramatisch. Wie kam es zu dem Unglück? Das hätte ich den Notar fragen sollen. Er hat doch das Ermittlungsprotokoll, wo das drinsteht. Ein Psychodrama als Doku, nach einer realen Vorlage der Gegenwart. Der Überlebenskampf spielt sich in ihrem Kopf ab. Da braucht's metaphorische, packende Bilder, die zeigen, wie sie mit sich und ihren Depressionen und Rückschlägen kämpft und langsam, vielleicht über Jahre hinweg, Fortschritte macht. Wenn man das geschickt aufzieht, kann man einen künstlerisch super Film daraus machen, Arthouse-Kino. –

Eigentlich hatte er sich vorgenommen, die Sache mit dem Erbe eine, besser zwei Nächte zu überschlafen, bevor er sich endgültig entschied.

– Wieso warten? Ich kann doch sofort Ja sagen. Kein Risiko laut Notar. Sechs Wochen Karenz, um wieder auszusteigen. Null Verpflichtung gegen niemand. Enthalten die Ordner nichts Verwertbares, allez-hopp ins Altpapier. Pietät hin oder her. Der Schmuck dient der Aufbesserung des Lebensunterhalts. Hat sie auch so gemacht. Ich setze nur ihre Tradition fort. Da ist nichts Verwerfliches dran, oder? –

*

„Der Toni kommt zur achten Stunde, da führ'n wir gleich ein Bier zum Munde." Toni hatte sein Verslein auch schon auf Lager: „Ja, Peter, hast a dicke Erbschaft gmacht? Stoß mer drauf an, dass es kracht!" Weil die vergangenen Hitzetage mit Siegmunds Fahrt nach Reutlingen auf regnerisch und kühl umgeschlagen waren, saßen kaum Gäste im Biergarten, dafür umso mehr wieder im Schankraum. Toni hatte zielstrebig Siegmunds Stammplatz angesteuert, wo sich die beiden mit ihrem traditionellen Ritual begrüßten. „Und? Hast eine neue Verlobte?", eröffnete Toni die Unterhaltung. Begriffsstutzig fragte Siegmund: „Was meinst du jetzt?" – „Mann! Die Sekretärin vom Notar." – „Ach so! Klar, die hab ich gleich auf der Türschwelle vernascht. Schmarrn. Die war ein so pfundiges Weib, dass sie auch auf dem Oktoberfest die Maß hätte austragen können, fünf an jeder Hand. Und bunt angemalt war sie. Nein, die hat ganz und gar nicht in mein Beuteschema gepasst."

Siegmund erzählte, wie es ihm bei dem ungleichen Paar auf dem Reutlinger Notariat ergangen war, dass er das Klein-Gehöft anschließend besucht hatte und nun vor der Entscheidung stand, das Erbe anzunehmen, die eigentlich schon positiv gefallen war. Toni meinte: „Naja, zehntausend Euro sind kein Pappenstiel. Was machst du mit den Memoiren?" – „Ich schau sie mir auf jeden Fall mal an. Wegschmeißen kann ich sie immer noch. Nach all den Andeutungen vom Notar könnte es aber Ansätze für ein Drehbuch geben. Ich hab da auch schon eine erste Idee. Mal sehen." – „Hast du mehr über die Frau herausbekommen? Gibt's Hinweise auf eine Verbindung zu dir? Warum hat sie ausgerechnet dir ihren Nachlass zugesprochen?" – „Dazu kam vom Notar nur, dass sie von meinem Job als Drehbuchautor wusste. Das hätte sie in einem Brief geschrieben, den sie nie abgeschickt hatte. Und dass sie wegen einer Beziehungskrise nach Rehlingen aufs Land gezogen ist. Mehr hat der Notar nicht erzählt, was Bezug auf mich hätte haben können. Trotzdem, ganz langsam dämmert's bei mir. Vor dem Schofstall stand nämlich ein ziegelroter Renault R4. Da hatte ich ein Déjà-vue als wenn eine schlanke Frau mit roten Haaren, Parka und Jeans ins Auto einsteigen würde. Und sofort wusste ich: Das Bild kennst du, das ist Alexandra! Und dann heute Nacht der Traum. Ich dachte ich krieg den Herzkasper." Siegmund kippte den zweiten Obstler, spürte wie immer der Schärfe des Getränks im Hinabrinnen nach, klopfte sich auf die Brust und unterdrückte einen Rülpser: – „Du kennst doch den Chicken Run in dem Film ‚Denn sie wissen nicht, was sie tun' mit James Dean." – „Ach, die Sequenz mit dem verrückten Autorennen auf die Klippen zu. Wer zu früh aussteigt, ist der Feigling. Ja, kenn ich." – „Genau. Gestern hab ich geträumt, ich sei Jim, also James Dean, und würde auf den Abgrund zurasen. Als ich rüber schaue zum anderen Auto, sitzt da nicht Buzz, der Herausforderer in dem geklauten Amischlitten, sondern ich sehe in das lachende Gesicht von Alexandra, die mit ihrem roten R4 neben mir her rast. Ich zu Tode erschrocken, will sie warnen, brülle: ‚Nicht! Vorsicht, da vorne! Die Felsenkante! Bremsen! Steig aus!! Alex!!!' Sie rast fröhlich weiter. Im letzten Moment reiße ich die Tür von meinem Mercedes auf, will rausspringen, schaffe es irgendwie nicht, werde über die Klippe mitgerissen und stürze in den Abgrund. In diesem grässlichen Gefühl des Falls, das du bestimmt auch schon mal im Traum gehabt hast, sehe ich als Letztes das lachende Gesicht und die wehenden roten Haare über dem Klippenrand wie sie mir von oben nachschaut. Ist das nicht Horror pur??? Ich war dann hellwach mit Herzschlag 150 oder so. Mit ihrem Gesicht vor Augen erinnerte ich mich dann an eine Situation, wo sie unvermutet mitten im Stuttgarter Stadtverkehr an einer Ampel mit ihrem nagelneuen R4 neben mir auf der anderen Fahrspur auftauchte und ganz genauso lachte, als sie mich sieht. Das war wohl kurz vor Weihnachten. Einen dicken Schal hatte sie um." – „Die Indizien häufen sich, dass du mit Alexandra Gehrwein eine Liebesbeziehung oder Affäre hattest. Apropos Beuteschema. Wenn eine solche ‚Irin' dir jetzt über den Weg laufen würde, fändest du sie attraktiv?" – „Nein, eher nicht. Obwohl –, da fällt mir ein: Sagt dir der Name Kallwey was?" Toni dachte einen Augenblick nach und verneinte dann die Frage. – „Kallwey war zu meiner Zeit Fernsehdirektor beim BR. Vorgestern im Tanninger hab ich per Zufall seine Todesanzeige in der Zeitung gelesen. Dieser Kallwey hatte eine Tochter mit Namen Kira. Die hab ich mal im Sender kennen gelernt. Und ich glaube, dass sie auch rote Haare. hatte, mehr mahagoni. Keine Ahnung, wie sie sonst aussah." – „Wie kommst du jetzt auf diese Dame? Wegen der roten Haare oder was?" – „Frag' mich nicht. Nur, ich werde das Gefühl nicht los, dass ich mit dieser Kira Kallwey im Ristorante La Quadriga saß. Merkst du was? Ein Mosaiksteinchen nach dem anderen taucht aus dem Vergessen wieder auf.“ – „Pass auf, Peter! Solche Sachen vergisst man nicht ohne Grund. Schon gar nicht, wenn man mit einem Granatenrausch nachgeholfen hat“, erinnerte ihn Toni an den Abend in der Alten Heide. – „Du hast Recht, Toni. Man soll die Vergangenheit ruhen lassen. An die guten Zeiten erinnert man sich, die schlechten vergisst man. Ganz schön clever von der Natur.“

*

„Toni, danke dass du zurückrufst. Kannst du mich holen kommen? Ich sitz hier im Schofstall fest. Im Moment wird der Mercedes in die Werkstatt transportiert. Was, beim Dreh? Und wo? In Wismar. Na, Mahlzeit! Dann vergiss es. So ein Mist! Die Kopfdichtung ist im Eimer, dauert drei Tage, weil sie in der Werkstatt in Reutlingen keinen Ersatz vorrätig haben. Ist ja verständlich bei dem alten Hobel. Weiß ich doch Toni. Du würdest mich nie hängen lassen. Dann muss ich mich halt hier für die Tage einquartieren. Das geht ja, jetzt, wo ich Mieter vom Schofstall bin. Nur hatte ich mir das erst mal anders vorgestellt, als Wochenend-Domizil, weißt du ja. Nee, hab ich nicht. Ein Smart als billigstes Ersatzfahrzeug kostet bei denen mindestens 30 Euro pro Tag, zuzüglich Sprit. Das ist mir zu teuer nach München und wieder her. Für die Reparaturrechnung muss ich sowieso schon an die Schmuckschatulle. Dann werde ich mal Alexandras Schriften sichten, damit es mir nicht langweilig wird. Drei Tage Einsamkeit sind zu überleben. Die Alex hat’s bedeutend länger ausgehalten. Ja, danke Toni und toi, toi, toi!“

Schon die ganze Fahrt von München war es diesig grau gewesen. Kurz vor Rehlingen hatte es zu regnen begonnen. Beim Blick in den Rückspiegel hatte er dann fassungslos die gigantische Dampfwolke beobachtet, die er hinter sich herschleppte. Der Motor zog an der leichten Steigung nicht mehr durch, sodass er zwei Gänge zurückschalten und Vollgas geben musste. Bis zum Schofstall markierte der Nebel seinen Weg. Er stellte das Auto an derselben Stelle ab, wo vor zwei Wochen der R4 gestanden hatte.

– Kacke hoch drei! Der Vorgänger hatte 280.000 Kilometer drauf und am Motor war nie was. Bei dem hier schon nach 210.000. Und das kurz nach der Stoßdämpfer-Reparatur. Die hat schon ein Vermögen gekostet mit neuem TÜV, ASU, Inspektion und Öl. Und jetzt obendrauf rund 800 bis 1000 Euro, sagen sie in der Werkstatt. Tja, es war schon immer etwas teurer, einen Mercedes zu fahren, auch, wenn's ein alter ist! –

Während des Telefonats mit Toni hatte er sich in den abgeschabten Ohrensessel am Fenster gesetzt. Draußen rumpelte langsam der Pritschentransporter mit seinem Auto huckepack den aufgeweichten Weg entlang Richtung Dorf. Es regnete unablässig. Eigentlich war er nur gekommen, um als letzte Aktion der Erbsache Alexandras Aufzeichnungen abzuholen und zu Hause in aller Ruhe durchzuarbeiten. Wegen des zeitweiligen Verlustes seines Mercedes fiel ihm nichts anderes ein, als schon hier damit anzufangen. Zwar fand er die spontane Idee nach wie vor gut, für ganze 150 Euro pro Monat Alexandras Nachfolge als Mieter anzutreten. Gedacht als ausbaufähiges Wochenendhäuschen, zumal die Trümmer der Brandruine inzwischen beseitigt waren. Aber jetzt hier wider Willen festgenagelt zu sein, ohne Auto, stand nicht in seinem Plan. Er stemmte sich aus dem Sessel mit dem Gedanken, dass er für drei Tage Verpflegung besorgen musste, wenigstens fürs Frühstück: Brot, Butter, Honig, Wurst und Käse. Abends konnte er ja ins Dorfwirtshaus gehen.

– Typisch Teetrinkerin: China-Porzellan und Kandiszucker. Der süßt kaum und braucht ewig bis er aufgelöst ist. War nie mein Fall. Espresso-Kaffee? Fehlanzeige. Nicht mal eine primitive Espressokanne. Dann besorge ich halt Instant-Kaffee. Wenn schon kulturlos, dann richtig! –

Als er nach draußen trat und Alexandras blauweiß gestreiften Regenschirm aufschnellen ließ, pegelte sich seine Stimmung vollends auf Missmut ein: Hier ist man am Arsch der Welt, erst Recht ohne Auto!

Im Ort sprach er eine altersgebeugte Frau an, die in schwarzer Kittelschürze und dunklem Kopftuch trotz des Regens ihre Hofeinfahrt mit einem recht abgenutzten Reisstrohbesen kehrte: „Entschuldigung, gibt es hier im Ort ein Lebensmittelgeschäft?“ Sie war wohl eine Bäuerin, die seit Generationen mit der heimischen Scholle verwurzelt war. Während sie unverdrossen weiterkehrte, sah sie ihn nur kurz misstrauisch von unten her an und grummelte: „Noi, do misst'Se uf Graulenga. Do hend'se an Subbermarkt.“ Er dolmetschte wieder für sich simultan: Nein, dafür müssen Sie nach Graulingen. Da gibt es einen Supermarkt. „Und wie weit ist es nach Graulingen?“ – „Ha, do d’Stroß nauf, vier Killomedr.“ – Da die Straße entlang, vier Kilometer. Diese Auskunft war wohl das Maximum an Bereitwilligkeit einem Fremden gegenüber. Denn ohne ein weiteres

Wort drehte sie ihm den krummen Rücken zu und kehrte weiter. Siegmund fluchte in sich hinein. Vier Kilometer! Macht eine Stunde und eine weitere zurück. So eine elende Kacke! Der passionierte Autofahrer aus der Großstadt München kam nicht auf den Gedanken, dass es einen Nahverkehrsbus geben könnte.

– Immerhin kein Regen mehr. Aber auch kein Auto unterwegs. Und wenn, halten sie sowieso nicht an, so vergraben wie sie hier sind. ‚Grolingen' steht da auf dem Ortsschild. Sogar die Ortsnamen versaubeuteln sie mit ihrem Dialekt. –

## 3

So weit die Füße tragen. Der Fußmarsch und die Aussicht auf drei Tage in der Einöde hielten Siegmunds Stimmung zuverlässig im Minusbereich. Lustlos sammelte er im Supermarkt ein paar Sachen ein, die er zum Frühstück für unverzichtbar hielt. Dazu eine Flasche Grappa, mit der er sich während der nächsten drei Tage den Aufenthalt wenigstens ansatzweise kolorieren wollte. Wieder zurück, brannten die Füße, die Knie- und Hüftgelenke schmerzten. Nie hatte er das Bedürfnis auf längere Spaziergänge oder gar Wanderungen. Schon als Wehrpflichtiger in spe war der Apothekersohn Peter Siegmund mit besten Beziehungen und einem ärztlichen Attest dem Militärdienst mit den körperlichen Ertüchtigungsmaßnahmen inklusive Fußmärschen entgangen. Er besaß immer ein Auto, das er auch für kleinere Distanzen nutzte. Folglich mussten jetzt zum ersten Mal im Leben die Beine sein strammes Übergewicht acht Kilometer am Stück schleppen. Kurzum: Siegmund war fix und fertig, als er die Wohnbaracke wieder betrat. Die Plastiktüte mit den Vorräten deponierte er in der Spüle, ohne sie zu verstauen. Im Ohrensessel am Fenster versunken, die Beine auf einem der beiden Stühle hochgelegt, stellte er fest, dass die Erbschaft bisher ausschließlich Stress und Ärger gebracht hatte. Nur der Gedanke an den Inhalt der Schmuckschatulle versöhnte ihn ein wenig. Nach einer gefühlten Ewigkeit erwachte er, weil er durch die geschlossenen Augenlider helles Sonnenlicht wahrnahm. Die Wolkendecke zeigte große Lücken. Es war ein mäßig temperierter Spätnachmittag, Mitte Juli.

Mit einer reichlich bemessenen Portion Selbstmitleid betastete er seine schmerzenden Füße und massierte sich die Waden. Dann endlich, auf die runden Armlehnen gestützt, wuchtete er sich mit dem Ächzen eines rheumatischen Greises aus dem Sessel und schleppte sich zur Spüle. Aus der Tüte entnahm er die Lebensmittel und beugte sie unterschiedslos in den durch erneute Stromzufuhr aktivierten Kühlschrank, sodass er alles an einem Ort beisammen hatte. Vor dem Regal mit den Aktenordnern wurde ihm unbehaglich, weil er nicht wusste, was ihn beim Lesen erwartete. Er musste sich einen Ruck geben, um nach dem ersten Ordner mit der Rückenbeschriftung 1984 zu greifen.

– Merkwürdige Art der Tagebuchführung. Akkurat, wie eine Buchhalterin. Jedes Blatt mit Wochentag und Datum. Fast täglich ein Eintrag, oft sogar beidseitig. –

Wahllos zog er weitere Ordner aus der Sammlung und trug sie zum Ohrensessel. Stichprobenartig und nach dem Zufallsprinzip wollte er einzelne Texte lesen. Die Ordner stellte er links vom Sessel so auf den Boden, dass er sitzend jeden erreichen konnte. Was er schon vor seinem Erschöpfungsschlaf hätte tun sollen, holte er jetzt nach: Vom Bett nahm er sich das Kopfkissen und legte es auf den Stuhl. Im Sessel sitzend, die schmerzenden Beine nun weich hochgelagert, begann er den Text zu lesen, der im 1984er-Ordner zuoberst abgeheftet war:

*Sonntag, 24. April 1984*

*Gestern habe ich mir die Schreibmaschine für 20 Mark auf dem Flohmarkt besorgt, inklusive einem Vorrat an Tippex-Blättchen.*

*Damit werde ich alles aufschreiben, was mir passiert ist und was mir zu meiner Situation in den Sinn kommt. In einem Buch habe ich gelesen, dass man damit traumatische Erlebnisse bewältigen kann. Und dass man das Aufgeschriebene immer wieder laut vorlesen muss. Wenn man sich nachträglich an weitere Einzelheiten erinnert, soll man die ganze Geschichte noch einmal mit den Ergänzungen aufschreiben und wieder laut vorlesen, auch wenn es schmerzhaft ist. Das stand nämlich auch in dem Buch: dass es weh tun kann, wenn man sich erinnert. Man muss also aufpassen, dass man nicht zu viel auf einmal macht. Die Therapie könnte Jahre dauern, je nach Schwere der Verletzung. Und Narben würden bleiben. Man kommt aus so einer Sache nicht unverändert raus, steht in dem Buch. In jedem Fall wird es besser sein, etwas dagegen zu unternehmen, als sich von den fortwährenden Schmerzen und Depressionen zermürben zu lassen und irgendwann von einer Brücke zu springen. Fortwährend lebe ich in der Angst vor den stundenlangen, manchmal tagelangen Schüben tiefer Depression. Sie treten so oft auf! Dann falle ich in ein schwarzes Loch, unfähig, mich dagegen zu wehren, liege wie gelähmt da und fühle eine unendliche Schwere, die mich erdrückt. Oft bekomme ich Herzrasen dabei, sogar Atemnot und kalte Schweißausbrüche. Dazu kommt Angst, Angst, Angst. Eine undefinierbare Angst, ohne zu wissen, wovor.*

*In den nächsten Monaten wird meine Hauptbeschäftigung sein: Schreiben, vorlesen, schreiben, vorlesen, schreiben, vorlesen ...*

Siegmunds Unbehaglichkeit wuchs. Die Lektüre der Ordner versprach einen beklemmenden Reisebericht durch ein zerrüttetes Seelengefüge.

– Es ist ein Projekt wie die vielen anderen auch. Erst mal das Grundlagenmaterial checken. Dann fürs Drehbuch: Was ist die Aussage, sprich Botschaft, die der Film transportieren soll? Anschließend die Storyline, die Dramaturgie, welche Bilder setzen die Botschaft um? Arbeit, wie in zig Filmen durchexerziert. Distanz bewahren, keinen persönlichen Bezug zulassen, das ist nur irritierender Ballast. –

*Dienstag, 26. April 1984*

*Nichts sehen und nichts fühlen. Nichts! Nur bewegungslos auf dem Bett liegen. Nicht einmal mehr zur Decke starren. Geschlossene Augen. Wie eine Mumie. Außen tot. Innen hohl. Ein toter Baum, vermodert, matschig. Würmer, Spinnen und Käfer siedeln auf mir. Glitschige Pilze in meinen Achselhöhlen und zwischen den Schenkeln. Ich ekele mich vor mir selbst. Ich kann nicht aufstehen, bin gelähmt. Am hellen Tag in innerer Finsternis. Stunden um Stunden.*

*Warten auf den Tod, ich bleibe liegen bis ich tot bin. Der Tod ist Erlösung, Befreiung. Nie wieder hören, sehen, empfinden.*

– Bildidee: Ein karger Raum, abweisend, nackte, graue Wände, fensterlos. Von der Decke hängt an einer Kette eine einfache Lampe mit einem flachen, weißen Emailschirm. Alles erinnert an eine primitive Gefängniszelle. Ein primitives Bett. Darauf eine junge Frau ausgestreckt in einem Nachthemd, wie ein Totenhemd. Kamera, still. Aus der Perspektive der Frau: Blick senkrecht nach oben in die Lampe. Cut. Blick aus Perspektive der Lampe nach unten auf die junge Frau. Sie starrt ohne zu blinzeln in das Licht der Glühbirne, liegt völlig bewegungslos da. Einziges Lebenszeichen: Tränen, die ihr aus den Augenwinkeln rinnen. Cut. Totale: Blick horizontal zentralperspektivisch von der Seite, grafisch extrem reduziert: Lampe, Bett mit Frau wie auf einer Bahre, nackte Wände. Ausleuchtung nur durch die helle Deckenlampe, außerhalb des Lichtkreises dunkler Schatten. Idee: hier drehen, in der Baracke. Das karge Mobiliar, null Komfort. Draußen die herbe Landschaft. Den abgebrannten Geräteschuppen nachbauen kostet nicht die Welt. Muss der Regisseur entscheiden. Kann's ja bei Gelegenheit vorschlagen. Argument: Gedreht an Originalschauplätzen! –

*Mittwoch, 27. April 1984*

*Diese Schmerzen!!! Als wenn mir jemand mit dem Rasiermesser die Seele häuten würde.*

– Ein Rasiermesser im Close-up als Andeutung für Selbstmord-Gedanken, Pulsadern. Wäre auch ein Bild für eine Rückfallkrise. Obwohl – eine Frau mit Rasiermesser? Sie hat hier bestimmt keins, das passt nicht. Mal sehen. –

*Sein eiskalter Blick lässt mir Herz und Seele gefrieren. Ich will diesem schrecklichen Blick entfliehen, ich will ihn vergessen, es geht aber nicht. Ich bin selbst eiskalt, starr vor Seelenkälte. Die Hölle! Was habe ich getan, dass ich das aushalten muss?*

*Donnerstag, 14. Juni 1984*

*Muss ich ihn hassen? Ist er schuld oder vielmehr ich selbst, dass es mir so schlecht geht? Wer hat mein Leben zerstört, er oder ich? Was habe ich falsch gemacht, warum habe ich das Kind verloren? Ich habe zu sehr geliebt!*

– Was schreibt sie da? Wie meint sie das: Kind verloren? Dann wäre sie ja schwanger gewesen. Ach, du heilige Scheiße! –

*Ich habe ihn mit meiner übergroßen Liebe überrollt und er hat sich überfordert gefühlt. Ich muss ihm verzeihen, er hat mich ja nicht mit Absicht in Verzweiflung gestürzt. Kein normaler Mensch zerstört absichtlich das Leben eines anderen. Er konnte nicht wissen, dass ich so extrem reagiere.*

*Wäre ich doch nicht an diesem Abend in das Restaurant gegangen! Was hat mich getrieben? Meine Liebe? Nein, mein Egoismus, ich wollte ihn unbedingt wieder zurück haben. Ich habe mich gegen seine freie Entscheidung aufgelehnt. Nicht er, sondern ich selbst habe mir das alles angetan. Ich bin nur meinen Gefühlen gefolgt. Die Vernunft war ausgeschaltet.*

*Sonntag, 8. August 1984*

*Warum war er so extrem gefühllos an dem Abend in dem Restaurant? Wegen der anderen Frau? Wollte er sein Gesicht wahren oder war es ihm nur peinlich? Das sind keine ausreichenden Gründe, um ihn zu hassen. Hassen können nur Menschen, die zu keiner Liebe fähig sind. Auch wenn meine Liebe übergroß war und ich damit schrecklichen Schiffbruch erlitten habe, kann ich ihn nicht hassen.*

– Meint sie mich? Natürlich, wen sonst? Wer war dann die Frau, mit der ich angeblich im La Quadriga war? War es Kira Kallwey? Meine Güte! Fast dreißig Jahre ist das her und nun ist diese Frau tot. Also, was soll's! Hier bietet sich eventuell ein Drehbuch- und Filmprojekt, also bitte: Mehr Professionalität! Ich entscheide, ob ihr Geschreibsel so viel taugt, dass ich daraus ein gutes Drehbuch für einen guten Film schreiben kann. Nichts anderes zählt! Fertig! –

*Vielmehr steht fest: Ich habe mein Liebesglück falsch behandelt. Nun hat es sich als schreckliches Unglück gegen mich gewendet.*

*Mittwoch 12. September 1984*

*Ich muss aufhören, mir Selbstvorwürfe zu machen. Es kann keine Schuldigen in dem Verfahren geben. Es ist einfach geschehen und ich muss mit den Folgen irgendwie fertig werden, ohne Schuldzuweisung, ohne Hass und Selbsthass. Denn nicht nur ‚Angst', sondern auch ‚Hass essen Seele auf'.*

– Genau, mit so einer Situation muss man sachlicher umgehen. Nachträgliche Schuldzuweisungen helfen da nicht weiter. –

*Samstag 29. Dezember 1984*

*Ich könnte mich bewegen, wenn ich wollte. Aber ich will nicht. Ich will nichts wollen. Nur daliegen in völliger Finsternis und Stille. Nichts sehen, nichts denken, nichts fühlen. Hinüberdämmern ins Nirwana, die Seele einfach ausatmen und dann nicht mehr einatmen, endgültig! Mich forttragen lassen von einer sanften Macht in helles, warmes Licht. Schwerelos schwebend, aller Schmerzen und Traurigkeit enthoben. Das wäre, was ich wollte. Stattdessen drückt mich eine Kraft zu Boden, nagelt mich fest auf kaltem, frostigem Stein.*

*Ein Klopfen an der Tür. Aus 100 Lichtjahren Entfernung höre ich: Alex? Hallo Alex! Bist du da? Klopfen an der Fensterscheibe. Ach, Carla.*

*Wo ist der Impuls, der Wille, dass ich mich bewege? Wie kratze ich alle Kräfte zusammen, die mich auf die Bettkante setzen. Ein Prozess in Extrem-Zeitlupe, bis ich aufstehen kann. Als ich endlich aufschließe, ist Carla wieder auf dem Weg zu ihrem Auto. Sie kommt zurück, als sie mich hört. Ich bin unfähig, mich zu freuen. Dennoch bin ich irgendwie dankbar, dass sie da ist, auch wenn ich es ihr nicht zeigen kann. Das ist doch kein Leben!!!*

*Carla erzählt in einem fort. Sie will mich aufmuntern. Ich weiß, dass ich etwas sagen sollte, irgendwas. Ich kann nicht. Nicht einmal weinen kann ich. Das wäre ja immerhin eine Gefühlsregung. Stattdessen bin ich wie ein Holzscheit oder wie die kalte Teekanne auf dem Tisch. Als Car-*

*la sich verabschiedet, ist es egal. Sie umarmt mich, ich sage nur Tschüs. Jetzt, wo ich das aufschreibe, tut es mir leid. Ich werde ihr einen Brief schreiben. Wenn ich noch zu einem Funken Liebe fähig bin, dann zu ihr.*

– Carla? Ist wohl ihre Freundin. Da klingelt bei mir nix. So eine Besuchsszene wäre im Film ganz gut: Emotion, Tränendrüsen. Nicht immer nur Depression zeigen. Sonst machen die Kinobesucher am Ende mit und am nächsten Morgen die Headline in der Zeitung: „Selbstmord im Kino. Der traurige Film war schuld." Nächster Ordner. –

*Samstag, 12. Januar 1985*

*Es ist bitterkalt. Eiszapfen hängen vor dem Fenster vom Dach. Die Sonne vom blauen Himmel blitzt hindurch. Sie sehen aus wie gläserne Dolche.*

*Sein Blick ist wie diese Eiszapfen, so hart, so unbarmherzig. „Entschuldigung, kennen wir uns?" Seit dem Moment weiß ich nichts mehr. Erst im Krankenhaus wache ich wieder auf. Und schon sticht der Schmerz zu, wie jetzt wieder. Mitten ins Herz, ein Mal, zehn Mal, tausend Mal. Jede Körperfaser brennt. Das Kind ist weg! Das Kind ist weg!! Ich schreie. Niemand kommt, keine Schwester, kein Arzt. Obendrein zum Schmerz und zur Panik das hoffnungslose Verlassen sein. In der Klinik war ich auf dem tiefsten Grund der Hölle aufgeschlagen. Nur durch diesen Blick.*

– Der Traum! Wie komme ich jetzt auf den Traum mit der Ambulanz? Ja, die Erinnerung: ihr Abtransport vom Ristorante in die Klinik. Vor meinem Tisch zusammengeklappt, im Fallen mit dem Kopf auf die Tischkante geschlagen.

Sie hat auch geschrien, glaube ich. Dann lag sie am Boden. Kira! Ja, jetzt weiß ich's: Mit Kira Kallwey war ich im La Quadriga und plötzlich war sie verschwunden. Tonis Warnung: Man vergisst nicht ohne Grund. Schon gar nicht, wenn man mit einem Komarausch nachgeholfen hat. Verdammt Recht hat er. –

*Dienstag 16. April 1985*

*Große Liebesgefühle sind wie 250.000 Volt Hochspannung. Wer hält die auf Dauer aus? Die Größe der Gefühle lässt im Lauf der Zeit nach, dafür werden sie tiefer, stabiler, verlässlicher, glaube ich. Ich hab's ja nicht erlebt. Wie gerne hätte ich die Erfahrung mit ihm geteilt: über die Jahre zusammenzuleben, in ruhigem, zuverlässigem Glück, mit zwei Kindern, er als stolzer Vater!*

– Wie bieder ist das denn? Familienglück. Meint sie wirklich mich? Ich als stolzer Vater! Völlig abwegig. Sie hat nicht mich gesehen, sondern nur sich. Ich war niemals der Typ für so eine verschrobene Rolle, bis heute nicht! War das mein Fluchtgrund? Hat sie jemals was von ‚schwanger' gesagt? Schwangerschaft und darauf der Granatenrausch, vielleicht eine Erklärung. Als junger Kerl kein Gedanke an eine feste Bindung. Leben und erleben, beruflich weiterkommen war das Motto ... –

*Montag, 1. Juli 1985*

*Gestern gab mir die Sonne die Kraft, nach einem Anfall völliger Apathie, wieder aufzustehen. Sie schien nachmittags durchs Fenster, fast genau in mein Gesicht. Trotzdem brauchte ich unendlich lange, bis ich von der Bettkante los kam. In solchen Momenten fühle ich mich zehn Mal so schwer wie sonst.*

*Jeder liebt für sich allein. Das hat mir nie jemand gesagt! Und dass der Andere vielleicht ganz anders denkt und fühlt als ich.*

*Ich habe immer an die romantischen Gefühle, an die Schmetterlinge im Bauch geglaubt. Also habe ich auf diese Schmetterlinge gewartet. Und als sie dann endlich kamen, bin ich umhergerannt und wollte sie alle einfangen, alle! Doch das Netz war viel zu weitmaschig. Ich konnte keinen halten. Am Ende stand ich da mit leerem Bauch – in jeder Hinsicht.*

– Eine abgedroschene Metapher: Schmetterlinge im Bauch. Das muss man im Film anders umsetzen. –

*Dienstag, 30. Juli 1984*

*‚I can't stand the rain against my window' hat mal Tina Turner gesungen mit ihrer abgeschrieenen Stimme. Ein schönes Lied und so passend: Es regnet und es ist so kühl, dass ich den Herd anfeuern möchte, im Juli! Die Schwäbische Alb zeigt ihr hässliches Gesicht.*

*Ein Flohmarkthändler hat mir einen ganzen Karton mit Taschenbüchern für 10 Mark verkauft. Science Fiction und Fantasy. Der Kauf war eine gute Idee, glaube ich. Ein Buch habe ich in einem Rutsch ausgelesen und gar nicht bemerkt, wie der Tag verging, so spannend war die Geschichte. Ich habe sogar ohne schreckliche Träume geschlafen. Der nächste Roman heißt: 'Die Zeitmaschine'.*

– Naheliegend: Flucht in Phantasiewelten. Weiter. Oh, hier: noch 'ne Therapie! –

*17. November 1985*

*Eine neue Therapie zur Traumabewältigung! Das Buch fand ich in einer Tübinger Buchhandlung. Es behandelt unter anderem einen Fall genau wie meinen. Ich habe es mitgenommen, ohne zu bezahlen, weil es zu teuer war – ein Akt der Notwehr, denn dieses Buch muss mir weiterhelfen, mich zu befreien von der Antriebs- und Mutlosigkeit, von dem häufigen Gefühl der Schwere, Leere und Finsternis in meiner Seele. Hatte sowieso schon das Gefühl, dass das mit dem Erinnern, Aufschreiben und Vorlesen nicht den ultimativen Erfolg bringt.*

*Sonntag, 25. November 1985*

*Beim Lesen des Buches über die Traumabewältigung erinnerte ich mich an eine Szene einer Odyssee-Inszenierung im Theater, wo sieben Männer in langen, weißen Gewändern im Halbkreis auf der völlig leeren Bühne bewegungslos sitzen, extrem ausgeleuchtet in Helldunkel. Es sind die Männer, die während Odysseus' Abwesenheit um Penelope buhlen. Sie irrt zwischen den reglos Sitzenden umher, zweifelnd, verzweifelt suchend, ob einer ihrem Odysseus ebenbürtig sein könnte. Jeder der Männer murmelt etwas, wenn Penelope zu ihm tritt. Zwischenrein murmeln alle im Chor, leise, sodass man nichts versteht. Diese Szene brachte mich auf eine Idee, die ich verwirklichen werde.*

– Auch ein starkes Bild fürs Drehbuch, das mit den herumsitzenden Freiern. Durch die Inszenierung zwar schon gebraucht, kann man aber leicht modifizieren. Muss ich mir merken. Nächster Ordner: 1986. –

*Sonntag, 9. Februar 1986*

*Mein Peter! Endlich ist er fertig. Nach allen missglückten Versuchen sitzt er nun da in seinem Rollstuhl. Um ihn so hinzukriegen, wie ich ihn haben wollte, musste ich einen Ring aus der Schatulle versetzen. Ein Rubin in Goldfassung. Ein paar Mark davon sind gottlob übrig. Ich habe ja alles gebraucht gekauft, den Rollstuhl und die Klamotten. Die Kanister mit PVC und Aceton musste ich allerdings neu kaufen, auch den Härter, die Glasfasermatten, die Farbrollen zum Verteilen des Kunststoffs und die Gummihandschuhe. Wie man damit umgeht, habe ich bei meinen häufigen Besuchen in der Theater-Werkstatt gelernt, wenn sie die Bühnenbilder für die großen Opern-Produktionen bauten.*

*Da sitzt er nun in seinem Rollstuhl. Endlich ist er nach Hause zurückgekehrt, mein Odysseus! Adrett gekleidet, wie er es immer war. So werden wir nun zusammen leben. Ich werde mich um ihn kümmern und er wird für mich da sein. Heute fühle ich mich ausnahmsweise gut.*

– Heilige Scheiße! Baut eine lebensgroße Puppe, setzt sie in einen Rollstuhl und sagt dann: Das ist Peter, mein Mann. Übergeschnappt, total übergeschnappt. Und das als Therapie. Wahnsinn! –

*Montag, 10. Februar 1986*

*Es ist wichtig, jemanden zu haben, mit dem man reden kann, anstatt Selbstgespräche in den leeren Raum zu führen. Dafür habe ich nun gesorgt. Peter und ich leben ab jetzt zusammen, so wie ich es mir immer gewünscht habe.*

*Weil er im Rollstuhl sitzt, stelle ich mir vor, dass er seit einem Unfall querschnittgelähmt ist und ich für ihn sorge.*

– Ich und querschnittgelähmt! Geht’s noch!? Okay, be cool! Als Handlung interessant: Baut sich den Mann ihrer Träume, hält ihn wie ein Haustier und reagiert sich bei Bedarf an ihm ab. Ist therapeutisch vielleicht auch plausibel. Weiter. –

*Es macht auch nichts, dass er völlig reglos ist. Für mich lebt er. Und er antwortet mir ja auch. Manchmal, zum Beispiel wenn ich Geschirr spüle, fängt er an zu erzählen. Aus seinem Leben, als Kind zu Hause bei seinen Eltern, die beide Apotheker waren und damit wohlhabend wurden. Der frühe Tod der Mutter. Der Vater: Spielschulden im Kasino, Selbstmord kurz nach Peters Abi. Wenn mein Peter davon erzählt, muss ich immer weinen. Und dann erzähle ich ihm von mir und meiner Mutter und ihren Männern. Die interessierte es nie, wie beschissen es mir mit ihren Kerlen ging, die sie so oft wechselte wie die Unterwäsche. Ich habe mir immer gewünscht, Carla und ich wären Schwestern und ihre Mutter wäre auch meine.*

– Hab' ich ihr die Geschichte mit meinen Eltern tatsächlich erzählt? Alles vergessen, ausgelöscht, im Rausch ersäuft. Darauf einen Schnaps, oder zwei, oder drei. –

*Dienstag, 15. April 1986*

*Der Frühling ist da, endlich! Die Sonne scheint. Ich öffne die Haustür und spüre die warmen Sonnenstrahlen. Ich setze mich auf die Schwelle und lasse Licht und Wärme auf mich wirken. Keine Depri, nicht mal im Anflug. Vom anderen Fenster aus habe ich die Felder und den Wald beo-*

*bachtet mit den ersten zarten Blättern. Ein Hasenpärchen hoppelte zwischen den Ackerfurchen. Es war so schön, dass ich vor Glück weinen musste! Ein Tag, der mich erinnern lässt, wie ich solche Tage früher erlebt habe und in mir die vage Hoffnung nährt, es könnte irgendwann einmal wieder so sein. Dass ich das bemerke, ist schon ein Riesenfortschritt.*

*Samstag, 23. August 1986*

*Ich hatte immer Angst vor den Jungs. Die wollten doch nur ‚das Eine'. Dass es auch welche geben könnte, die es ehrlich meinten, konnte ich Carla nicht glauben. Es war die Angst vor der Enttäuschung, wenn ich mich tatsächlich einmal verlieben würde und dann irgendwann der Typ sagt: Danke, das war's. Die Angst vor der Enttäuschung war berechtigt, wie sich bei diesem einen, ersten und einzigen Mal herausstellte. Mit einem Unterschied: Er sagte nicht einmal „Danke", sondern tötete meine Liebe und das ungeborene Kind mit diesem eiskalten Blick. Ja, Blicke können töten. Ich weiß es, weil ich es selbst erfahren habe.*

– Ich, mit eiskaltem Blick? Blödsinn. –

*Sonntag, 8. Mai 1988*

*Es wird Zeit, die Lebensgemeinschaft mit Peter aufzufrischen. Er begleitet mich nun seit über 2 Jahren. Auf den Gedanken kam ich, als mir auffiel, dass ich ihn mittlerweile aus Gewohnheit, fast gedankenlos, an seinen Lieblingsplatz am Fenster oder an den Tisch zum Frühstück oder Abendessen schiebe. Ich rede fast nicht mehr mit ihm. Das ist auf Dauer der Tod jeder Beziehung. Deshalb werde ich ihn neu bauen. Er wird dann fülliger sein wegen der man-*

*gelnden Bewegung im Rollstuhl. Ich werde ihn auch neu einkleiden. Und ich muss mir überlegen, wie er sich wesensmäßig verändert hat. Auf jeden Fall soll er reifer und ruhiger wirken. Vielleicht deute ich eine beginnende Glatze an. Ich will ihn dann auch in kürzeren Abständen neu bauen, um dem Gewöhnungseffekt besser vorzubeugen. Außerdem macht es richtig Spaß, auf diese Art einen Menschen zu erschaffen.*

– Nicht zu glauben! Schiebt meinen analogen Avatar wie einen Mehlsack in der Gegend herum und redet mit ihm wie live. Gruselig – oder grotesk. Und dann: Der alte Peter passt mir nicht mehr, bau ich halt einen neuen! So einfach ist das Beziehungsleben. Die Frau hat doch einen Schuss! –

*Dienstag 18. Oktober 1988*

*Vorgestern hatte ich mit Peter einen schrecklichen Streit. Er behauptete, dass er beim ersten Mal genau gemerkt hätte, dass ich noch Jungfrau war, und er die Komödie nur mitgespielt hätte, um mich nicht seelisch zu verletzen. Das Wort Komödie fand ich so unangemessen, dass ich wütend wurde. Ein Geschlechtsakt, erst recht, wenn es der erste ist, kann niemals eine Komödie sein! Wie er dazu komme, ein so abfälliges Wort zu verwenden und dann auch so herablassend! Ich schrie ihn an: Das wirft ja ein ganz übles Licht auf deine Einstellung zur Liebe. Der Geschlechtsakt in seiner tiefen Hingabe ist das teuerste Geschenk, das ein liebender Mensch einem anderen machen kann, habe ich gesagt. Danach habe ich ihn in den Geräte-*

*schuppen gestellt und erst heute Mittag wieder geholt. Strafe muss sein!*

– Romantik. Naive Romantik! Der Geschlechtsakt ist in erster Linie Selbstbefriedigung mithilfe einer zweiten Person. –

*Dienstag, 1. November 1988*

*Der November führt sich standesgemäß ein: Allerheiligen, nasskalt und Nebel, 7 Grad. Das typische Wetter für Depressionen. Mittlerweile kann ich ein wenig vorbeugen mit Meditation, langen Gesprächen mit Peter oder mit Lesen.*

*Sonntag, 6. November 1988*

*Peter kann manchmal sehr verletzend sein. Das lasse ich mir schon seit längerem nicht mehr gefallen. Ich zahle es ihm immer heim. Einmal habe ich ihm in meiner Wut eine Pfanne auf den Kopf gehauen. Das tat mir dann leid und ich musste wieder einen neuen Kopf aus Pappmaschee anfertigen. Seitdem bin ich ein wenig vorsichtiger. Gibt es einen Anlass der Bestrafung, rede ich zum Beispiel zwei Tage nicht mit ihm und bringe ihn in den Geräteschuppen. Oder ich schiebe ihn mit Schwung gegen die Wand und fange ihn erst im letzten Moment ab, so dass er mit dem Oberkörper nach vorn rutscht und den Kopf an der Wand anschlägt. Ich höre ihn dann immer schreien und lamentieren. Dann sage ich ganz cool: Jetzt weißt du's fürs nächste Mal. Das habe ich von meiner Mutter gelernt, die mir oft eine gescheuert hat, wenn ich irgendwas verbockt hatte.*

– Sieh an, die Schattenseiten der ach so sanften und verständnisvollen Pflegerin meines Avatars. Dr. Jekyll und Mrs. Hyde. Okay, vorerst genug der Geschichten. Hat sie irgendwo beschrieben, wie ich zuletzt aussah? Sie wollte doch von Typ zu Typ Anpassungen vornehmen. Kann ich später nachsehen. Heute Nachmittag kommt das Auto. Dann: Ordner einladen und ab nach Hause. –

## 4

In den zwei Jahren nach dem Brand in Rehlingen hatte Ferry Stein über Erfreuliches, Beklagenswertes und Bemerkenswertes, über Filz und Machenschaften, Skandale und Skandälchen jeglicher Couleur im Einzugsgebiet des Reutlinger Boten berichtet. An diesem späten Vormittag, Mitte Juni, erhielt der Reporter einen Anruf auf seinem Handy: „Swarowsky hier. Können Sie frei sprechen?“ Er war über den Anruf nur eine halbe Sekunde überrascht. Vor einigen Monaten hatte ihm der Headhunter von sich aus angeboten, sich zu melden, wenn er ihm eine interessante Position anbieten könne. Stein beabsichtigte zwar nicht zu wechseln, meinte aber, dass man über ein gutes Stellenangebot immer nachdenken sollte. Damit er sich nicht verriet, wenn Kollegen eventuell mithören konnten, hatte er mit dem Personalvermittler das Kennwort ‚Swarowsky‘ ausgemacht und außerdem, dass er zunächst nur mit Ja oder Nein zu antworten brauchte. Da er gerade in der Küche beim Frühstück saß und die Nacht allein verbracht hatte, antwortete er mit Ja. Die zweite Frage ließ ihn aufspringen: „Herr Stein, was halten Sie davon, bei Ihrem ehemaligen Arbeitgeber, der BLITZ-Zeitung, die Position des stellvertretenden Chefreporters in der Regionalredaktion Berlin-Brandenburg zu übernehmen?“ Sowie die Stuhllehne hinter ihm auf dem Fliesenfußboden aufgeschlagen war, hatte er sich wieder gefangen. Ganz ruhig sagte er: „Das Angebot kommt recht überraschend. Mittlerweile bin ich hier beim Reutlinger Boten Chefreporter. Trotzdem: Stellvertretender bei der BLITZ ist normalerweise ein gutes Sprungbrett und hört sich deshalb nicht schlecht an. Wie viel Zeit geben Sie mir?“ – „Wie viel brauchen Sie?“ – „Wäre ein Treffen Anfang nächster Woche okay? Bis dahin kann ich grundsätzlich darüber nachdenken, ob ich auf Ihr Angebot eingehen möchte. Und dann würde ich gerne mehr über die Konditionen zu der neuen Position erfahren, bevor ich mich endgültig entscheide.“ – „Einverstanden, Herr Stein.“ Sie vereinbarten den Dienstag nächster Woche in der Lobby eines Hotels, das für beide verkehrsgünstig nahe der A5 bei Karlsruhe lag.

Stein musste nicht lange überlegen, um sich für das Angebot zu entscheiden. Trotzdem war ihm wichtig zu erfahren, was ihn in der neuen Position erwartete. Außerdem wollte er die Usancen einhalten und nicht sofort zusagen. Daher vereinbarte er das Treffen mit ‚Swarovsky‘ in der Hotel-Lounge, in der sie sich vereinbarungsgemäß am Montag der folgenden Woche trafen. Nachdem ihm der Personalvermittler die Eckdaten hinsichtlich Stellenbeschreibung, Arbeitsbedingungen und geldwerten Konditionen erläutert hatte, trennten sie sich. Stein versprach, bis Dienstag nächster Woche seine Entscheidung mitzuteilen. Das tat er auch, und der Personalvermittler bereitete die Vorstellungstermine bei der Personalabteilung der BLITZ-

Zeitung vor. Der Reporter konnte fristgerecht zum 31. Dezember beim Reutlinger Boten kündigen und war seit Jahresbeginn Mitglied der Regionalredaktion für Berlin und Brandenburg.

Der Abschied von Selma fiel ihm leicht. In letzter Zeit hatte die Beziehung nur noch vor sich hingedümpelt. Zuletzt hatte er die Eifersüchteleien und Launen, die er anfänglich als pikante Würze ihrer Liebesbeziehung genoss, als anstrengend empfunden. Und ihre einstmals sensationelle Figur hatte wegen der fast ausschließlichen Tätigkeit am Bildschirm sichtlich gelitten. Trotz seiner vorsichtigen Andeutungen war die einzige Maßnahme, dass sie sich neue Kleidung kaufte, die das höhere Volumen nur kaschierte. Die Gewohnheitseffekte führten dazu, dass sie sich nicht mehr täglich trafen, wegen Selmas Schichtdienst oft sogar zwei Wochen nicht. Auch wohnten sie weiterhin getrennt, weil er ihr stets gute Gründe nennen konnte, den Satus Quo beizubehalten, anstatt zusammenzuziehen. So war der Hochglanzlack allmählich stumpf geworden, und er hatte einfach keine Motivation mehr, ihn aufzupolieren. Trotzdem blieb er bis zum Schluss mit ihr zusammen, wenngleich mit einer gehörigen Portion Eigennutz. Denn sie schickte ihm nach wie vor Meldungen aus dem Lage- und Führungszentrum, die ihm bei seiner Arbeit sehr nützlich waren. Als er ihr von seiner Absicht erzählte, nach Berlin zu wechseln, war ihre Reaktion für ihn unvermutet heftig. Neben einigen Tellern auf dem Küchenfußboden ging auch der Blumentopf mit dem mittlerweile vertrockneten Rosenstock zu Bruch, den sie nach ihm warf.

*

Eineinhalb Wochen nach ‚Amtsantritt' in Berlin, stand Ferry Stein vor der Stellwand, die seinen Arbeitsplatz vom Großraumbüro der restlichen Kollegen optisch abtrennte. Es war das zunächst einzige Privileg für den neuen Stellvertretenden Chefredakteur Er las den täglichen Aphorismus des Abreißkalenders im DIN-A5-Format, den ihm ein Kollege in Reutlingen zum Abschied geschenkt hatte. Die Blätter der Vortage hatte er einzeln zerknüllt und versucht, die Bällchen mit einem Kick über den Spann in den Papierkorb zu befördern. Das hatte bei keinem geklappt, so dass er sie nacheinander mit gezielten Würfen unterzubringen versuchte. Auch dabei gingen mehrere daneben, er würde das üben müssen. Auf dem aktuellen Kalenderblatt stand: „Im Gegensatz zum Dschungel der Großstadt ist das Beruhigende am natürlichen Urwald, dass dort nur wilde Tiere und keine Menschen leben."

In der Funktion des Zeitungsreporters wurde ihm schon in Reutlingen die Richtigkeit dieser Metapher bestätigt. Dabei hat die Stadt gewiss nicht den Ruf einer kriminellen Hochburg. Es sind auch weniger die Kapitalverbrechen, sondern die alltäglichen Gemeinheiten, Tricksereien, das Lügen und Betrügen, bis hin zum Stinkefinger zeigen im Berufsverkehr, was das ganz normale Leben zum Dauer-Dschungelcamp macht. Diese Erfahrungen würde Ferry Stein hier in Berlin ebenfalls machen, allerdings in potenzierter Konzentration, wenn er nach der Einarbeitungszeit die Verantwortung seines neuen Postens im vollen Umfang übernahm.

Nun saß Stein gegenüber dem Abreißkalender an seinem Schreibtisch und überlegte, welchen Eindruck die Hauptstadt während der ersten Tage nach seinem Umzug auf ihn gemacht hat: unablässig atemlos, laut, vulgär, trotz Januarkälte brodelnd, durchgehend geöffnet. Ein Kulturschock im Vergleich zu dieser behäbig-schwäbischen Hunderttausend-Einwohner-Stadt im Südwesten der Republik, wo er herkam. Er beschloss, sich von dem überraschen zu lassen, was Berlin für ihn bereit hielt. Und die erste Überraschung mit dem Einladungsschreiben vom Filmfestival der Berlinale lag ja schon vor ihm auf dem Schreibtisch.

*

Peter Siegmund fühlte sich währenddessen sterbenskrank. Keine gute Seele gab es, die ihn wegen seiner fiebrigen Erkältung zum Auftakt des neuen Jahres bemitleidet hätte. Deshalb tat er es selbst. Das war zur selben Zeit, als Ferry Stein auf der Berliner Bühne zum ersten Mal den Duft der großen, weiten Hauptstadtwelt schnupperte.

Fiebrig und schniefend lag Siegmund, mit doppeltem Kopfkissen halb aufgerichtet, im Bett. Sein Handy hatte er griffbereit auf dem Nachtschränkchen deponiert, weil er eine Nachricht seines Produzenten erwartete, der er lebenselixierende Bedeutung beimaß, sehr viel wirkungsvoller als der dampfende Grog, den er gerade in kurzen Zügen schlürfte. Im Rückspiegel seiner Erinnerungen sah er, wie die Geschichte mit dem Drehbuch über ‚Die Einsiedlerin von Rehlingen' anfing und sich seine Situation langsam wieder zum Besseren zu wenden schien.

– Wie setzt man den Kampf einer Frau mit ihrem seelischen Trauma in Bilder um? Mit dieser Frage hat's angefangen. Wie hält eine junge Frau, ganz allein, über Jahre nur mit sich selbst beschäftigt, das alles durch? Das war der Reiz der ganzen Geschichte! Deshalb hab ich es gemacht. Die Beziehung zwischen ihr und mir spielte keine Rolle, hatte ich sowieso völlig vergessen. Finde die richtige professionelle Einstellung, dann wird's was, und zwar was richtig Gutes, sofern du selbst echt gut bist! Das habe ich in dem Moment glasklar gespürt. Das Drehbuch konnte entstehen, nicht weil Alex diese Idee hatte, sondern weil ich gute Ideen hatte zu ihrem Geschreibsel. Ging aber erst mit der Zauberformel: Distanz! Distanz halten!! Was du da liest, hat nichts mit dir zu tun, du bist nicht gemeint. Diese Taktik war das Erfolgsrezept.

Acht Aktenordner mit rund drei Jahrzehnten Einsiedlerleben der deprimierenden Art durchackern. Notizen, Postits, Abstracts schreiben. Das Exposé x-mal überarbeitet. Ein Haufen Arbeit, wie wenn eine Boa ein ganzes Schaf verschlingt und daran zu ersticken droht. Dann Pitch-Gespräche mit Produzenten und immer die gleiche Leier: Nee, is' nix für uns. Sind voll ausgelastet. Sind gerade an was anderem dran, großartiges Projekt. Weil in unserer Branche immer alles sofort ‚großartig' ist. Eine Alternative, um nicht von vornherein abzuwimmeln, war in gönnerhaftem Ton: „Naja, schicken Sie mal das Exposé rüber." Unendlich frustrierend.

Dann, wie wenn Weihnachten und Ostern zusammenfallen: Gebauer Film will nach dem Exposé ein Treatment. Plötzlich, mitten in den Honorarverhandlungen fürs Drehbuch tritt dieser Gomulkian auf den Plan. Neuer Geschäftsführer. Er hat nun das Sagen und nicht mehr der alte Gebauer. Als erstes drückt der Neue das Honorarangebot. Warten, während er in dem Laden den eisernen Besen auspackt. Viele gute Leute gehen oder werden gegangen. Die Angst, dass er Tabula rasa auch mit meinem Projekt macht. Doch er kratzt Gelder aus allen möglichen Fördertöpfen zusammen und zapft Risikokapital-Gesellschaften an. Wieder Hoffnung, Bangen und Warten auf den Auftrag zum Schreiben des Drehbuchs. Ich fang damit schon mal auf eigene Faust an. Ist ja eigentlich alles besprochen, die restlichen Produktionsgelder werden sie schon auftreiben. Als der Auftrag endlich auf dem Tisch liegt, habe ich das halbe Drehbuch fertig. Die eiskalte Dusche folgte auf dem Fuß. Gomulkian sagt: „Schreiben Sie erst mal ein neues Exposé, damit wir eine Entscheidungsgrundlage für das Drehbuch haben. Psychodrama als Doku, schön und gut. Aber wir müssen auch an den kommerziellen Erfolg denken. Also mehr Sex and Crime rein." Das hieß: Die bisherige Arbeit, gute sechs Wochen, war glatt für die Katz. Psychodrama, aber ohne authentische Dokumentation nach den Gehrwein-Vorlagen. Stattdessen nach dem neuen Exposé alles von vorn und x-mal überarbeiten, bis es dem Herrn Produzenten gefiel. Das hieß dann auch: alle Gehrwein-Aufzeichnungen als wertlos ab in den Keller. Die neue Handlung hatte kaum noch was mit den Original-Schriften zu tun. Alles Lüge! Eine völlig andere Geschichte. Aber Gomulkian wollte es so: Trotz Lüge den authentischen Anschein erwecken. Ich sage: „Herr Gomulkian, wir können doch nicht eine erfundene Thriller-Story als Dokumentation verkaufen." Sagt er: „Da machen Sie sich mal keine Sorgen. Ein paar Daten müssen natürlich stimmen, zum Beispiel Name, Handlungsort et cetera, die wir belegen können. Alles andere feiern wir unter künstlerischer Freiheit ab. So genau prüft das kein Mensch. Wenn wir erst mal im Verleih sind, kräht kein Hahn mehr danach. Und wenn sich doch jemand aufregt, bringt das zusätzliche Publicity und wir sparen uns die PR-Arbeit. Sie schreiben ein spannendes Drehbuch und wir machen daraus einen tollen Film. Basta!“ Was will man machen? Widerstand zwecklos, wenn man den Job behalten will. Aber ganz doof bin ich auch nicht. Vertraglich festgelegt: Ich schreibe unter dem Pseudonym Andree Harbich, man weiß ja nie. Wird der Film ein Erfolg, nutze ich den Zweitnamen weiter, wenn nicht, heiße ich wieder Peter Siegmund. Endlich wieder ein Drehbuch schreiben! Endlich wieder Geld verdienen mit dem, was man kann und was man liebt. Back in Business. Da spielt es auch keine Rolle mehr, dass die Hälfte der Arbeit erst mal umsonst war. –

‚Ping' machte sein Handy auf dem Nachtschränkchen. Nach dem heißen Grog war er weggeduselt, jetzt schlagartig hellwach.

An diesem Nachmittag, genau um 14:32 Uhr, springt Peter Siegmund trotz hoher, körperbedingter Massenträgheit und Grippe geschwächt erstaunlich behände aus dem Bett. Mit Schal, Pudelmütze und gestreiftem Schlafanzug stürzt er ins Wohn-Arbeitszimmer, kramt in seiner alten Plattensammlung das Queen-Doppelalbum ‚Killers‘ heraus, legt die Seite 4 auf, dreht den Verstärker hoch, schwenkt den Tonarm mit zitterndem Zeigefinger, korrigiert, bis er genau über dem Anfang des vorletzten Stückes schwebt und senkt ihn ab. Das Publikum johlt, während Freddy Mercury mit dem Songtext beginnt. Siegmund wartet fiebrig und schwingt in den fetten Hüften im Takt, bis der Refrain kommt. Dann grölt er im Duett mit Freddy lauthals: „We are the Champions, my friends. Da, da, dada, da ... We are the champions. We are the champions. No time for losers. Da, da, dada, da ... champions of the world.“ Mehr konnte er nicht, und das Wenige nur, weil es ihm vorgesungen wurde. Mit nackten Füßen tanzte er umher, dass der Fußboden wackelte und der graue Vorhang seines gelösten Haarschweifs unter der Pudelmütze rhythmisch mitwippte. Abwechselnd klatschte er über dem Kopf in die Hände und vollführte mit dem rechten, angewinkelten Arm die Sägebewegung eines bekannten deutschen Fußballtrainers. Zwischenrein brüllte er: „Yeah, yeah, yeah!“

Bianca, Gomulkians Sekretärin, hatte ihm die SMS geschickt: „Einsiedlerin im Berlinale-Wettbewerb. Super!!! Vielleicht gibt’s einen Bären.“

Mit dieser Meldung wähnte sich Peter Siegmund, alias Andree Harbich, nach der jahrelangen Wanderung durch den dunklen Tunnel der Erfolglosigkeit plötzlich im strahlenden Licht. Er sah sich schon in den Scheinwerferspots der Berlinale, im Fokus der Fotografen auf dem Roten Teppich. Während das Publikum auf der Queen-Platte johlte, saß Siegmund im Nachtgewand mit Pudelmütze und kurzatmig hechelnd auf seiner klobigen Couch und wischte sich die Tränen des Glücks aus den Augen.

*

Ferry Stein griff nach dem Brief auf seinem Schreibtisch, den er vor einer Woche erhalten hatte: „Herrn Ferry Stein, c/o BLITZ Regionalredaktion Berlin-Brandenburg. Persönlich“, stand auf dem Kuvert, das ein Bote am Empfang des Verlags abgegeben hatte. Absender: Internationale Filmfestspiele Berlin. Das Kuvert enthielt die Akkreditierung und den Presseausweis zur Berlinale nebst Einladungsschreiben für die Nominierungs-Pressekonferenz, bei der die Filme bekanntgegeben werden, die im Internationalen Wettbewerb um die ‚Bären‘ antreten. Er rätselte, wieso ausgerechnet er, der gerade erst aus der schwäbischen Provinz eingetrudelt war, zu dem Event eingeladen wurde. Die meisten Kollegen mussten sich selbst um eine Zulassung kümmern und viele bekamen sie nicht einmal. Sein Chef, mit dem er darüber sprach, war ebenfalls überrascht. Er meinte nur: „Na, dann lassen Sie sich mal die Berliner Luft um die Nase wehen. Aber bitte überlassen Sie die Arbeit den Kollegen vom BBT, dem BLITZ-Berlinale-Team, sonst machen die Ärger. Das ist nämlich unsere Special Task Force zu dem Event. Die berichten für die Gesamtausgabe, und wir sind ja hier bei der Regionalredaktion.“

Wenn er beizeiten im Pressekonferenzsaal im ersten Stock des Grand Hyatt Hotels eintreffen wollte, musste er jetzt los. Die Akkreditierung steckte er in die Innentasche seiner Schimansky-Jacke, wegen der Kälte mit Einknöpffutter ausgestattet, in die rechte Außentasche den Presse-Badge. Während der Fahrt mit der U-Bahn dachte er, dass es doch ganz schön sei, voll in den gigantischen Medien- und Pressebetrieb der Berlinale einzutauchen, ohne dass er eine Arbeitsverpflichtung hatte. Auf dem Weg durch die Gleistunnel hatte er allerdings keine Ahnung, dass ‚Deep Throat' schon auf ihn, den vermeintlichen Pressetouristen, wartete und vor die größte Herausforderung seiner Karriere stellte.

Wie alle anderen Journalisten hörte er sich die Bekanntgabe durch den Festivaldirektor an, welche Filmtitel für den Wettbewerb um die Bären-Trophäen ausgewählt worden waren. Als der Film ‚Die Einsiedlerin von Rehlingen', eine deutsche Produktion, genannt wurde, traute Stein seinen Ohren nicht. Hatte da jemand einen Film gedreht über ‚seine' Einsiedlerin aus Rehlingen bei Reutlingen? Und zwar nicht irgendein B-Movie, sondern offenbar einen tollen Film, der es wert war, in einem internationalen Wettbewerb anzutreten? So verblüfft, um nicht zu sagen vom Donner gerührt, war er das letzte Mal in Alexandra Gehrweins Wohnbaracke beim Lesen ihrer Notiz, dass sie nun endlich die sterblichen Überreste ihrer Männer entsorgen müsste. In der Begründung für die Nominierung des Films hieß es, die Festivalleitung sei zu der Empfehlung gekommen „wegen der einfühlsamen Behandlung eines delikaten Themas, der kreativen Licht- und Kameraführung sowie der eindrucksvollen Bildmetaphorik als Mittel zur Beschreibung von Seelenzuständen". Unmittelbar nach dieser Bekanntgabe blieb Stein wie angewurzelt auf seinem Platz sitzen. Da meldete sich sein Smartphone mit einer SMS, die den allerletzten Zweifel ausräumte und sofort Steins Jagdinstinkt auf Touren brachte: „Eine große Story wartet auf Sie. Das sind Sie ALEXANDRA schuldig. Melden Sie sich am Empfang des Hotels mit dem

Namen Gehrwein. Dort erhalten Sie weitere Informationen. Ich zähle auf Sie! Deep Throat."

Eine anonyme SMS. ‚Alexandra' in Versalien hervorgehoben, um jeden Zweifel auszuschließen. Stein strich sich mit der rechten Hand durchs Haar. ‚Deep Throat'! Der Deckname des legendären Informanten in der Watergate-Affäre. Ganz schön melodramatisch. Und makaber, dass er sich mit ‚Gehrwein' am Empfang melden sollte. Er überlegte und kam zu dem Schluss: „Ich kenne deine Verbindung zu Alexandra Gehrwein." Daher also die persönliche Einladung zur Berlinale-Pressekonferenz nach gerade mal ein paar Tagen offiziell in der Redaktion. Auch das Timing: Unmittelbar nach Bekanntgabe erhält er die SMS. Wieder strich er sich durchs Haar. Da steckt ein Profi dahinter. War der sonderbare Absendername Deep Throat also gar nicht so weit hergeholt? Was will er, welches Ziel verfolgt er? Was ist mit dem Film, dass jemand glaubt, deshalb den Whistleblower spielen zu müssen? Vorsicht!, ermahnte er sich und machte sich dabei Mut: Das könnte d i e Chance sein. Wenn was dran ist, wäre es der ideale Einstieg in die neue Position im Verlag. Er stand auf und ging die Treppe vom ersten Stock hinunter zum Empfang.

Geschniegelt und gebügelt, wie es sich für einen First-Class-Portier gehört. So taxierte Stein den jungen Mann hinter dem Empfangstresen, den er bat, ihm die bereitliegende Nachricht für Gehrwein auszuhändigen. Es war eine einzige, fließende Bewegung, mit der dieser sich umwandte, das bereitliegende Kuvert ergriff, sich weiterdrehte, bis er wieder in Ausgangsposition stand und mit einem beflissenen „Bitteschön, Herr Gehrwein", das Kuvert über den

Tresen reichte. Er widerstand der Versuchung, sich in einen der Lobby-Sessel zu setzen und sofort das Kuvert zu öffnen. Ohnehin enthielt es wahrscheinlich nur einen USB-Stick, soviel hatte er ertastet. Wichtiger war, professionelle Diskretion demjenigen zu signalisieren, der ihn vielleicht genau jetzt beobachtete. Scheinbar gleichmütig und ohne sich umzusehen, steckte er das Kuvert in die Innentasche, schlug den Weg zur U-Bahn-Station ein und fuhr nicht in die Redaktion, sondern nach Hause. Den Datenträger steckte er in sein privates Notebook, nicht in das verlagseigene, das er für die mobile Reporterarbeit nutzte. Da waren zwar die neuesten, für alle beruflichen Zwecke benötigten Anwendungsprogramme installiert, was aber auf dem Verlags-Notebook außerdem alles im Hintergrund aus Sicherheitsgründen mit aufgezeichnet wurde, wusste er nicht. Deshalb war er vorsichtig. Er konnte auch nicht wissen, ob und wie brisant das Material auf dem Stick ist.

Es erwartete ihn eine unvermutete Hürde: Der Inhalt war Passwort geschützt ohne Hinweis, wie es heißen könnte. Nachdenklich zwiebelte er zwischen Daumen und Zeigefinger seine Nasenspitze. Sollte das ein Intelligenztest sein oder was? ‚Stein' einzugeben, war sinnlos, weil die Eingabemaske neun Stellen forderte, sehr hohe Sicherheitsstufe. Würde ihm das Passwort vielleicht per SMS nachgeliefert oder erwartete der Absender, dass er den Code knacken konnte? Das war nur über gemeinsames Wissen eines Themas möglich. Neun Zeichen, wahrscheinlich Buchstaben. ‚Berlinale' hatte nur acht Zeichen. Er grübelte weiter: Es musste ein Wort im Zusammenhang mit dem Inhalt sein: ‚Reutlingen' hat zehn. ‚Rehlingen' hat neun: Mist, geht nicht! ‚Gehrwein' hat nur acht. Vielleicht ‚Alexandra' und deswegen in der SMS groß geschrieben? Jawoll! Die Startseite öffnete sich. Er klopfte sich im Geiste auf die eigene Schulter: cleveres Kerlchen! In plakativer Schrift stand da weiß auf schwarzem Grund: ‚Kobra, übernehmen Sie.' Darunter der rot markierte Hinweis: ‚Absolut vertraulich! Bewahren Sie das Speichermedium an einem sicheren Ort auf. Die enthaltenen Dateien können nicht portiert, kopiert oder ausgedruckt werden.' Als Dokumente waren Anschreiben, Exposé, Treatment, Drehbuch und Presseveröffentlichung zu dem Film beigefügt. Er klickte das Anschreiben an:

*Sehr geehrter Herr Stein,*

*meine Situation innerhalb der Festivalorganisation zwingt mich zur Anonymität. Ich bitte Sie dafür um Verständnis.*

*Leider habe ich aufgrund meines Arbeitsgebietes keinen Einfluss auf die Auswahlentscheidungen der Festival-Leitung. Durch die Nominierung des Films ‚Die Einsiedlerin von Rehlingen' als Teilnehmer im Wettbewerb um die Berlinale Awards besteht die Möglichkeit, dass der Film auch Preisträger wird. Ich verfüge jedoch über Informationen, die es zwingend gebieten, eine Auszeichnung des Films zu verhindern. Da ich keine Möglichkeit sehe, dies auf offiziellem Wege zu erreichen, beschreite ich nach reiflicher Überlegung diesen Weg.*

*Handwerklich und künstlerisch hat der Film Qualität. Jedoch widersprechen Inhalt und Handlung der Produzenten-Angabe, dass es sich um eine ‚Dokumentation in Form eines Psychodramas' handelt. Die Story ist viel mehr eine grobe Verfälschung der Lebensgeschichte von Alexandra*

*Gehrwein. Schon deshalb disqualifiziert sich der Film als Aspirant für einen silbernen oder gar den goldenen Bären.*

*Die Begleitinformationen des Produktionshauses Gebauer Film gaben Anlass zu weiteren Zweifeln. So stieß ich z.B. auf den Namen des Drehbuchautors Andree Harbich. Obwohl ich in der Filmwelt bestens vernetzt bin, war mir der Name völlig unbekannt. Meine Recherchen bei Mitgliedern des Produktionshauses ergaben, dass es ein Pseudonym für den mir bekannten Drehbuchautor Peter Siegmund ist. Pseudonyme sind bei Drehbuchautoren unüblich. Ich forschte deshalb weiter und kam mithilfe der Sucheingabe ‚Rehlingen' in das Internet-Archiv des Reutlinger Boten mit Ihren Artikeln über die tatsächlichen Geschehnisse.*

*Eine Dokumentation ist bekanntlich die wahrheitsgemäße Darstellung von realen Begebenheiten und Personen mit filmischen Mitteln. Im Vergleich zu den von Ihnen im Reutlinger Boten geschilderten Geschehnissen erweisen sich die Film-‚Realitäten' über weite Strecken als reine Erfindung. (Dazu die beigefügten Unterlagen.) Dies ist grober Etikettenschwindel. Dem Publikum wird eine seriöse Dokumentation eines menschlichen Schicksals vorgegaukelt und ein Thriller mit erfundener Handlung geboten. Nichts gegen einen Thriller, wenn er auch als solcher gekennzeichnet ist.*

*Somit besteht der dringende Verdacht, dass sich der Produzent Gebauer Film einen Erfolg auf der Berlinale erschleichen will. Zudem ist inakzeptabel, dass das Leben der Alexandra Gehrwein, deren Name im Film genannt wird und Authentizität vortäuscht, unwahr dargestellt wird. Auch deshalb müssen die Absichten des Produzenten unterbunden werden. Der Film erfüllt den Tatbestand der ‚Vorspiegelung falscher Tatsachen'. Das ist Betrug. Zudem verbreitet er postum Lügen über eine reale Person. Das ist Rufmord. Wenn dieser Film durch eine Festival-Auszeichnung geadelt wird, fügt dies dem Ansehen der Berlinale weltweit schwersten Schaden zu.*

*Meine inständige Hoffnung ist, dass die Veröffentlichung dieser Sachverhalte die Festivalleitung veranlasst, ihre Entscheidung zu revidieren und den Film aus dem Wettbewerb zu nehmen, auch wenn dies ein bisher nie dagewesener Vorgang wäre.*

*Ich bitte Sie deshalb, mir durch Ihre Möglichkeiten der offensiven Berichterstattung zu helfen, Schaden von diesem großartigen Festival abzuwenden.*

*Mit freundlichen Grüßen*
*Deep Throat*

*PS. Ich melde mich per SMS wieder bei Ihnen, um ein Treffen zu vereinbaren.*

Stein lag in seiner gewohnten, halb aufrechten Position mit leicht angewinkelten Beinen auf der Chaiselongue mit dem Rechner auf den Oberschenkeln und sah sich die Dateien des USB-Sticks nacheinander an. Ohne dieses bequeme Polstermöbel im Biedermeierstil wäre er niemals umgezogen. Nun stand sie in dem Zwei-Zimmer-Apartment eines modernisierten Altbaus am Charlottenburger Einsteinufer. Das hatte ihm die Zeitung besorgt, und er genoss den Komfort, den er in der Reutlinger Altbauwohnung nicht hatte: Zentralheizung, Einbauküche, Innenhofstellplatz,

Aufzug. Er wohnte in der vierten Etage mit Blick über die Straßenbäume, den Landwehrkanal und nach Osten über die Stadt. Leider hatte die Wohnung keinen Balkon.

Wieder einmal strich er sich nach der Lektüre des Briefs durchs Haar. Er war aufgeregt und wollte doch cool bleiben. „Ist das die Story, die meinen Einstand stark macht? Dann muss es auch ein absoluter Knaller sein." Erneut rekapitulierte er den Brief: Eine anonyme Person aus dem Kreis der Berlinale behauptet, Beweise zu haben, dass ein Filmproduzent das Festival und die Jury hintergehen will. Das dürfte schon öfter versucht worden sein und wäre kaum eine Zeile wert. Interessant wird es, wenn das mit dem Rufmord stimmt. Das wäre ein Hebel, mit dem man moralische Entrüstung in der Leserschaft auslösen und sie hinter sich bringen kann. Welche Mittel der Film für den Rufmord anwendet, sollten ihm Drehbuch und Exposé verraten. Und er stellte sich die Frage, ob er sich auf das Spiel mit dem Whistleblower einlassen sollte. Ist er nur ein Wichtigtuer oder steckt tatsächlich mehr dahinter? Der Hit wäre natürlich, wenn sich daraus eine starke Story entwickeln ließe. Das wäre dann ein Karriere-Einstieg nach Maß – nicht nur auf die Lokalredaktion bezogen. Voraussetzung ist allerdings, dass die Zeitung mitmacht. „Wenn ich das schaffe," überlegte er, „wird die Story automatisch stark genug, dass sich die Berlinale angekratzt fühlt. Dann lenkt sie entweder ein oder bügelt alles mit dem Universal-Argument ‚Kunstfreiheit' ab. Deshalb ist die Geschichte entscheidend, die der Film über Alexandra Gehrwein erzählt. Also 'ran an Exposé und Treatment.

Beide Ausarbeitungen hatte er schnell gelesen. Zur Sicherheit nahm er sich auch das Drehbuch vor und erhielt in allen Stichproben die Bestätigung über die Unverfrorenheit, mit der die Lebensgeschichte der Einsiedlerin bis zur Unkenntlichkeit verfälscht wurde, und das offensichtlich aus kommerziellen Gründen. Die Lektüre bestärkte ihn zwar, aber so ganz überzeugte ihn das Gelesene noch nicht. Wieder zwiebelte er die Nase, stand auf und legte das Notebook auf den Wohnzimmertisch.

Drei Jahre im Leben eines Reporters sind eine lange Zeit, in der man nicht alles auf dem Schirm behalten kann. Zudem fehlte ihm die graue Hauswand als Projektionsfläche seiner Gedanken. Ruhelos wanderte er auf Socken im Zimmer auf und ab. Plötzlich klatschte er sich mit der Handfläche an die Stirn und brüllte: „Ja! Ja!! Ja!!!" Warum war er nicht sofort draufgekommen!? Der Drehbuchautor! Da liegt der Hase im Pfeffer! Der Name Peter Siegmund im Brief von Deep Throat war in der großen Überraschung und Verwirrung untergegangen. Jetzt erinnerte er sich, dass Alexandra den Brief mit ‚Lieber Peter' begonnen hatte. Es war der Brief, mit dem sie dem Ex-Geliebten ihre Aufzeichnungen anbot, den sie aber nicht mehr vollenden konnte. Sie hatte die acht Ordner als ihr Vermächtnis gedacht, falls sie die fällige Herzoperation nicht überleben sollte. Es kam zwar anders, aber der Effekt war der gleiche: Alexandra starb. Peter Siegmund alias Andree Harbich und ihr ‚Lieber Peter' waren identisch. Logisch, wie sonst konnte aus der Geschichte ein Film werden, wenn auch ein ‚falscher Film'? Er wiederholte seinen Gedankengang und spann ihn weiter: Wenn ein

Film vorsätzlich Rufmord an einer verstorbenen, tapferen Person begeht, ist das moralisch verwerflich. Wenn sich zudem herausstellt, dass der Drehbuchautor *selbst* der Grund für das tragische Schicksal der toten Alexandra ist, dann wird eine Super-Story daraus. Stein fuhr sich dreimal mit gespreizten Fingern durch den Haarschopf. Um sich zu vergewissern, dass ihn sein Gedächtnis nicht trog, öffnete er auf dem privaten Laptop das Rehlingen-Archiv und fand prompt das Foto von Alex' Brief. Er zoomte und fand die Anrede: *Lieber Peter.* Auf dem zweiten Foto mit dem letzten Maschine geschriebenen Tagebucheintrag stand es sogar schwarz auf weiß: *„Falls ich auf der Strecke bleibe, will ich, dass Peter Siegmund meine Aufzeichnungen erhält ...“* Das war die endgültige Bestätigung. Siegmund hatte demnach das Erbe angenommen und war auf ihr Angebot eingegangen. Weil ihm oder dem Produzenten – das musste er klären – die Geschichte mit der Selbsttherapie nicht spektakulär genug war, dichtet er ganz einfach eine neue Story und behauptet trotzdem, dass der Film die tatsächlichen Geschehnisse dokumentarisch behandelt. Er spürte die erwartungsvolle Anspannung eines Jägers, dem ein kapitaler Hirsch vor die Flinte kommt. In Gedanken zwiebelte er seine Nasenspitze: „Erst verdrückt sich der Kerl feige aus dem Leben der Alexandra Gehrwein, die bis unter die Haarspitzen in ihn verliebt ist. Dann verleugnet er sie, als sie im Ristorante vor ihm steht. Dann dichtet er ihr in seinem Drehbuch aus vermutlich rein kommerziellen Interessen eine rabiate, dreifache Mordgeschichte an, in der sie von drei Rockern vergewaltigt wird und stempelt sie dann zur lynchenden Verbrecherin, indem sie einen nach dem anderen ermordet. Bei so viel Lug und Trug bekommt er Schiss, dass ihm jemand auf die Schliche kommen könnte und versteckt er sich hinter dem Pseudonym Andree Harbich.“ Diese Gedankenkette empörte Stein, was einem professionellen Reporter eigentlich nicht passieren sollte: „Dieser Typ hat den Charakter einer Qualle! Freund, du wirst dich noch wundern.“ Das war allerdings eine voreilige Behauptung, da er zunächst einmal seinen Chef, Nick Stresow, davon überzeugen musste, dass er über Material verfügte, mit dem man die Berlinale gewaltig aufmischen konnte. Außerdem konnte es sein, dass er selber wegen des BLITZ-Berlinale-Teams gar nicht aktiv werden durfte. „Mal sehen, wie sich das am besten entwickeln lässt.“

*

„Na, Stein, haben Sie was ins Rollen gebracht?“ grinste ihn Stresow am nächsten Mittag in der Kantine an, sichtlich selbstzufrieden über seine wortspielerisch formulierte Frage. „Kommt darauf an, ob Sie mich lassen.“ – „Ach nee, sagen Sie bloß, Sie haben da was aufgetan.“ – „Ja, und es sieht nach einer ganz heißen Story aus.“ – „Hat das mit der Berlinale zu tun? Ich habe Ihnen doch gesagt, dass Sie die Finger davon lassen sollen. Das ist die Arbeit des BBT“, knurrte Stresow ihn auf dem Weg zu einem der Esstische an. „Ich weiß, Chef. Die Sache hat aber ihren Ursprung in Reutlingen und ist mit einer Riesenportion Zufall verbunden. Zudem steckt ein Whistleblower in der Berlinale-Organisation dahinter.“ Bei dem Wort Whistleblower spitzte Stresow die Ohren: „Daher weht der Wind also mit der persönlichen Einladung an Sie. Erzählen Sie!“, forderte ihn der Chef auf und passierte mit der Gabel die Salzkartoffeln zum Hackbraten auf seinem Teller. Komplexe Sachverhalte wie mit dem Skalpell zu sezieren und das Wesentliche in wenigen Sätzen herauszuarbeiten, war Steins Spezialität. So schilderte er kompakt und anschaulich die Geschichte von Alexandras seelischem Überlebenskampf, der im tragischen Flammentod endete. Geschickt nutzte er die emotionalen Aspekte, um die Rolle Peter Siegmunds als feigen Geliebten zu beleuchten. Dann leitete er zu dem Betrugsversuch der Gebauer Film über. Zudem wies er darauf hin, dass die Rechercheergebnisse des Informanten zu guten Teilen auf seinen Reutlinger Artikeln beruhten, die ihrerseits penibel recherchiert seien.

Stresow hatte ihn unterbrechungsfrei berichten lassen. Er stand auf, räumte wortlos das Geschirr auf dem Tablett zusammen und schob es in den Rolltower, der in der Nähe stand. Im Weggehen sagte er: „Wir treffen uns in einer halben Stunde im kleinen Konferenzraum. Bis dahin bereiten Sie Ihre Dokumente so vor, dass wir sie uns am Wanddisplay ansehen können. Dann reden wir weiter.“ Stein verstaute ebenfalls sein Tablett und folgte dem Vorgesetzten. Der verschwand in seinem Büro und Stein hinter der Stellwand seiner Koje. Er begann, zuversichtlich zu werden. Von seinem gläsernen Büro aus hatte der Chef die Etage mit den Arbeitsplätzen seiner Reporter im Blick. Nur Steins Schreibtisch stand so, dass die gegeneinander platzierten Wandschränke in beiden Büros den direkten Blick verstellten. Stein war es recht, dass er auch mal unbeobachtet in der Nase popeln konnte, wenn Bedarf bestand.

Er nahm die Umhängetasche mit dem privaten Notebook und dem USB-Stick aus einem der Schrankmöbel, wo er sie weggeschlossen hatte. Im Konferenzraum verband er per Bluetooth sein Notebook mit dem Schultafel großen Wanddisplay, steckte den Stick ein, und testete die Funktion. Alles in Ordnung. Kurz darauf kam Stresow in Begleitung eines Kollegen: „Herr Stein, das ist Kevin Kramer, der im BBT arbeitet. Er hat also einige Kenntnis, was die Berlinale aus unserer Sicht betrifft. Sofern wir Ihre Geschichte weiterverfolgen, wird er Ihr Partner sein." Stein kam Kramer mit seiner stämmigen Figur, dem runden, kahl geschorenen Schädel und den selbstbewussten Bewegungen irgendwie bekannt vor, als hätte er ihn schon einmal gesehen. Der Gedanke wurde von der Konzentration auf sein Referat überlagert. Bevor er damit begann, wandte sich Stresow an den neuen Kollegen: „Sie wissen, dass Herr Stein seit Jahresbeginn bei uns in der Lokalredaktion als stellvertretender Chefreporter arbeitet. Seiner vorausgegangenen Tätigkeit ist es zu verdanken, dass sich ein Informant aus der Berlinale-Organisation seiner erinnert und klandestinen Kontakt aufgenommen hat. Der Fall scheint brisant zu sein. Ob wir ihn aufgreifen werden, entscheide ich in Abstimmung mit der obersten Chefin. Stein, bitte setzen Sie den Kollegen kurz und kompakt ins Bild, anschließend zeigen Sie uns zur Vertiefung Ihre Beweismittel. Das bitte zügig, ich habe nicht ewig Zeit." Damit übergab er das Wort an Stein, der in Kurzform referierte, was er in der Mittagspause schon beschrieben hatte.

„So, jetzt die Dokumente“, drängte ihn der Chef ungeduldig. Das Display zeigte die Startseite und Stein gab das Passwort ein. Als Stresow den Titel ‚Kobra übernehmen Sie‘ las, brummte er missbilligend. „Na ja, so sind die Filmleute nun mal“, erwiderte Stein auf das Brummen, ohne daran zu erinnern, dass es einmal eine amerikanische Serie im deutschen Fernsehen gab, die so hieß. Dann öffnete er das Briefdokument des Informanten. Es war still in dem nüchternen, unpersönlichen Raum. Die beiden lasen konzentriert den Text. Nach einer Weile setzte Kramer zu einer Bemerkung an: „Deep Throat – ist das nicht – –?“ – „Ja, Watergate“, unterbrach ihn der Chef grob und „weiter“, zu Stein gewandt. Der öffnete nach und nach die übrigen Dateien des USB-Sticks. Jedes Mal konzentrierte Stille während des Lesens, wobei der Chef immer vor Kramer fertig war. Aus der Drehbuch-Datei zeigte Stein drei exemplarische Seiten, die die Angaben des Whistleblowers am besten bestätigten. Aus seinem privaten Rehlingen-Archiv rief er außerdem die Fotos von Alexandras abgebrochenen Brief an Siegmund auf und ihre letzte Tagebucheintragung mit dem Hinweis auf die fällige Entsorgung der Torsoteile. Außerdem vergrößerte er die Zeile mit dem vollständigen Namen „Peter Siegmund“. Zum Schluss öffnete er die Dokumente seiner Reutlinger Artikel sowie einige Fotos vom Interieur der Wohnbaracke und dem brennenden Geräteschuppen.

„Die Fakten scheinen belastbar zu sein, trotzdem müssen wir sie eingehend überprüfen. Herr Stein, ich werde Sie bei Grammel, dem Leiter der Recherche- und Archivabteilung anmelden. Ob wir aktiv werden, hängt letztlich von ihm ab, immerhin würden wir gegen die Berlinale zu Felde ziehen, wenn wir uns vornähmen, den Film abzuschießen. Überlegen Sie beide schon mal, wie Sie das bewerkstelligen wollen. Mit einem einzelnen Artikel werden wir nichts bewegen. Wir müssten also eine Kampagne mit mehreren Artikeln über die Tage verteilt entwickeln. Ich werde mich mit der obersten Etage abstimmen, ob eine bundesweite Behandlung der Geschichte infrage kommt. Schließlich ist die Berlinale kein Dorffest, für das nur wir von der Regionalredaktion zuständig sind. Zum Schluss vorsichtshalber die Vergatterung: Was hier besprochen wurde, verlässt diesen Raum nicht. Kein Wort zu niemand. Ist das klar?“ Beide nickten pflichtschuldig. „Sie hören von mir.“

*

Passend zum Datum, Freitag, dem 13. Januar, las Stein auf dem Kalenderblatt: „Der Aberglaube ist die Poesie des Lebens. (J.W. v. Goethe).“ – „Und deshalb nur Dichtung und keine Wahrheit“, ergänzte er für sich den Spruch. Auch wenn nichts entschieden war, machte er sich übers Wochenende an die Kommunikationsstrategie: Was ist das Ziel, was soll erreicht werden, welches Aufmacher-Thema, welche Inhalte für welche Tage und so weiter. Am Montag und Dienstag gab es noch keine Nachricht vom Chef. Statt dessen eine SMS von Deep Throat: „Wie sieht's aus?“ Steins Antwort: „Bisher keine Entscheidung. Sorry. Melde mich.“

Die Spannung wuchs, der normale Tagesablauf der Redaktion diente als Mittel zur Ablenkung und Beruhigung.

Der Chef ließ sich Stein gegenüber nichts anmerken. Die tägliche Redaktionssitzung: Wer hat welches Thema für den Regionalteil? Welchen Aufmacher nehmen wir? Dann war Schreibarbeit angesagt. Er musste so schnell wie möglich das so genannte Wording, den Schreibstil der BLITZ-Zeitung verinnerlichen. Immer wieder zog er das eigens dafür zusammengestellte Handbuch zu Rate. Dann auch: in den allgemeinen Betrieb reinkommen, Kollegen, Abläufe und Organisation kennenlernen. Das hieß, zunächst mehr Innendienst, weniger auf Achse. ‚Stellvertretender' war erst mal ein Titel ohne Wert. Das wusste er und war daher für ihn kein Problem. Nur, wenn die Entscheidung über seine ‚Super-Story' negativ ausfiel? Er wollte nicht daran denken. – Endlich! Am Mittwochabend die spannungslösende Mail von Stresow an Stein und Kramer: „Morgen, Donnerstag, 19.01., 10 h, bei mir. NS"

Am nächsten Vormittag, pünktlich um zehn Uhr, kam Stein mit etwas flauem Magen aus seiner Koje und stieß fast mit Kramer zusammen. Jetzt würde sich herausstellen, ob er gegen die Wand gefahren war oder die Rallye beginnen konnte. Gemeinsam rückten sie in den ‚Glaspalast' ein. Der Chef telefonierte und bedeutete den Reportern, sich an den Besprechungstisch zu setzen. Stein wertete es als gutes Zeichen. Andernfalls hätte Stresow sie wahrscheinlich kurz und knapp im Stehen abgefertigt. Nach dem Telefonat setzte er sich mit an den Tisch und legte sofort los: „Ab sofort sind Sie das Team ‚Schwarz-Weiß'. Auch das Projekt nennen wir Schwarzweiß. In jeglicher Korrespondenz untereinander und zu mir signieren Sie, Kramer, mit ‚Schwarz', weil Ihr Name ein a enthält und

Stein, Sie sind ‚Weiß', wegen des e und i in Ihrem Namen. Das klingt zwar kindisch, ist aber unverfänglich. Und ich kann mir die Tarnnamen leicht merken. Stein, Sie haben morgen, dreizehndreißig, einen Termin bei Grammel. Der will Ihnen auf den Zahn fühlen. Erzählen Sie ihm alles, was er wissen will und zeigen Sie ihm Ihre Beweismittel."

Mit verschränkten Armen vor der Brust lehnte sich Stresow im Freischwinger-Stuhl zurück und forderte Stein auf: „So, was haben Sie sich ausgedacht, wie wollen Sie vorgehen?" – „Sie sprachen davon, dass die Berlinale kein Dorffest ist. Deshalb gehe ich davon aus, dass wir in der Gesamtausgabe erscheinen. – „In Ordnung", unterbrach ihn Stresow, „die oberste Chefin ist dabei, das habe ich geklärt. Deshalb auch der Gang zu Grammel. Bei einer solchen Geschichte muss alles wasserdicht und feuerfest sein. Weiter." Stein fuhr fort: „Ziel ist es, den Betrugsversuch zu entlarven und die Berlinale dazu zu bringen, den Beitrag aus dem Wettbewerb zu nehmen. Bisher ist das laut Deep Throat nie passiert. Damit hätten wir eine Premiere der besonderen Art. Um das zu erreichen, filetieren wir das Gesamtthema in mehrere Einzelartikel, zum Beispiel: 1. Worum geht's in der ganzen Sache? 2. Die Geschichte der Alexandra Gehrwein. 3. Porträts der beiden Protagonisten Siegmund alias Harbich und Gomulkian, et cetera. Der erste Artikel erscheint in der allgemeinen Berlinale-Berichterstattung und soll nur einen Verdacht aufzeigen. Damit kitzeln wir das Interesse der Leser und lassen die hier versammelte Film-Fachwelt, inklusive der Jury, aufhorchen. Das heißt, wir fallen nicht gleich mit der Tür ins Haus und bauen damit reflexartige Abwehrhaltungen bei den Betroffenen auf, die unsere Folgearbeit nur erschweren. Vielmehr verschärfen wir in den täglichen Artikeln die Gangart, indem wir jeweils Ross und Reiter nennen. Das heißt, wir legen unsere Fakten zu Personen, Hintergründen und Vorgängen auf den Tisch und beweisen damit unsere Glaubwürdigkeit." Der Chef unterbrach den Vortrag Steins abermals: „Wir sollten erreichen, dass der Festspiel-Direktor persönlich bei der Chefin anruft und in seinem berüchtigten, unangenehmen Ton fragt: ‚Woher wissen Sie das? Haben Sie Beweise und welche sind das? Ich warne Sie!' Solche Drohgebärden liebt sie. Weiter!" – „Die Tonalität der Artikel zielt darauf ab, moralische Entrüstung bei den Lesern gegenüber den Machenschaften der Akteure zu erzeugen. Wir berichten so, dass wir schon im zweiten Artikel von einem Berlinale-Skandal sprechen können. Das halten wir durch, bis der Film aus dem Wettbewerb genommen wird." – „Moment, denken Sie immer daran, dass die Berlinale ein gigantischer Publikumsliebling ist, auch bei unseren Lesern, vor allem hier in Berlin, dazu die internationale Bedeutung. Außerdem gehört sie zu den wichtigsten Imageträgern unserer Stadt. Und nicht zuletzt ist die Berlinale ein Wirtschaftsfaktor, was wir ebenfalls zu berücksichtigen haben. Deshalb können und wollen wir sie nicht einfach anpinkeln. Nicht die Haudrauf-Methode, sondern seriös mit Fingerspitzengefühl schreiben. Andererseits sind wir der Leserinformation verpflichtet – und unserer Auflage. Bitte weiter." – „Ich glaube, das kriegen wir hin: Je nachdem, ob und wie die Festivalleitung reagiert, stimmen wir unsere Artikel darauf ab. Wenn sie den Film aus dem Rennen nimmt, loben wir sie und alles ist Friede, Freude, Eierkuchen. Wenn nicht, hagelt es Kritik, erst Recht wenn die Jury diesen Film prämieren sollte. Dann könnten wir zum Beispiel die Frage stellen, wie ein solcher Skandal-Film in den Wettbewerb gelangen konnte und inwieweit der Festivaldirektor noch die geeignete Besetzung für seinen Posten ist." Kramer gab die Anregung: „Wir sollten auch das BBT auf geeignete Ad-hoc-Interviewpartner aus dem Filmgeschäft ansetzen, damit wir Live-Stimmen mit Meinungen zu dem Betrugsversuch zitieren können. So verstärken wir bei Bedarf den Druck auf die Festivalleitung. Vielleicht ergeben sich auch Hinweise, dass der Festivaldirektor in Fachkreisen nicht unumstritten ist." Kramer fügte hinzu, , dass es ein Dossier beim BBT beziehungsweise im Archiv über den Direktor gäbe, das werde er sich ansehen und gegebenenfalls dafür sorgen, dass es aktualisiert wird.

Stresow hatte seine legere Haltung im Freischwinger-Stuhl aufgegeben und stützte nun beide Ellbogen auf den Tisch. Aufmerksam verfolgte er die Ausführungen der beiden und Stein spürte, dass nun auch der Jagdinstinkt des Vollblut-Reporters in seinem Chef geweckt worden war: „Gut, Leute. Das kann sich zu einer großen Sache entwickeln. Umso mutiger und gleichzeitig akribischer müssen wir vorgehen. Es wird Widerstände geben. Darauf richtig und mit Nachdruck zu reagieren wird die große Herausforderung werden. Den Frontalangriff auf den Direktor müssen wir uns sehr genau überlegen und kommt nur als Ultima Ratio in Betracht. Denn der gute Mann hat auch seine Fans und eine Hausmacht. Deshalb: Vorsicht!" Dabei hob er kurz mahnend den Zeigefinger. „Zum Timing: Die Berlinale läuft dieses Jahr von Donnerstag, dem 9. bis Sonntag, dem 19. Februar. BBT berichtet im Vorfeld über die Festspiele. Unsere Berichterstattung werden wir so gestalten, dass jeden Tag eine neue Enthüllung erscheint. Unglücklich im Sinne unseres Vorhabens ist der traditionelle Festivalbeginn am Donnerstag. Wir können nicht schon am Anfang unser Pulver verschießen. Wir sollten am Samstag mit dem Verdachtsartikel beginnen und ab Montag in die Vollen gehen: jeden Tag ein Knaller, bis die vom Festival die weiße Flagge hissen. Dazu erwarte ich von Ihnen morgen, 14 Uhr, eine Liste mit Artikelvorschlägen für jeden Tag in Form von Themen und Inhalten. Im Übrigen gehen alle Artikel ausschließlich an mich. Ich kümmere mich dann um die Weiterleitung. Deshalb erwarte ich jeden Text druckreif mindestens drei Stunden vor Redaktionsschluss, weil die oberste Etage alles vorgelegt haben will. Erst nach deren Druckfreigabe gehen die Artikel zur BBT-Redaktion der Gesamtausgabe. Die Kollegen wissen Bescheid, dass was kommt, was sie nur zu übernehmen haben und keiner der Heinis von ‚Gesamt' in unsere Arbeit reinpfuschen darf." Stresow legte eine Kunstpause ein und setzte zum Schlusswort an: „Meine Herren, ich verlasse mich auf Sie. Zögern Sie nicht, mich jederzeit anzusprechen, wenn Bedarf besteht. Und nochmal im Klartext: Unsere Aktion ist streng geheim. Zur Verfahrensweise: Am besten ziehen Sie, Kramer, sofort in Steins Koje. Ich veranlasse, dass morgen ein zweiter Schreibtisch dazukommt. Außerdem erhalten Sie Laptops, die speziell für solche Aufgaben eingerichtet sind. Mit denen arbeiten Sie im Projekt Schwarzweiß ausschließlich, ich habe das dritte. Die Geräte sind vom Verlagssystem abgekoppelt, aber untereinander über ein verschlüsseltes Netzwerk verbunden. Und nur über mich können Ihre Artikel weitergeleitet werden. So, nun bringen Sie den Stein ins Rollen, meine Herren Woodward und Bernstein." Dabei sah er Stein an und keckerte wie eine Lachmöwe. Denn den amerikanischen Namen Bernstein sprach er absichtlich deutsch aus. Solche Wortspielereien hatten es Stresow offenbar angetan. Mit dem Gedanken: „So lange der Chef lacht, ist alles gut", verließ Stein mit seinem Kollegen das Büro.

„Nach diesen Vorschusslorbeeren finde ich, dass wir aufs ‚Du' wechseln sollten, einverstanden? Ich bin Ferry." Kramer schlug in die angebotene Hand ein: „Okay. Ich heiße Kevin." Beide saßen bis abends in einem der Besprechungsräume, um ihre Teamarbeit zu organisieren und zu beraten, wie sie die Inhalte der Artikelserie aufbauen sollten, die der Chef von ihnen erwartete.

Am nächsten Tag hatte Stresow zu den Vorschlägen der beiden Reporter keine Einwände, auch weil die drei wussten, dass sich im redaktionellen Tagesgeschäft von jetzt auf gleich alles ändern konnte. Trotzdem musste man sich vorab Gedanken machen und nicht erst mit Denken anfangen, wenn schnelles Handeln gefordert war. Zum Einstand ins Projekt schlug Kramer ein Interview mit Andree Harbich in München vor, das er gerne umgehend führen würde. Schließlich sei die Nominierung des Films vor über einer Woche gewesen. Außerdem wäre es eine gute Gelegenheit, um aktuelle Fotos von ihm zu machen. Der Chef war einverstanden und die beiden Reporter zogen sich wieder hinter die Stellwand mit dem Abreißkalender zurück.

Gerade hatte Kramer mit dem Drehbuchautor das Interview am Flughafen München vereinbart, da schlug Steins Smartphone an: „Morgen, 20.30, Parkhaus Knesebeck 72, oberste Parkebene, schwarzer SUV fährt vor. Hinten links einsteigen. Antwort mit Ja oder Nein innerhalb 1 Std. Deep Throat." Kramer, dem er die Message zum Lesen gab, grinste und meinte: „Watergate lässt grüßen." Stein antwortete auf die SMS mit „Ja".

*

Nach reichlichem Aspirin- und Grog-Genuss, gemäß dem Motto „Viel hilft viel", war Siegmund nach einer Woche von seiner fiebrigen Erkältung wieder einigermaßen genesen. Trotzdem schlurfte er ein paar weitere Tage im Jogginganzug und Pantoffeln durch die Wohnung. Während er sich in der Pantry einen Espresso zubereitete, meldete sich das Festnetz-Telefon. Der Rufton verriet ihm, dass jemand Andree Harbich sprechen wollte. Seit er den zweiten Telefonkanal auf sein Alias eingerichtet hatte, war kein Anruf darauf eingegangen. Die Herzfrequenz machte einen Sprung nach oben. „Ja, hallo?" – „BLITZ-Zeitung Berlin, Kramer. Spreche ich mit Herrn Harbich?" – „Ja, was kann ich für Sie tun?" – „Herr Harbich, erst einmal Glückwunsch zur Nominierung der ‚Einsiedlerin von Rehlingen' auf der Berlinale. Wir wollen unsere Leser über die Filme im Wettbewerb ausführlich informieren und nicht nur wiederholen, was die üblichen Presseinformationen des Veranstalters hergeben. Da Sie der Drehbuchautor des

Films sind, würde ich Sie gerne morgen in München für ein Interview besuchen. Können Sie das einrichten? Ich komme mit dem Flieger gegen 13:30 Uhr an. Wenn wir uns im Flughafen um 14 Uhr im Käfer-Bistro treffen könnten, wäre das ideal." – „Ich hätte um halb zwei einen Termin mit meinem Produzenten", log Harbich alias Siegmund. „Den werde ich dann verschieben müssen. Aber sicher hat Gebauer Film Verständnis dafür." Zufällig wusste er, dass es zwei Käfers im Flughafen gab. Deshalb fragte er: „An welches der beiden Käfer-Bistros hatten Sie gedacht?" – „Moment, ich hab's mir notiert. Terminal 1, Ebene 04." – „Gut, ich werde dort sein und gut sichtbar die BLITZ-Zeitung lesen. Wie war bitte Ihr Name?" – „Kramer. Sie erkennen mich ebenfalls an einer BLITZ. Bis morgen." – „Ja, bis dann." Siegmund legte auf. „Ab sofort bin ich der Drehbuchautor Andree Harbich", murmelte er, bevor er den frisch gebrühten Espresso kippte.

Seit er sich entschieden hatte, das Drehbuch unter Pseudonym zu schreiben, rechnete er mit einer solchen Situation, erst recht, seit ihm Bianca gesimst hatte, dass der Film bei der Berlinale eingereicht worden sei. Deshalb hatte er sofort eine Harbich-Vita und eine Frage-Antwort-Liste dazu ausgearbeitet, die er laufend erweiterte. Sobald ihm eine Frage und die dazu passende, plausible Antwort einfiel, fügte er beides hinzu, zum Beispiel, warum über Andree Harbich im Internet nichts zu finden war; wie er an den Job und an die Original-Aufzeichnungen der Alexandra Gehrwein gekommen war; warum nie über die vermissten Opfer ihrer Untaten berichtet worden war, wie sie in dem vorgeblichen Dokumentarfilm gezeigt wurden, und so fort.

– In welchem Ordner habe ich die Fake-Vita und die FAQ-Liste abgelegt? Die muss ich vor dem Interview inhalieren und auswendiglernen, am besten morgen Vormittag und danach auf der Fahrt zum Flughafen. So hab ich alles frisch im Kopf, wenn ich dort ankomme. –

Am nächsten Vormittag las er Vita und Liste wieder und wieder konzentriert durch. Im Kleiderschrank durchforstete er anschließend seinen Fundus für die passende Garderobe zum Treffen mit dem Reporter.

– Der dicke Troyer zur marineblauen Cordhose. Darunter lange Unterhosen. Ist zwar nicht kleidsam, aber nötig bei der Affenkälte. Und außerdem sieht es niemand. Ein weiterer Kälteschutz ist die helle Lammfell-Lederjacke. –

Vor dem Spiegel strich er den von Luggi kürzlich wieder einmal kunstvoll gestylten und platingebleichten Haarschweif unter dem Kragen des Troyers hervor und legte ihn über den Pelzkragen der Jacke. Danach drückte er den schwarzen Pork Pie akkurat in Position: aus der Stirn leicht nach oben gekippt.

– Wo ist das Etui mit der Show-Brille? Sieht einfach geil aus: Gestell und Gläser in Senfgelb. Ein extravagantes Accessoire und für diesen Anlass genau richtig. Eventuell auch für die Gala in Berlin, dann aber mit noch kreativeren Klamotten. Die Winter-Dockers! Jedes Mal ein Act reinzukommen und zu schnüren. Spieglein, Spieglein ...–

„Du bist der Schönste im ganzen Land“, antwortete Siegmund anstelle des befragten Schrankspiegels. Zufrieden mit sich und seinem Äußeren machte er sich auf den

Weg zur U-Bahn-Station Candidstraße. Eiskalte Böen griffen unter die schmale Hutkrempe, so dass er sie festhalten musste. Die ersten wirklich kalten Tage dieses Winters ließen ganz Deutschland frieren. Nun spürte er, was er vergessen hatte: die gefütterten Lederhandschuhe. Nach dem Umsteigen in die S-Bahn zum Flughafen zog er aus der Innentasche die Blätter mit der Vita und der FAQ-Liste und rekapitulierte erneut die Daten. Dann schloss er die Augen und ging wie ein Slalom-Läufer kurz vor dem Start erneut alles durch, worauf es ankam.

– In jeder Sekunde hoch konzentriert sein! Du bist Andree Harbich. Siegmund? Wer ist das? Vorsicht bei jeder Frage, sie könnte eine Falle sein. Nicht voreilig antworten. Den Bedächtigen, Nachdenklichen mimen, bei Autoren ist das glaubwürdig. Vor allem: Cool bleiben, egal was der Reporter fragt. Und ganz wichtig: Lass dich nicht aus der Reserve locken! Bei Reportern weiß man nie, was sie im Schilde führen. –

– Super, supergut gelaufen! Kein Hänger, kein Versprecher. Dieser Kramer sieht aus wie der Tatort-Kommissar Freddy Schenk in jüngeren Jahren. War doch ganz friedfertig, fast gemütlich. Keine Fangfragen, alles harmlos, sogar ein paar Fragen von der FAQ-Liste. Was ich ihm auftischte, nahm er komplett für bare Münze. Hoffentlich werden die Fotos gut. Reporter sind meistens nicht die besten People-Fotografen. Porträt-Fotos sind schwierig. Wahrscheinlich fürs Dossier im Archiv. Mit wehendem, schwarzen Wintermantel zog er wieder ab in Richtung Flugsteig nach Berlin. Weg war er. Keine anderthalb Stunden ging das. –

Mit nachlassender Spannung wuchs wieder die Euphorie in Erwartung der Triumphe, die er auf der Berlinale würde feiern können. In dieser Gemütsverfassung fuhr Siegmund, alias Andree Harbich, wieder mit der Rolltreppe abwärts zum S-Bahnhof im Flughafen. Gegen achtzehn Uhr würde er zu Hause sein.

– Oder vielleicht doch gleich zum Abendessen in den Augustiner? Toni hat sich zum Dreh aufs Traumschiff verabschiedet. Schippert wahrscheinlich in der Karibik herum, schlürft einen Caipi im Deck Chair auf dem Sonnendeck, und uns wachsen hier die Eiszapfen. Weiß nicht mal, ob er zur Berlinale-Eröffnung wieder zurück ist. –

Von der U-Bahn-Station zurück nach Hause pfiff ihm wieder der eiskalte Wind um die Ohren. Der Kopf steckte zwischen den Schultern, den Hut hatte er ganz unstylish tief in die Stirn gezogen und die Hände in den Taschen seiner Lammfelljacke vergraben. Bei solchen Wind- und Wetterverhältnissen blieb er doch lieber zu Hause. Beim Fernsehen verschlang er eine aufgebackene Tiefkühl-Pizza und spülte mit ein Paar Bier nach.

– Schmeckt verdammt anders als Chablis und Kaviar-Häppchen auf der Berlinale. Trotzdem: Á votre santé! –

## 5

„Na, bravo“, knurrte Stein. „Eigentlich logisch, dass bei der Kälte die Batterie schlapp macht.“ Tagelang hatte er das Auto auf seinem Innenhof-Stellplatz stehen gelassen und war mit den Öffentlichen in die Redaktion gefahren. Ausgerechnet jetzt, zum Termin mit seinem Informanten, streikte die Karre. Das machte ihn wütend. Er kam unter

Zeitdruck. Nicht auszudenken, wenn er wegen einer kaputten Batterie zu spät zu dem Treffen kam. Er drehte den Zündschlüssel ein weiteres Mal, nur zur Bestätigung, dass er sich zu Recht ärgerte: „So eine Scheiße!“ Er stieg aus, sah auf die Uhr und rannte los. Es war 20:07 Uhr. Überschlägig rechnete er: Sechs Minuten Rennen bis Ernst-Reuter-Platz, heißt 20:13 Uhr, sofern er durchhielt. Dann sofort ein Taxi kapern und sieben bis acht Minuten zur Knesebeck: 20:21 Uhr. Das würde gut reichen. Er ging deshalb in Trab-Geschwindigkeit über. Trotzdem schnaufte er und die Bronchen stachen, als er um 20:16 Uhr das riesige Rondell erreichte. Wie bei Fafnir, dem Fabeldrachen, stand ihm der Atem in Wolken vor Mund und Nüstern. Sofort ein Taxi anzuhalten, klappte nicht. Es kam kein freies. Verdammt! Vier Minuten, bis endlich eine Droschke anhielt, 20:20 Uhr. Stein schmiss sich auf die Rückbank und gab sofort das Fahrtziel an: „Knesebeck 72, bitte rasch.“ – „Na, det is ja nich gerade ne Weltreise!“ – „Weiß ich, aber ich hab's eilig. Ich gebe ihnen auch was extra, wenn Sie Gas geben.“ – „Nu ma langsam mit die junge Pferde, det hier is nich die Avus. Sie sind wohl noch nich lange in Berlin, wa?“ – Erst jetzt bemerkte Stein, dass sein astrein berlinernder Fahrer schwarz war, etwa – mit Verlaub – so schwarz wie seine Daunenjacke, die er wegen der Eiseskälte statt der Schimanski-Jacke übergezogen hatte. „Nein, seit zweieinhalb Wochen, Sie offenbar länger“, meinte Stein und spielte auf den Kontrast zwischen Hautfarbe und Sprache des Taxifahrers an: „Ja, da werd' ick oft drauf anjesprochen. Ick bin gebürtich in Angola und Mitte der achtziger Jahre im Rahmen der so jenannten sozialistischen Bruderhilfe nach Ostberlin jekomm. Und denn bin ick da hängen geblieben. Nach der Wiedervereinigung ausjewandert nach Westberlin, wenn Se wissen, wat ick meine. Wie det Leben manchmal so spielt. Und Sie? Wat hat Sie in unsere herrliche Hauptstadt jetrieben?“ – „Ich bin Journalist und auf dem Weg zur Arbeit.“ – „Wat? In ’nem Parkhaus? Wie dat denn?“ – „Sie kennen sich sehr gut aus, hier“, sagte Stein, um von der Frage des Fahrers abzulenken. Ihm brauchte er sicher nicht zu verraten, dass er auf dem Weg zu einem Geheimtreffen mit einem Whistleblower war. „Na, ick mach die Arbeet ooch schon ‘n paar Jährchen. So, da wären wa. Macht siebenfuffzich.“ Stein gab ihm zehn Euro mit der Bemerkung: „Stimmt so.“ – „Danke, der Herr. Und wünsche jute Verrichtung.“

Drei vor halb, dachte Stein erleichtert und drückte die oberste Taste im Fahrstuhl. Auf der Dachebene angekommen, erahnte er durch die Drahtglastür zur Parkfläche ein paar abgestellte Fahrzeuge, die sich gegen den nachtschwarzen Himmel kaum abhoben. Wenige Augenblicke später glitt der massige Schatten eines Geländewagens vor die Glastür. Es waren nur drei Schritte bis zum Fahrzeug. Trotzdem spürte er die eisige Brise über der offenen Fläche. Der Grund, warum er hinten links einsteigen sollte, lag auf der Hand. In dieser Position hatte er nur die rückwärtige Ansicht der Teile von Kopf und Schultern einer schwarz gekleideten Person mit schwarzer Basecap und hochgeschlagenem, schwarzen Fellkragen, die nicht von Sitzlehne und Nackenstütze verdeckt wurden. Über den Innenrückspiegel war zudem nur ein Augenpaar auszumachen. Die rechte Hand steckte in einem schwarzen Handschuh und war auf dem Lenkrad abgelegt. – „Wie Sie sehen, sehen Sie nichts“, erinnerte sich Stein an den Spruch der adretten Kriminalpolizistin, die am Schofstall ermittelt hatte und deren Name ihm momentan nicht einfiel. So bequem der Sitz im Fond auch war, Stein spürte eine innere Anspannung. Bisher war er nie einer Story dieses Kalibers auf der Spur und schon gar nicht im Auto eines Whistleblowers gesessen. Er überlegte gerade, ob man bei solchen Gelegenheiten „Guten Abend“ sagt, da hörte er vom Fahrersitz eine unverkennbar weibliche Stimme fragen: „Warum mit dem Taxi?“ – „Äh, ja, die Batterie“, stammelte er überrascht. „Das Auto sprang nicht an, wahrscheinlich die Kälte.“

Unterdessen rollte der Wagen langsam die Parkplätze entlang und bog dann so ein, dass er großzügig den Platz von zwei Parkbuchten belegte. „Ich nehme an, Sie haben sich positiv entschieden, sonst wären Sie nicht gekommen,“ eröffnete die weibliche Stimme, die sich Deep Throat nannte, das Gespräch über den eigentlichen Grund ihres Treffens. Als wollte sie seinem Gedanken zuvorkommen, fügte sie rasch hinzu: „Ich weiß, dass der Tarnname in der ursprünglichen Bedeutung für eine weibliche Informantin unpassend gewählt ist. Trotzdem: Ich wollte damit in Anspielung auf Watergate kurz und knapp die Art und Bedeutung meiner Mission umreißen.“ – „Das hatte ich schon vermutet. Trotzdem eine große Überraschung, schon die zweite heute Abend: Ich hatte ganz fest mit einer männlichen Person gerechnet. Wie einen das klischeehafte Denken doch manchmal aufs Glatteis führt!“ – „Und was war die erste Überraschung?“ – „Der schwarzafrikanische Taxifahrer mit seinem lupenreinen Berlinerisch.“ – „In Berlin werden Sie noch so manche Überraschung erleben. Und ich hoffe sehr, in nächster Zeit einige andere Leute ebenfalls, wenn sie merken, dass ihnen ihre Berlinale-Teilnahme um die Ohren fliegt. Sicher haben Sie nun ein paar Fragen, die wir besprechen sollten.“

Die erste Frage betraf die Erlaubnis der akustischen Aufzeichnung, weil er hier bei den schlechten Lichtverhältnissen keine Notizen machen konnte. Nach kurzem Zögern gab sie ihr Einverständnis. Die zweite Frage betraf das Procedere bei der Filmauswahl, um zu erfahren, wie der Betrugsversuch soweit gelingen konnte, dass der Film in den Wettbewerb aufgenommen wurde. Die Whistleblowerin setzte zu einer ausführlichen Erklärung an: „Die meisten großen Film-Festivals funktionieren nach dem gleichen Prinzip: Die Einsendungen der Filmproduktionen aus aller Welt werden in einem langwierigen Prozess gesichtet. Bei tausenden von jährlich produzierten Kinofilmen weltweit muss ein Festival Präferenzen und Schwerpunkte setzen. Wir bei der Berlinale haben dafür die so genannten Sektionen mit Kuratoren an der Spitze. Für die Sichtung und Auswahl braucht es eine exzellente Branchen- und Marktkenntnis, um die Spreu vom Weizen zu trennen. Aus dem riesigen Angebot entscheidet sich das Festival für Filme der unterschiedlichsten Genres beziehungsweise Themen. In jedem Jahr sind es um die 400 ausgewählte Filme. Diese Produktionen zeigen wir im Rahmen des Festivalprogramms an zahlreichen Spielstätten in der ganzen Stadt. Der Festspieldirektor wählt mithilfe eines kleinen Berater-Teams in einem weiteren Verfahren einige Arbeiten aus, meistens um die 18 Filme, und nominiert sie für die Teilnahme am Wettbewerb um den Goldenen und die Silbernen Bären. Die Bekanntgabe dieser Nominierungen haben Sie ja in der Pressekonferenz miterlebt. Die Festivalleitung stellt auch die Jury aus international anerkannten Kunst- und Kulturschaffenden zusammen, die dann die Preise vergibt."

Stein sagte: „Dann wäre demnach der Festivaldirektor persönlich dafür verantwortlich, dass unser Film in den Wettbewerb aufgenommen wurde." – „Im Prinzip, ja. Das will ich aber klarstellen: Es geht mir unter keinen Umständen um persönliche Schuldzuweisungen. Vielmehr glaube ich an einen Fehler, und Fehler sind dazu da, dass sie gemacht werden, sonst wäre die Welt sterbenslangweilig – und Sie könnten sich jetzt nicht als Enthüllungsjournalist profilieren. In der Praxis sieht es so aus, dass bei der Menge von Filmen nicht jeder genau unter die Lupe genommen werden kann. Da verlassen wir uns auch auf das Renommee von Produktionshäusern, den Ruf und das Können von Regisseuren, den Schauspielern und den vielen anderen, die an einem solchen Werk mitarbeiten. Außerdem lesen wir das Begleitmaterial, also die inhaltlichen und technischen Informationen, die jeder Produzent mit einreichen muss." – „Dann müssten die für den Wettbewerb nominierten Filme doch", unterbrach Stein, „vorher besonders gründlich geprüft werden, so dass krumme Touren erfolglos bleiben." – „Es ist nun mal leider geschehen. Deshalb müssen wir das Schneebrett sprengen, bevor es zur Lawine wird und das Festival unter sich begräbt. Ich habe nur eine Erklärung dafür, dass es dieser Film in den Internationalen Wettbewerb geschafft hat: Der Festspieldirektor und sein Team haben sich zu sehr auf den langjährigen, exzellenten Ruf des Produktionshauses verlassen. Wahrscheinlich wurden die internen Vorgänge bei Gebauer übersehen oder unterschätzt. Vor zwei Jahren gab es nämlich einen Führungswechsel. Nach offizieller Lesart hat Horst Gebauer, der Gründer und Inhaber, altershalber die Leitung dem neuen Geschäftsführer, einem gewissen Bertrand Gomulkian, übertragen. Ich hatte Ihnen ja geschrieben, dass ich mich in der Filmwelt bestens auskenne. Das kommt von der Passion, die ich schon im Elternhaus erleben durfte und in den Beruf übernehmen konnte. Aus dem Bereich meiner vielfältigen Kontakte weiß ich daher, dass Gebauer wirtschaftlich am Ende war. Gebauer musste das Angebot Gomulkians einer finanziellen Teilhaberschaft annehmen und ihm den Geschäftsführungsstatus übertragen. Der hat dann nicht lange gefackelt und das gesamte Unternehmen auf Gewinnmaximierung getrimmt. Das hieß unter anderem: Verlagerung der Produktionen in gewinnträchtigere Genres, kürzere Drehzeiten und billigeres Produktionspersonal. Arthouse-Kino, für das Gebauer den besten Ruf hatte, war damit passé. Die traditionellen Unternehmensprinzipien wurden über Bord geworfen und mit ihnen einige wichtige Leute. Wahrscheinlich waren das Ausmaß und die Folgen dieser Entwicklung dem Berlinale-Auswahlgremium entgangen. Nur so kann ich mir den Fehler erklären.“ Während des langen Vortrags war Stein aufgefallen, dass seine Gesprächspartnerin ein akzentfreies Hochdeutsch sprach, wobei sie dann und wann das r ein wenig rollte. „Welche Rolle hat Siegmund dabei gespielt? Er besaß doch die Originalunterlagen und hätte sich weigern können mitzumachen.“ – „Siegmund als Widerstand leistende Kraft ist nicht vorstellbar. Er ist ein Weichei und hängt sein Fähnchen in den Wind. Typisch für solche Fälle ist zudem, dass der Produzent den Autor unter Druck setzt und der dann schreibt, was von ihm verlangt wird. Offenbar war Siegmund dabei nicht wohl in der Haut. Deshalb hat er unter Pseudonym geschrieben.“ – „Ist nach Ihrer Einschätzung Gomulkian der Hauptverantwortliche für den Betrugsversuch?“ – „Ja. Von meiner Quelle vor Ort weiß ich, dass er die alleinige Entscheidungsbefugnis hat und der alte Gebauer raus ist aus dem Geschäft. Für Gomulkian ist er nur noch ein Aushängeschild. Schade um den alten Mann. Mit der Absicht, sein Lebenswerk zu retten, hat er den Untergang beschleunigt.“ – „Können Sie von den ehemaligen Koryphäen, die über Bord gegangen sind, mögliche Interviewpartner nennen? Schließlich wollen wir nicht einfach unbewiesene Behauptungen in die Welt setzen.“ – „Na ja, Ihre Zeitung hat sich bisher kaum als der Lordsiegelbewahrer des journalistischen Berufsethos’ hervorgetan. Doch das ist ein anderes Thema. Ich beschaffe Ihnen Namen und Adressen. Ob allerdings die Leute zu einem Interview bereit sind, müssen Sie selbst herausfinden.“

Unter den Rädern eines Parkplatzsuchenden knirschte der Streusplitt, sein Scheinwerferlicht wischte durch den Innenraum des Fahrzeugs. Stein versuchte, mehr als nur den schwarzen Schattenriss auf dem Fahrersitz vor ihm zu erkennen. Es gelang ihm nicht, denn bei dem reinen

Schwarz ihrer Kleidung und der Sitzbezüge verliert Licht nun mal seine ausleuchtende Kraft. „Gestern führte mein Kollege ein Interview mit Siegmund alias Andree Harbich. Es war bewusst ein ganz harmloses Interview mit unverfängliche Fragen, weil wir ihn nicht misstrauisch machen wollten. Die Antworten waren dem entsprechend. Beispielsweise will er bis zur Annahme des Auftrags in Los Angeles in einer Marketing-Agentur gearbeitet haben. Er sei auch mit einer Amerikanerin liiert, die wiederum Verbindungen zum Filmgeschäft in Hollywood habe. Nur über sie und ein paar weitere Ecken sei er an den Job gekommen. In der Agentur habe er Drehbücher für Firmenvideos und Imagefilme geschrieben. Deshalb gäbe es auch keine Infos im Internet über ihn. Dennoch habe er schon immer mit dem Spielfilm-Business geliebäugelt, auch mehrere Drehbücher geschrieben, die bisher jedoch von keiner Produktionsgesellschaft angenommen worden seien. Die Originalunterlagen der Alexandra Gehrwein habe ihm Gebauer Film zur Verfügung gestellt. Über deren weitere Herkunft habe er keine Kenntnis und so weiter." – „Ich kann Ihnen versichern, dass Siegmund und Harbich identisch sind. Siegmund war seinerzeit junger Regieassistent erst beim SDR, dem heutigen SWR und dann in München beim BR-Fernsehen. Dort avancierte er zum sehr talentierten und letztlich erfolgreichen Drehbuchautor In diese Zeit des Wechsels von Stuttgart nach München fällt auch das Liebesverhältnis mit Alexandra Gehrwein. Das ist Fakt."

Stein öffnete das Fotoarchiv seines Handys, in das er die Harbich-Aufnahmen von Kramer kopiert hatte. Er wählte eines der Porträtfotos aus, reichte das Handy nach vorne und fragte: „Wer ist das?“ Ohne zu zögern antwortete sie: „Siegmund, unverkennbar. Ich habe ihn zwar seit vielen Jahren nicht mehr gesehen, aber an diese Gesichtszüge erinnere ich mich gut. Ein wenig aufgedunsen wirken sie. Es ist der Blick, der sich bei den Menschen über die Jahrzehnte am wenigsten verändert. Das ist Peter Siegmund.“ – „Wissen Sie mehr über Siegmund?“ – „Nicht viel. Nachdem er sich vom BR aus selbstständig gemacht hatte, lief er mir sein Name immer wieder mal in Produktionslisten über den Weg. Zu Anfang hat er einige gute Drehbücher geschrieben, auch Romanadaptionen von bekannten Schriftstellern. Dann glaubte er wohl, langfristig einen finanziell besseren Schnitt zu machen, wenn er sich auf das TV-Seriengeschäft spezialisierte. Meines Erachtens war das recht opportunistisch: Mehr finanzielle Sicherheit, um die ein freier Autor immer kämpfen muss, dafür weniger Unabhängigkeit – eine Grundsatzentscheidung. Bei Omega Productions gründete und leitete er lange Jahre das Script Department. Da wurde bis vor vier Jahren die TV-Serie ‚Wo leben wir denn?‘ produziert. Nachdem der Sender die Serie absetzte, ging Omega pleite. Danach habe ich nichts mehr von ihm gehört. Mein Eindruck aus der persönlichen Beobachtung war, dass er ein sehr konfliktscheuer und charakterschwacher Mensch ist.“ – „Das hört sich nach persönlicher Enttäuschung an. Hat er Sie enttäuscht?“ – „Wenn Sie damit andeuten wollen, dass ich, wie damals Alexandra, ein Liebesverhältnis mit ihm gehabt haben könnte, ganz entschieden: nein. Ich konnte ihn einmal in einer Konfliktsituation beobachten und efand seine Reaktion äußerst schwach. Es wäre deshalb völlig abwegig zu vermuten, dass ich aus verschmähter Liebe handle. Ich kann nur wiederholen, was ich in dem ersten Brief an Sie angedeutet habe: Die Berlinale mit all dem Drumherum ist mein Leben. Ihretwegen habe ich mich an Sie gewandt – vielleicht eine altmodische Einstellung, aber so bin ich nun mal." – „Wann ist die Jury-Sitzung zur endgültigen Auswahl der Preisträger?" – „Am Tag vor der Gala, also am Freitag, dem 17. Februar. Der Höhepunkt der Gala am Samstag ist die Bekanntgabe der Preisträger. Wenn Ihre Aktion erfolgreich sein soll, muss die Festivalleitung vor der Sitzung dazu gebracht werden, den Film aus dem Wettbewerb zurückzuziehen. Weitaus besser wäre, wenn schon die Welturaufführung am Donnerstagabend abgesetzt würde."

Einer spontanen Eingebung folgend, fragte er die dunkle Silhouette vor sich, ob sie auch die Handy-Nummer von Peter Siegmund habe. „Nein. Die kann ich Ihnen aber besorgen. Wozu?" – „Ich habe keine konkrete Idee. Mal sehen, man kann ja nie wissen." – „Haben Sie denn schon eine konkrete Film-Verhinderungsstrategie?" – „Natürlich." Er skizzierte, was er am Tag zuvor seinem Chef präsentiert hatte und hängte den Hinweis an, dass sich die Veröffentlichungen der Artikel in Zeitpunkt und Inhalt ändern könnten, je nachdem wie die Dinge sich entwickeln würden.

Es war kalt geworden im Auto, da die Fahrerin den Motor kurz nach dem Einparken abgestellt hatte. Als er sah, dass sie den Motor starten und damit wohl auch das Gespräch beenden wollte, fragte er seine Informantin noch: „Ihre Handy-Nummer ist aus gutem Grund verschleiert, erscheint also auf meinem Display nicht. Gilt der Anschluss denn weiterhin, falls ich Sie einmal kurzfristig kontaktieren muss?“ – „Ausschließlich per SMS. Das Gerät ist immer ausgeschaltet. Ich aktiviere es nur, wenn ich Ihnen eine Nachricht schicke. Zwischenrein prüfe ich zwei oder drei Mal am Tag auf eingegangene Nachrichten von Ihnen. Anderweitig nutze ich es nicht. Ich werde daher Ihre SMS erst lesen, wenn ich wieder einen Check mache. Es kann daher einige Zeit dauern, bis ich reagiere.“ Der Motor startete, die Scheinwerfer flammten auf. Stein verstaute seinen Voicerecorder in der Jackentasche, stieg aus und ging zur Drahtglastür. Der schwarze Wagen rollte lautlos wie ein Schatten in Richtung Ausfahrt, nur das Knirschen des Streusplitts begleitete ihn bis er ihm tiefer gelegenen Parkdeck verschwand. Die Kälte stach Ferry Stein ins Gesicht. Auf der Knesebeckstraße wandte er sich in Richtung Kudamm, winkte wieder ein Taxi herbei und ließ sich nach Hause chauffieren.

*

Die Euphorie trug Siegmund durch die Tage bis zum Beginn des Festivals. Er konnte es kaum erwarten, die unvergleichliche Atmosphäre des Glamours an Leib und Seele zu erfahren. Nun sollte es Wirklichkeit und die Krönung dessen werden, wovon er während seines gesamten Berufslebens geträumt hatte.

– Nicht nur geträumt, eigentlich immer darauf hingearbeitet. Mal mehr, mal weniger. Bei Omega weniger, zugegeben. An Serien-Drehbücher geht selten ein Filmkunst-Preis. Die Einsiedlerin, ja! Trotz des Pferdewechsels mitten in der Arbeit, von Doku auf Thriller, war ich im Flow. Die Ideen strömten nur so. Die Handlung sensibel in Szenen gefasst. Jede Szene, jeder Take bis ins Detail ausgearbeitet und beschrieben. Harte Kreativarbeit zwar, vor allem, weil Gomulkian ständig rummäkelte. Trotzdem war ich um immer neue Ideen nie verlegen, bis das Skript stand, aus einem Guss. Das musste der Regisseur nur eins zu eins umsetzen. Vom Festival ausgewählt aus der Unmenge an eingereichten Filmen. Dagegen ist ein Sechser im Lotto ein Hühnerschiss. Denn zum Geld kommt die Ehre und die Anerkennung meines künstlerischen Potenzials. Hat auch, verdammt lang genug gedauert. Mein Drehbuch, die Grundlage für ein cineastisches Meisterwerk. Spät kommt der Ruhm, doch er kommt! –

Fortwährend hatte er Bilder vor Augen, wie es in Berlin sein würde, wen er alles treffen würde, wie er Interviews ohne Ende gäbe, sicher auch Autogramme; wie sich wohl der Rote Teppich unter den Füßen anfühlen würde, erst zur Eröffnungsgala, dann zur Welturaufführung des Films und dann zur Abschlussgala. Jedes Mal, wenn er sich in seiner galoppierenden Phantasie diese Situationen ausmalte, steigerte er sich in ein fettes Gefühl der Wolllust hinein: „Den Silbernen Bären für das beste Drehbuch erhält …“ Siegmund stellte sich vor, wie es der Moderator künstlich spannend machte, erst an dem verschlossenen Kuvert nestelte und dann die Karte herauszog: „… für den Film ‚Die Einsiedlerin von Rehlingen' – Andree Harbich!“ Da oben auf dem Podium des Berlinale Palastes zu stehen, mit dem Silbernen Bären in der Hand, vor und unter sich das illustre Publikum. Alle Kameras auf ihn gerichtet. Allein der

Gedanke daran wirkte auf ihn wie ein mächtiges Aphrodisiakum, besser als das tollste Weib im Bett. Was ziehe ich an, fragte er sich, überlegte hin und her, surfte stundenlang im Internet.

– Der Typ mit dem langen schwarzen Zopf unter der Sherlock-Holmes-Mütze, vor Jahren im New Yorker Flughafen! Legte einen bühnenreifen Auftritt hin bei der Begrüßung einer attraktive Dame im roten Hosenanzug: mit Retro-Knickerbockers, brauner Tweed-Jacke, kanariengelbem Hemd und Kniestrümpfen mit Zopfmuster, dazu Original-Haferlschuhe. Das ist es! Gibt's alles im Internet. Dazu die gelbe Brille. Selbstdarstellung und Eindruck hinterlassen, gehört zum Filmbusiness wie die Schale zur Banane. Die Schuhe besorge ich mir hier vor Ort: Reinschlüpfen und sich wohlfühlen, ganz wichtig bei Schuhen. So was kann man nicht im Internet kaufen. Flug und Hotel buchen. Aus eigener Tasche bezahlen. Schließlich sei ich freier Autor, meinte Gomulkian, der alte Geizhals. Typisch. Großzügigkeit kennt der wahrscheinlich nur beim eigenen Gehalt. Egal, auf der Schwelle zum Ruhm hau ich die letzten Reserven raus. Bei den nächsten Aufträgen hole ich die Kohle dann doppelt und dreifach wieder rein. Das steht einem Bären-Gewinner zu. Bianca sagt, Sie hätte im Crowne Plaza für die Crew gebucht, könnte ich ja auch machen, hatte sie gemeint. Kann ich, mach ich aber nicht. Die Tage mit Gomulkian nebst aktuellem Gspusi im gleichen Hotel verbringen? Nein, Danke! Er zählt mich nicht zur Crew, sonst würde er für die Spesen aufkommen. Folglich reicht es, Gemeinsamkeit an den offiziellen Events zu mimen. Das Maritim hat auch vier Sterne und ebenfalls

Shuttle-Service zum Berlinale Palast. Elf Tage. Ab Tegel bei Sixt ein Mercedes-SUV. Sorry, alte Kutsche, du musst leider zu Hause bleiben. Durch Berlin cruisen, mal aufs Land raus, Potsdam, Sanssouci und so. Das wird der teuerste Urlaub seit Jahren. Vielleicht muss ich anschließend Toni anpumpen, bis die ersten Dukaten regnen. –

Zwei Wochen vor Abreise nach Berlin wurden die Pakete mit der Garderobe abgeliefert. Die Haferlschuhe und die Kniestrümpfe mit Zopfmuster lagen schon bereit. Im Schlafzimmer probierte er die Sachen an und befragte wieder den Ankleidespiegel: „Bin ich schön?“ Der Spiegel antwortete prompt: „Ja, du siehst großartig aus. Damit wirst du Furore machen als kreativer Top-Künstler, der du nun zur Crême der Drehbuchautoren zählst.“

## 6

DONNERSTAG, 1. Tag der Berlinale.

Ein Menschengewimmel, hektische Betriebsamkeit am Marlene-Dietrich-Platz zwischen Berlinale-Palast und dem Hotel Grand Hyatt. Übertragungswagen, Antenneninstallationen, Crews mit Fernsehkameras, Mikrofonen und Kopfhörern. Alle hasten kreuz und quer, bilden Trauben, sobald sich ein bekanntes Gesicht zeigt. Aggressive Drängeleien am Roten Teppich. Posing-Kommandos der Fotografen. Hier und überall, wo Festivalfilme gezeigt werden, kocht die Stadt. Stress pur für alle Beteiligten, die Reporter und Journalisten geben die Rolle der Gehetzten. Nur der Festivaldirektor sieht in der ganzen Veranstaltung ein pures Vergnügen: Lächeln, Küsschen, Umarmungen, joviales Schulterklopfen. Alles gehört zur Show.

FREITAG, 2. Tag der Berlinale.

– Geil, gestern Abend die Gala. Auf dem roten Teppich: Posing für die Fotografen, hätte dort auch länger stehen können. Dann ab in den Palast, weil schon die nächsten kommen. Die reinste Massenabfertigung. Trotzdem geil, mittendrin zu sein! Teil dieser Welt zu sein, zu den Besten zu gehören, von den Namenlosen bejubelt, begehrt, von den Medien wahrgenommen und gezeigt zu werden, in den Nachrichten, in Zeitschriften, überall auf der Welt. Plötzlich bist du wer, herausgehoben aus der Masse. Endgeil ist das! Halbblind von den Blitzlichtern. Im Saal. Ein sturzlangweiliger Vorspann, trotz Moderatorin. Die Honoratioren mit ihren Reden, gähn! Zwischenrein mal eingenickt, der Stoß von Sonjas spitzem Ellbogen in die Seite und ihr gemurmeltes: „Fang nicht an zu schnarchen." Danach dann, das war der Hauptfilm: Get together auf Kosten des Veranstalters. Gomulkian schlich rastlos umher. Netzwerken nennt er das, man könnte auch sagen: sich prostituieren bei den Stars und den Verleihern. Sonja, Felix und ich am Bistrotisch. Irgendwann war auch Sonja, unsere Hauptdarstellerin, weg. Kollegen treffen, sagte sie. Blieben wir zwei übrig. Felix erzählt von seinem aktuellen Regie-Projekt: ein paar Szenen über Kaiser Barbarossa für ‚ZDF-History'. Solche Jobs würde er hoffentlich nicht mehr machen müssen, meinte er. Einen Anschlussauftrag habe er vorsorglich schon mal abgelehnt. So hat jeder seine Hoffnungen! Häppchen und Getränke aller Art werden auf Tabletts vorbei getragen, stets mit der Einladung zuzugreifen. Das lässt man sich nicht zweimal sagen. „Oh, is des zünftig!", schwärmte Karl Valentins ‚Firmling' mehrmals in dem gleichnamigen Streifen. Ein paar bekannte Gesichter, alle furchtbar fröhlich, aufgekratzte Stimmung, überall bussibussi, fast wie in München. Irgendwann wurde der Boden unter den Füßen weich, wann war das? Vielleicht gegen zwei. Mit dem Taxi zurück ins Hotel. Der Fahrer beleidigt wegen der kurzen Strecke und des kümmerlichen Trinkgelds. Wie kam ich ins Bett? Weiß ich nicht mehr. Oh, hoppla, Beeilung! Schon zehn Uhr vorbei, in ein paar Minuten räumen sie das Frühstücksbuffet ab. Bei allzu feuchtem Abend hilft am Morgen danach immer ein kräftiges Frühstück, meine Erfahrung. Ziemlich abgegessen, der Tresen mit den leckeren Sachen. Zwei Mehrkornbrötchen, ein Croissant, zwei Löffel Rührei, drei Scheiben Käse, Oliven, Essiggürkchen. Nicht gerade viel, aber mehr gibt's nicht. –

SAMSTAG, 3. Tag der Berlinale.

Das Frühstück war dieses Mal reichhaltiger, weil Siegmund schon früh vor Ort war. Während er sich üppig eindeckte mit diversen Käse- und Wurstsorten, Oliven, Paprikawürfeln und Fenchelsalat, meldete sich sein Smartphone mit einem ‚Ping'". Wieder am Tisch, las er auf dem Display: „Hallo Herr Siegmund, heutige BLITZ-Zeitung: Artikel über Betrugsverdacht auf der Berlinale, Seite 2. Sollten Sie unbedingt lesen!"

– Absender anonym. Wer schickt mir eine SMS zur Berlinale? Und warum „unbedingt" lesen? Komisch. –

Er steckte das Phone zurück und frühstückte weiter. Anstatt sich an den Hot Spots der Berlinale zu zeigen und wie Gomulkian Kontakte zu Produzenten und Regisseuren zu knüpfen, fuhr Siegmund lieber kreuz und quer durch die Hauptstadt. Der Grund war, dass er sich zunehmend unwohl fühlte bei dem Gedanken, plötzlich den Drehbuchautor Andree Harbich geben zu müssen. Je näher der kommende Donnerstag und die Welturaufführung seines Films rückte, umso mehr machte er sich den Stress des Identitätswechsels bewusst. Wenn er plötzlich von einem Termin zum nächsten weitergereicht würde, war er nicht mehr der gewohnte Peter Siegmund sondern Andree Harbich. Im Gegensatz zu einem Schauspieler wie sein Freund Toni war er es nicht gewohnt, schnell mal eine neue Rolle anzunehmen und glaubwürdig zu verkörpern. Mit diesem Unwohlsein schwamm er am frühen Nachmittag im Verkehrsstrom der Straße des 17. Juni geradewegs auf die Siegessäule zu. Es war eiskalt mit einem azurblauen Himmel über Berlin.

– Wann war das gewesen, Mitte der achtziger Jahre? Die ganze Prachtstraße in voller Breite und von oben bis unten mit einer Million bekloppter Techno-Fans bei der Love-Parade. Weiß Gott nicht meine Musik. Eine Stunde Umweg, nur um vom Süden nach Moabit zu kommen. Alles abgesperrt. Lustig war's trotzdem mit Lilly, die ganze Strecke von München bis Berlin. Ihre Schwester wollte sie besuchen. Sie blieb dann einfach und ließ mich allein nach Hause fahren. Das war dann nicht mehr lustig. –

Der goldene Engel der Siegessäule schwebte vor dem himmlischen Azurblau. Wim Wenders zu Ehren umrundete er sie zweimal und scherte dann in Richtung Brandenburger Tor wieder aus. Kurz davor bog er links ab zum Reichstag, hielt kurz an, wie er das schon am Charlottenburger Schloss und am Flughafen Tempelhof gemacht hatte. Aussteigen und sich die Örtlichkeiten zu Fuß erkunden, war nicht seine Sache. Auch am Kanzleramt stoppte er nur kurz. Den Fernsehturm am Alexanderplatz, zu DDR-Zeiten von den West-Berlinern spöttisch ‚Ulbrichts Protzkeule' genannt, hielt er auf Abstand und amüsierte sich über den kreuzartigen Sonnenreflex auf der Turmkugel und die Geschichte, die er dazu einmal gehört hatte. Demnach hatten die kommunistischen Architekten und Bauherren diesen Effekt nicht bedacht, der immer bei Sonnenschein auftritt. Es hieß, sie hätten lange überlegt, wie man dieses Symbol des christlichen Glaubens, das auf sozialistischem Territorium weit ins Land strahlte, beseitigen könnte. Es war, so vermutete Siegmund, wohl eher üble Nachrede von ein paar neidischen Westberlinern, die ja nur ihren mickerigen ‚Langen Lulatsch', diesen Bonsai-Eiffelturm, dagegenhalten konnten.

– Jetzt zum Café Einstein unter den Linden. Da haben sie Zeitungen ausliegen, wahrscheinlich aber keine BLITZ-Zeitung. Werde mal eine kaufen, wegen der SMS von heute Morgen. Da, ein Kiosk. Anhalten, Zeitung kaufen, weiter zum Kaffeehaus. –

„Ja, hallo! Im Dirndl! Kommen Sie auch aus meiner Heimatstadt München? Nein? Aus Wien! Na, dann bringen S'mir doch bitte gleich eine Wiener Melange und eine Linzerschnitte." Er schlug die Zeitung auf. Nur Berlinale über die ganze Doppelseite. Während er den in der Handy-Botschaft genannten Artikel las, bekam er Achselnässe und Schweißperlen auf der hohen Stirn:

**Berlinale vor einem Skandal? – Trickreich einen Bären ergaunern.**

*Wer auf der Berlinale einen Bären abräumt, hat ausgesorgt. Warum also nicht mit ein paar miesen Tricks versuchen, sich die Einladung zum Internationalen Wettbewerb zu erschleichen? Schon die Einladung in diesen elitären Club der Bären-Anwärter zahlt sich im Film-Business vor allem für die Produzenten reichlich aus.*

*Lug und Trug sind nie weit, wo fette Profite winken. Auch im Filmgeschäft gibt es Leute, für die das dicke Geld im Mittelpunkt steht und nicht die Mission, einen guten Film zu machen.*

*Gesetzt den Fall, es gäbe einen Mann, der vorher branchenfremd irgendwie zu viel Geld gekommen ist. Er kauft sich in ein altehrwürdiges Produktionshaus ein und will damit den großen Reibach machen. Dabei scheut er auch nicht vor Betrug zurück.*

*Beispielsweise könnte dieser Produzent versuchen, einen Film mit absichtlich falschen Angaben im Internationalen Wettbewerb um die Bären unterzubringen. Er spekuliert darauf, dass ihm der renommierte Name des Produktionshauses dabei hilft. Was wäre, wenn dieser Film am Ende sogar einen Bären gewinnt? Dann hätte die Berlinale einen Betrugsskandal, der sich gewa-*

*schen hat – und die größte anzunehmende Blamage!*

*Sie sagen: Das ist nicht möglich. Wir sagen: Doch, es ist möglich! Uns liegen Hinweise vor, dass es aktuell einen solchen Betrugsversuch gibt. Achtzehn Filme sind für den Internationalen Wettbewerb nominiert. Einer davon ist wahrscheinlich ein faules Ei. Nun ist die Festivalleitung gefordert, diesem Verdacht nachzugehen.*

Verstört stocherte Siegmund mit der Kuchengabel in seinem Stück Linzerschnitte herum. Weil sie wohl schon alt und hart war, sprang ein Brocken vom Teller und landete auf dem Boden. Er ließ ihn liegen und las den Artikel erneut.

– Keine Namen, kein Filmtitel. Passt aber auf die ‚Einsiedlerin'. Gomulkian. Niemand bei Gebauer kannte ihn, vielleicht nur der Alte selbst. Plötzlich war er da und Gebauer war weg. Schwerkrank, hieß es. Kann, muss nicht die ‚Einsiedlerin' sein. Achtzehn Filme im Wettbewerb. Vielleicht ist auch ein anderer gemeint. Außerdem: Hinweise, keine Beweise. Und überhaupt: BLITZ-Zeitung! Machen doch aus jeder Mücke einen Elefanten, verdrehen Tatsachen oder erfinden sie sogar. Wie hieß der Enthüllungsjournalist, der sich vor Jahren in die Redaktion eingeschlichen hatte? Egal. Also: Nur keine Aufregung! –

Trotzdem war Siegmunds über die Tage anhaltende Hochstimmung, mit der er gerade die Siegessäule zweimal umrundet hatte, angekratzt. Er bezahlte wortlos, suchte sein abgestelltes Auto in der nächsten Querstraße und stopfte die Zeitung in den öffentlichen Mülleimer. Ohne Ziel mäanderte er durch die Stadt. Irgendwo fand er ein Kino ohne Berlinale-Programm: Fifty Shades of Grey. Okay, das regt an und lenkt ab.

SONNTAG, 4. Tag der Berlinale.

Im Gegensatz zu den kommenden Tagen, erlebte Siegmund den Sonntag ereignislos. Sein Nervenkostüm glich einer Hängematte, in der er entspannt baumelte. Die SMS und den Zeitungsartikel hatte er vergessen. Planlos gondelte er, alles dem Zufall überlassend, durch die Gegend, geriet auf diese Weise in das Kaff Lübars, bestellte dort im Dorfkrug eine Berliner Weiße mit Waldmeister, ließ diese zur Hälfte getrunken stehen und entschied, dass er diese Spezialität der hiesigen ‚Eingeborenen‘ kein zweites Mal bestellen würde.

MONTAG, 5. Tag der Berlinale.

An diesem Montag war Steins erste Aktion in der Redaktion, dass er die Blätter des Wochenendes vom Kalender abriss. Für Sonntag las er die Weisheit des Tages: „Die Wahrheit kann niemals verletzen. Das Problem ist nur, dass jeder seine eigene Wahrheit hat.“

Er spielte mit dem Gedanken, Deep Throat zu fragen, wie die Stimmung in der Berlinale-Organisation sei. Er unterließ es, weil er nicht erwarten konnte, dass schon jetzt, nach zwei Artikeln, dort Unruhe entstehen würde. „Die sind viel zu sehr mit sich und ihrem Festival beschäftigt“, antwortete er Kramer, der auch gern mehr gewusst hätte. „Warten wir den morgigen Artikel noch ab. Gut möglich, dass nicht einmal dann was passiert. Solche Organisationen sind wie Öltanker: Vom Kommando der Kursänderung bis zur Meldung ‚Kurs liegt an' braucht so ein Pott mitunter drei und mehr Kilometer.“ Das hatte er einmal während seiner Hamburger Studienzeit in einer Kneipe gehört. Insgeheim hoffte er natürlich, dass nach dem Artikel morgen Nervosität im Umfeld seiner Informantin entstand. Denn dann sollten die Verantwortlichen irgendwie reagieren, damit seine ohnehin schon strapazierte Gefühlslage nicht außer Kontrolle geriet.

*

Siegmund saß zur gleichen Zeit wie an den beiden Vortagen beim Frühstück. Er liebte es, ausführlich und reichhaltig zu frühstücken und nebenher auf dem Handy die Nachrichten von tagesschau.de zu lesen. Zwar gab es dort kaum einen Artikel, der fehlerfrei geschrieben war, was den professionellen Autor in ihm oft aufregte. Aber um sich einen Überblick über die wichtigsten Themen aus Politik, Wirtschaft und Gesellschaft zu verschaffen, war es ein akzeptables Medium. Unvermittelt sprang das Display mit dem ‚Ping‘ auf die Botschaft um: „Hallo Herr Siegmund, heutige BLITZ-Zeitung: Skandal auf der Berlinale! Sollten Sie lesen.“

– Herrgott, was soll das? Wen interessiert ein Skandal auf der Berlinale? –

Das meinte er nicht wirklich so. Es war nur die ärgerliche Reaktion auf die plötzliche Unterbrechung seiner digitalen Tagesschaulektüre, vielleicht auch die Befürchtung, dass ihn unangenehme Nachrichten erwarten könnten.

Natürlich interessierte es ihn, es musste ihn interessieren nach der SMS am Samstag. Er überlegte, ob er die BLITZ-Zeitung online aufrufen sollte, entschied sich dann doch für die Print-Version, auch wenn er sie erst auf dem Weg nach Potsdam kaufen musste.

– Einfach hinfahren, zum Schloss Sanssouci, damit man's mal gesehen hat. Auf dem Weg einen Abstecher in die Babelsberger Filmstudios. Wie damals auf Jobsuche. In Potsdam bei einem Kaffee die Zeitung lesen. Vielleicht auch ein paar Schritte durch die Innenstadt, wenn es nicht zu kalt ist. –

Aus dem Spaziergang wurde nichts. Nicht, weil es zu kalt war, sondern weil ihm donnerschlagmäßig die Lust vergangen war. Das geschah, nachdem ihm in einem leer dahindösenden Café von einer sichtlich missgelaunten Punkerin ein Cappuccino serviert wurde, der abscheulich nach mit Milch verdünntem Abspülwasser schmeckte. Den Donnerschlag verursachte der groß aufgemachte Artikel in der Zeitung. Im Zentrum des zweispaltigen Artikels ein Foto von Gomulkian mit der Bildunterschrift: *Geldgierig und betrügerisch? Bertrand Gomulkian, seit zwei Jahren Chef bei Gebauer Film. Verantwortlich für den Film ‚Die Einsiedlerin von Rehlingen'.* Dazu in Riesenlettern die Headline:

> ***Berlinale-Skandal, Teil 1. Ein Lügenfilm im Rennen um die Bären.***
>
> *Der Berlinale-Wettbewerbsbeitrag ‚Die Einsiedlerin von Rehlingen' behauptet, den dramatischen Schicksalsweg einer jungen Frau*

*aus unseren Tagen in Form einer authentischen Dokumentation zu erzählen. Tatsächlich ist alles erstunken und erlogen.*

*Gebauer Film, das einstmals angesehene Produktionshaus für künstlerisch wertvolle Filme, hat unter der neuen Geschäftsleitung von Bertrand Gomulkian diesen Film eingereicht. Leider wurde der Film von der Festivalleitung aus bisher ungeklärten Gründen für den Internationalen Wettbewerb um die Bären-Trophäen ausgewählt.*

*Warum Lügenfilm, warum leider? Die Antwort: Statt das wahre Drama im Leben einer mittlerweile verstorbenen, jungen Frau zu schildern, verwendet der Film nur wenige authentische Eckdaten, um einen Wahrheitsgehalt vorzuspiegeln, den er jedoch nicht einlöst. Stattdessen erzählt der Film eine blutrünstige Geschichte und macht die junge Frau, nachdem sie vergewaltigt wurde, zu einer lynchenden Meuchelmörderin. Das ist, wie gesagt, alles frei erfunden und hat nichts mit dem wahren Leben der Protagonistin zu tun. Dabei wäre ein Film über das tragische Scheitern einer Liebesbeziehung und seine Folgen die eigentliche Herausforderung für dieses so hoch angesehene Produktionshaus gewesen.*

*Was veranlasst den neuen Geschäftsführer von Gebauer Film, Bertrand Gomulkian, ein tatsächliches Lebensschicksal in eine frei erfundene Horrorstory zu verfälschen und zu behaupten, es sei eine Dokumentation? Darauf gibt es zwei Antworten. Die erste: Reine Profitgier. Denn bekanntlich verkauft sich ein Film über sexuelle Gewalt und Mord bei weitem besser als eine wahrheitsgemäße Dokumentation über ein Lebensschicksal. Die zweite Antwort: Der bisher ausgezeichnete Ruf des Produzenten Gebauer Film sollte dazu herhalten, die Auswahl-Jury zu täuschen, um dadurch in den prestigeträchtigen Berlinale Filmwettbewerb zu kommen.*

*Der Produzent geht sogar einen Schritt weiter, indem er versucht, uns, die Kinobesucher, zu täuschen: Wir bezahlen ein Ticket und erwarten, dass wir eine Geschichte erzählt bekommen, die sich in dem geschilderten Horror tatsächlich so zugetragen hat. Aber: Es ist alles Lüge! Es ist ein aus Profitgier groß angelegter Täuschungsversuch gegenüber der Berlinale und dem Filmpublikum.*

*Deshalb hat dieser Film kein Recht, im Internationalen Wettbewerb um einen Berlinale-Bären anzutreten.*

Also doch! Fast hätte Siegmund über den kleinen runden Rattantisch gekotzt, so heftig war der Schlag in die Magengrube. Er ließ zwei Münzen liegen und verließ überstürzt das Lokal. Wieder stopfte er die Zeitung in einen der öffentlichen Müllbehälter, stieg ins Auto und gondelte über die Dörfer zurück nach Berlin.

– Jetzt ist es raus. Scheiße! Woher wissen die das alles? Wer hat da was erzählt? Und, natürlich, die BLITZ-Zeitung hängt's an die große Glocke: Gefundenes Fressen, um daraus einen Berlinale-Skandal zu stricken. Was passiert jetzt? Wie reagieren die beim Festival? Lassen die sich von der Zeitung ins Bockshorn jagen? Gomulkian und Gebauer stehen am Pranger, ich nicht. Wenigstens das. Die maximale Blamage für Gomulkian. Irgendwie gönne ich es ihm. Trotzdem, ich sitze mit im Boot. Heute ist Montag. Donnerstag ist Premiere, Welturaufführung! Entweder ist die Story bis dahin wieder vergessen oder es gibt kein Schaulaufen, sondern ein Spießrutenlaufen. Muss ich dann überhaupt dabei sein? Ich kann mich doch unpässlich melden, Magenverstimmung oder so. Soll der Gomulkian die Suppe allein auslöffeln. Obwohl, bis Donnerstag kann viel passieren. –

Je mehr er über den Artikel und die möglichen Folgen nachdachte, desto schlechter wurde seine Laune.

– Der Produzent und der Film sind thematisiert. Hoffentlich bleibe ich aus dem Spiel. Wenn aber mehr dazukommt, kann ich alles ins Klo kippen. Andree Harbich, der Drehbuchautor des Films ‚Die Einsiedlerin von Rehlingen', Gewinner des Silbernen Bären für das beste Drehbuch? Vergiss es! Ruhm und Ehre? Leck mich! Statt gut honorierter Folgeaufträge das Schweigen im Walde. Privatinsolvenz, Verarmung. So sieht's dann aus. –

Beim Abstellen seines SUV in der Hotel-Tiefgarage war seine Euphorie ins gefühlsmäßige Niemandsland abgedriftet, weil er nicht wusste, wie sich die Situation weiterentwickeln würde. In dieser Gemütsverfassung nahm er das Abendessen im Hotel-Restaurant ein und ging auf einige Cognacs zur Bar. Der schwarze Pianist im weißen Dinner-Jacket spielte ‚As time goes by'. Früh ging er auf sein Zimmer und überließ die Weltstadt Berlin sich selbst. Er guckte Fernsehen, parallel dazu erleichterte er die Mini-Bar um alle alkoholischen Getränke. Anschließend ließ er sich vom Zimmerservice einen doppelten Whiskey kommen. Irgendwann schmiss er seine Klamotten auf einen Stuhl, zog die Bettdecke über die Ohren und schlief mit einem von Alkohol vollgesogenen Schwamm im Kopf ein.

DIENSTAG, 6. Tag der Berlinale.

Der Schwamm in Siegmunds Kopf war nicht abgetrocknet, eher schien er sich auszudehnen, während der Lift seinen Fahrgast am Dienstag gegen halb zehn zum Frühstück brachte. Die Sonne, tief am Winterhimmel, brach in den Raum und versprach erneut einen herrlichen Tag. Der Schwamm lastete jedoch schwer auf seinem Limbischen System. Geblendet kniff er die Augen und wollte sich nicht aufheitern lassen. So überließ er sich widerstandslos seiner miesen Laune. „Und täglich grüßt das Murmeltier", grunzte er in sich hinein, als das ‚Ping' neben seiner Kaffeetasse erklang. Er war gerade dabei, die Kappe seines wachsweichen Frühstückseis freizulegen. „Hallo, Herr Siegmund, ein Film, eine wahre und eine erfundene Geschichte. Was sagt der Drehbuchautor des Films zum heutigen Artikel?" Die Heimtücke der Frage erschloss sich ihm nicht sofort. Bisher hatte er unter ‚Siegmund' nur allgemein Nachrichten über den Film erhalten, nun wurde er ausdrücklich als Drehbuchautor des Films angesprochen, den er doch unter Pseudonym geschrieben hatte. Die Erkenntnis, dass seine Tarnung aufgeflogen war, erzeugte einen Magenkrampf und ließ ihn gequält aufstöhnen.

– Verdammt, welche Spielchen werden hier gespielt? Wer simst mir da jeden Tag? Was will der? Will der mich fertigmachen oder was? –

Irgend jemand wollte, dass er nicht nur bestens über den Berlinale-Skandal informiert wurde. Dieser Jemand zeigte ihm auch, dass er die Rolle von ihm, Peter Siegmund, in dem Spiel genau kannte, auch, wer hinter dem Pseudonym Andree Harbich steckte. Siegmund konnte sich keinen Reim auf die Sache machen. Dieses Unwissen in der Ungewissheit kratzte mit scharfen Fingernägeln an seinen Magenwänden. Er verließ mit dem Wagen die Hotel-Tiefgarage und steuerte planlos durch die verstopften Straßen.

– Da wird an einem Skandal gestrickt und ich bin nicht nur dabei, sondern mitten drin. Ich muss mich informieren und der Drecksack von SMS-Schreiber nutzt das aus. Warum nur? Pass doch auf, du blöde Kuh. Wenn ich Grün habe, hast du Rot! Warum fährt der Hugo da vorne nicht weiter, Herrgott!? –

Siegmund spürte, dass mit dem Tiefschlag nicht nur sein Appetit einen Knock-out erhalten hatte, sondern auch seine Stimmung. Da spitzte sich etwas zu, er wusste aber nicht, worauf die Geschichte hinauslief. Das griff ihn an. Cool bleiben, sagte er sich, was nicht viel half.

– Bisher sind zwei Artikel erschienen, plus der von heute, den ich bisher nicht gelesen habe. Der erste nur ein Verdacht, der zweite gegen den Film und Gebauer, respektive Gomulkian. Und ich bin außen vor. Ja, hup doch, du Depp, bin fremd hier! Vielleicht aber hänge ich auch schon am seidenen Faden über dem Abgrund und einer hat die Schere angesetzt. Hilft nix, muss die Zeitung kaufen. Muss wissen, wie es weitergeht, wie bei der Produktion einer Fortsetzungsserie mit dem Unterschied, dass dort alle Mitwirkenden das Drehbuch kennen. –

In der Lützowstraße fand er endlich einen Kiosk. Er stieg aus: „Eine BLITZ-Zeitung, bitte" und setzte sich wieder hinters Steuer. Hastig schlug er die erste Berlinale-Seite auf. Schon bevor er anfing zu lesen, sprang ihn das Foto an: Alexandra Arm in Arm mit ihrer Freundin Carla.

– Ach du heilige Scheiße. Was ist das denn? Ein Foto mit der Irin und der Sizilianerin. Alex lächelnd, die andere, weiß nicht, wie sie hieß, beim Faxen machen. Vielleicht hab sogar ich das Foto auf dem Schlossplatz in Stuttgart gemacht. Stammt jedenfalls aus der Zeit. –

Zuerst las er die Bildunterschrift: *Alexandra Gehrwein in glücklichen Tagen mit ihrer besten Freundin, kurz bevor das Schicksal unbarmherzig zuschlug.*

> ***Berlinale-Skandal, Teil 2. Dichtung und Wahrheit über die ‚Einsiedlerin von Rehlingen'.***
>
> *Die Einsiedlerin von Rehlingen hat es wirklich gegeben und zwar in unseren Tagen. Sie hieß Alexandra Gehrwein, war eine junge,*

*lebenslustige Frau von 24 Jahren, als ihre Leidensgeschichte begann. Ihr Lebensschicksal endet mit ihrem einsamen Tod unter tragischen Umständen.*

*Das ist die wahre Geschichte: Alexandras Leben zerbricht an einer unglücklichen Liebesbeziehung. Mit 24 ist sie schwanger. Ihr Geliebter verlässt sie jedoch Knall auf Fall. Daraufhin hat sie eine Fehlgeburt und gerät in eine schwere Lebenskrise. Um sie zu verarbeiten, zieht sich die junge Frau in die Einsamkeit zurück. Mithilfe einer jahrelangen Selbsttherapie und nach vielen Rückschlägen überwindet sie die Krise und ist danach vollständig genesen. Eines Abends, sie bereitet sich gerade auf einen Krankenhausaufenthalt wegen einer Herz-Op vor, brennt das kleine Nebengebäude des Anwesens durch einen Kurzschluss ab und Alexandra Gehrwein kommt in den Flammen ums Leben. In den Therapie-Jahren hatte sie bis zu ihrer Genesung alles tagebuchmäßig aufgeschrieben. Die Aufzeichnungen sind nicht verbrannt und bezeugen eindringlich ihr Leben und Leiden.*

*Die Lügengeschichte des Films hingegen stellt Alexandra Gehrwein als eine etwas angeschmuddelte Aussteigerin dar, die der freien Liebe frönt und auch gern mal einen Joint durchzieht. Auf einem einsamen Gehöft will sie ein alternatives, selbstbestimmtes Leben führen. Eines Abends überfallen drei Hells Angels die junge Frau und vergewaltigen sie über viele Stunden mehrfach. Die nachfolgende Schwangerschaft lässt sie abbrechen. Anschließend startet sie ihren Rachefeldzug gegen die Verbrecher. Im Lauf der Zeit stellt sie jedem eine raffinierte Falle, so dass alle drei umkommen. Die Opfer lässt sie verschwinden, die Ermittlungen der Polizei verlaufen im Sand. Im Film führt diese ‚falsche' Alexandra über ihre Taten genau Buch. Später kommt sie ebenfalls – wie in der wahren Geschichte – in den Flammen des Geräteschuppens um.*

*Diese zweite Geschichte ist frei erfunden und keine Dokumentation, wie der Produzent Gomulkian behauptet. Die Betrugsabsicht gegenüber der Berlinale und dem Filmpublikum disqualifiziert deshalb den Film ‚Die Einsiedlerin von Rehlingen' und muss vom Film-Wettbewerb ausgeschlossen werden.*

„Uff – –!“ Einen Moment lang wollte Siegmunds verkrampfter Körper erleichtert auf dem Fahrersitz in sich zusammensacken: Er war nirgendwo genannt. Doch schon im nächsten Moment breitete sich Wut in ihm aus.

– Okay, kein Wort über mich. Gomulkian fahren sie an den Karren, auf ihn haben sie es abgesehen. Sei's drum. Aber genauso wollen sie auch den Film fertigmachen. Und das ist mein Film, ein großartiger Film! Das schreibt sogar das Auswahl-Komitee: „Wegen der einfühlsamen Behandlung eines delikaten Themas, der ungewöhnlichen Licht- und Kameraführung ...“ und so weiter. Die von der Berlinale sagen doch, dass es ein toller Film ist. Und eins ist sicher: Ich habe das beste Drehbuch meines Lebens geschrieben. Wenn ihr das plötzlich nicht mehr anerkennt, scheiße ich euch vor die Tür! Wie werdet ihr jetzt reagieren? Werdet ihr diesem Drecksblatt nachgeben und den Film aus dem Wettbewerb kicken? Nur weil er als Doku und nicht als Thriller etikettiert ist? Das ist doch lächerlich! –

Gemessen an der künstlerischen Qualität des Films war diese Unterscheidung eine seiner Meinung nach mutwillig hochstilisierte Lappalie. Wie zu schnell erhitzte Milch kochte Wut in ihm hoch und er brüllte: „Ihr Blattschmierer habt doch keine Ahnung von Kunst, von großer Filmkunst. Mir scheißegal, was ihr mit Gomulkian und seinem Laden am Hut habt, aber geht mir nicht an den Film. Es ist ein großartiger Film und ich habe die Vorlage dafür geliefert. Das lasse ich mir von euch nicht einfach kaputt machen! Hau ab du Arsch, das hier ist eine Überholspur und kein Schleichweg!“ Im nächsten Moment spürte er das rote Blitzlicht in den Augen. „Leck mich doch!“ schrie er und drückte das Gaspedal tiefer.

*

Während Siegmund tobte, warteten Stein und Kramer am Dienstagvormittag angespannt, was Deep Throat auf ihre Frage „Tut sich was?“ gegen Mittag antworten würde: „Diffuse Unruhe. Zeitungsberichte sind Gesprächsthema.“

Für die beiden Reporter war es die Bestätigung ihrer Strategie, jeden Tag neue, brisante Informationen über den Film zu veröffentlichen. Nachdem ‚Dichtung und Wahrheit' heute erschienen war, hatten sie geplant, morgen, am Mittwoch, eine Personality über Gomulkian zu bringen. Die Überlegung war, nach dem Film den Hauptverantwortlichen so zu diskreditieren, dass dem Festspiel-Direktor nur die Wahl blieb, den Film aus dem Wettbewerb zu nehmen.

Dass sie überhaupt nennenswertes Material über die Person des Produzenten vorliegen hatten, verdankten sie einem Anruf am Montag. Der Informant gab an, dass er den Artikel über den Film mit der Einsiedlerin heute morgen gelesen hätte. So sei er auf den ihm geläufigen Namen Gomulkian gestoßen. Ob Stein Interesse an weitergehenden Informationen über diese Person habe. Zwei Stunden später hatten sie sich an einer Frittenbude beim Europa-Center getroffen. Der Reporter staunte nicht schlecht, dass ihm der ehemalige Klassenkamerad Henrik Brandner aus Sarstedt gegenüberstand und ihm ein Kuvert auf dem Bistrotisch zuschob. Henrik deutete an, dass er bei einer ‚Bundesbehörde' arbeite und Zugriff habe auf zahlreiche Informationen dieser Art. In dieser Stellung müsse er allerdings auf Quellenschutz bestehen, die ihm Stein natürlich zusicherte. Im Übrigen hätte er gewusst, dass der Artikel von Stein stammte und er habe ihn auch deshalb angerufen. In bester Laune verabschiedete sich Henrik mit den Worten: „Man sieht sich." – „Wie auch immer du das meinst", dachte sich Stein beim Blick in das Objektiv einer der vielen Überwachungskameras, die an fast jeder Ecke des Europa-Centers installiert sind.

Die von Deep Throat beschriebenen Reaktionen in der Festivalorganisation waren den beiden Reportern zu lau. Sie befürchteten, dass ihnen die Zeit davonlief, ohne dass Nennenswertes geschah. Deshalb entschieden sie sich, auf den Festivaldirektor den Druck zu erhöhen. Noch kein Frontalangriff, sondern nur ein ‚wohlmeinender' Wink mit dem Zaunpfahl. Sie wollten ihn wissen lassen, dass er persönlich gemeint war. Schließlich hatte er den Film ausgewählt, nun war er für die Folgen verantwortlich, vor allem, wenn sie zulasten der Festspiele gingen. Den geplanten Beitrag über Gomulkian stellten sie zugunsten dieses Artikels zurück:

MITTWOCH, 7. Tag der Berlinale.

***Berlinale-Skandal, Teil 3. Was nun, Herr Festivaldirektor?***

*Jedes Jahr eines der weltweit wichtigsten Filmfestspiele zu veranstalten, ist eine Herkulesaufgabe. Da können Fehler passieren, wer hätte dafür kein Verständnis. Diese Fehler müssen jedoch schnellstens korrigiert werden, damit kein weiterer Schaden entsteht.*

*Filme werden für uns, das zahlende Publikum gemacht, eine Binsenweisheit, die im Glitzer und Glamour des Festivals leicht untergeht. Auch wenn wir von der Flut an sehenswerten Festival-Filmen überwältigt sind, bleiben uns nur wenige Glanzpunkte im Gedächtnis. Dazu gehören zweifellos die Bären-Gewinner. Wir verlassen uns darauf, dass in den Wettbewerb um diese Auszeichnungen nur die Besten der Besten kommen. Wir vertrauen dem Festivaldirektor, dass er sich diese Filme vor der Nominierung ansieht und sorgfältig prüft, ob sie vor der Jury bestehen können und eines Bären würdig sind. Mit dem Film ‚Die Einsiedlerin von Rehlingen' haben Sie, verehrter Festivaldirektor, daneben gegriffen. Darüber sind wir, das Filmpublikum, enttäuscht. Der Film mag von der künstlerischen Machart her gut sein. Hier geht es jedoch um mehr: um Betrug und nachträglichen Rufmord, den der Produzent des Films zu verantworten hat. Solche Delikte landen normalerweise vor Gericht. Es sind diese inakzeptablen Machenschaften, die den Film für eine weitere Beachtung auf der Berlinale disqualifizieren.*

*Lieber Festivaldirektor, zweifellos war es ein fataler Fehler, dass Sie diesen Film für den Wettbewerb ausgewählt haben. Fehler sind jedoch dazu da, korrigiert zu werden.*

*Unsere Artikel der vergangenen Tage haben beweiskräftig dargelegt, dass der Film ‚Die Einsiedlerin von Rehlingen' keinerlei Berechtigung hat, am Wettbewerb um die Bären teilzunehmen. Deshalb unsere Emp-*

*fehlung: Ziehen Sie den Film aus dem Wettbewerb zurück, bevor wir uns fragen müssen, ob der Internationale Wettbewerb der Berlinale nun von Lug und Trug geleitet wird.*

An diesem Mittwochmittag begegneten Stein und Kramer ihrem Chef in der Kantine, der mit seinem Tablett im Vorübergehen murmelte: „Die Sache entwickelt sich. Kommen Sie in einer halben Stunde zu mir ins Büro.“ Stein blickte seinen Kollegen fragend an, weil er nicht wusste, was er von der Bemerkung halten sollte. War sie eine Anerkennung ihrer Arbeit, oder eine Warnung? Vielleicht nur die Bestätigung, dass alles wie erwartet lief? Jedenfalls trug sie nicht zur Beruhigung seiner Nerven bei, die schon seit Tagen auf der Streckbank malträtiert wurden. Kramer erging es wohl ebenso. Nach dem Mittagessen trafen sie sich in Stresows Glaspalast. Der Chef kam direkt zur Sache: „Vorhin bekam die Chefin endlich den Anruf vom Festspieldirektor. Er bat um eine Video-Konferenz für morgen Nachmittag, sofern man seine Äußerung als Bitte interpretieren kann. Aber da bleiben wir ganz souverän. Dazu die üblichen Floskeln, dass er sich von der Presse nicht erpressen lasse und eine einstweilige Verfügung in Vorbereitung sei et cetera. Ich bin mit der Chefin einig, dass wir den Herrn Direktor vorerst nicht weiter zu reizen brauchen. Andererseits werden wir auch nicht zurückstecken, sondern berichten weiter. Welcher Artikel wäre für morgen am besten geeignet?“ Stein wie aus der Pistole geschossen: „Die Personality über Gomulkian, die wir eigentlich heute bringen wollten. Das tut dem Direktor nicht unmittelbar weh und wir bleiben mit dem

Thema präsent." – „Haben Sie dafür hieb- und stichfestes Material verarbeitet, woher kommt das?" Stein erzählte kurz über das Treffen am Montag: Das Material stamme von einer Quelle aus dem BND und sei deshalb absolut zuverlässig. „Gut, was haben wir für Freitag?" Stein: „Nachmittags ist die Jury-Sitzung. Bis dahin muss was passiert sein. Wenn nicht, das heißt, der Film nicht aus dem Wettbewerb raus ist, kommen wir mit der Siegmund-Story. Danach wird der Herr Direktor den Film zurückzuziehen müssen." Der Chef schloss das kurze Meeting mit der Bemerkung ab: „Ob es tatsächlich so weit kommt, werden wir abwarten müssen. Okay, Leute, morgen, Donnerstag, also die Gomulkian-Story. Nachmittags bin ich bei der Video-Konferenz mit von der Partie. Davon wie sie verläuft, machen wir unser weiteres Vorgehen abhängig. In der Zwischenzeit bereiten Sie für Freitag die Siegmund-Story druckfertig vor. Wir treffen uns, sobald ich von der Konferenz zurück bin. So haben wir bis Redaktionsschluss genügend Zeit zu entscheiden, wie wir uns verhalten." Im Aufstehen wollte Stein noch wissen: „Morgen Abend ist die Film-Premiere der ‚Einsiedlerin'. Hat die Chefin darüber mit dem Festivaldirektor gesprochen, ob sie stattfindet?" – „Nein, das hätte sie mir gesagt. Bisher wurde offenbar überhaupt nichts entschieden. Auch das ist für uns ein Grund, dran zu bleiben."

DONNERSTAG, 8. Tag der Berlinale.

***Berlinale-Skandal, Teil 4 – Blutgeld für den Lügenfilm?***

*Das in materielle Schieflage geratene Produktionshaus Gebauer Film glaubte, in Bertrand Gomulkian einen Investor gefunden zu haben – ein Mann mit viel Geld, der aus dem Nichts auftaucht und bereit ist, das Unternehmen zu retten. Sollte man einer solchen Person blindlings vertrauen? Leider ist es im Fall von geschehen, zum Schaden des Produktionshauses und vielleicht auch zum Schaden der Berlinale.*

*Menschen scheinbar ohne Vergangenheit und mit viel Geld im Rücken wecken immer das Misstrauen von Journalisten. So auch im Fall des Bertrand Gomulikan. Die Nachforschungen führten zu Informationen, deren Verlässlichkeit außer Zweifel steht und die zwielichtige Vergangenheit dieses Mannes ausleuchten. Sie geben auch Antwort auf die Fragen: Wo kommt er her? Was hat er in den Jahren vor seinem Einstieg ins Film-Business gemacht? Wie kam er zu dem vielen Geld, das er in Gebauer und den Film ‚Die Einsiedlerin von Rehlingen' gesteckt hat?*

*Hier sein Lebenslauf: Bertrand Gomulkian wird am 06. September 1964 in Paris als Sohn armenischer Eltern geboren. Er wächst in der großen Pariser Gemeinde der Exil-Armenier auf, schließt die Realschule ab und erlernt das Bäcker-Handwerk. Mit 21 Jahren entschließt er sich 1985, Berufssoldat in der französischen Armee zu werden. Kurz nach der Unabhängigkeitserklärung der Republik Armenien 1991 wird er wegen seiner armenischen Wurzeln und Sprachkenntnisse Adjutant des französischen Militärattachés in Jerewan, der Hauptstadt Armeniens. Drei Jahre später droht ihm er wegen nachgewiesener Verbindungen zur armenischen Unterwelt und illegalen Waffenhandels die unehrenhafte Entlassung aus der französischen Armee. Einer Überstellung nach Frankreich zum Disziplinarverfahren und der gerichtlichen Strafverfolgung entzieht er sich durch Flucht. Der Soldat im Rang eines Oberfeldwebels bleibt in Jerewan und dort dennoch unter Beobachtung des französischen Militärgeheimdienstes. Kurz nach der Jahrtausendwende werden umfangreiche Waffengeschäfte Gomulkians in Südossetien und Abchasien beobachtet, wo die politischen Spannungen zwischen Armenien und Georgien gefährlich zunehmen. Mithilfe russischer Waffenhändler versorgt Gomulkian bis zum Ausbruch des so genannten kaukasischen Krieges 2008, der nur wenige Wochen dauert, die ossetischen und abchasischen Milizen mit leichten und mittelschweren Waffen. Bei Kriegsausbruch wechselt er überraschend auf die gegnerische, georgische Seite. Achtzehn Monate lang betreibt er von Tiflis aus die Waffengeschäfte, diesmal als Gewährsmann vor Ort eines Waffenhändlers aus Los Angeles und zugunsten der Georgier. Diesen wird sein Vorleben bekannt und er muss umgehend das Land verlassen. Der Franzose armenischer Abstammung landet in Los Angeles und findet bald Anschluss an die einflussreiche Gemeinde der Exil-Armenier in Hollywood. Dort führt ihn der Weg zu Kor Sanassjan, dem allgewaltigen Boss der Atlantic-Filmstudios. So kommt die Verbindung zum Filmgeschäft zustande.*

*Gomulkian scheint zu den Menschen zu gehören, die frei von jeglicher Gewissensregung ihrer Gier nach Geld nachgeben und dabei den Tod von Menschen durch kriegerische Auseinandersetzungen nicht nur billigend in Kauf nehmen, sondern davon reichlich profitieren. Mit dem Beinamen ‚Händler des Todes' hat er viel Geld verdient, an dem Blut klebte. Er musste es waschen. Das tat er, indem er sich in das in Schieflage geratene Unternehmen Gebauer Film einkaufte und seine Gewohnheit weiterhin pflegte, Profit mit unsauberen Geschäften zu erzielen.*

*

Es war Donnerstag und Peter Siegmunds Phone abgeschaltet. Er hatte beschlossen, es auch nicht mehr zu aktivieren, so lange er in Berlin war.

– Was ich nicht weiß, macht mich nicht heiß. Jeden Morgen das gleiche Spielchen. SMS von Unbekannt. Jedes Mal die Zeitung kaufen, damit ich mich dann tierisch aufrege über das Geschmiere von den Zeitungsfuzzies. Da mache ich nicht mehr mit. Ende. Schluss. Leckt mich! Heute Abend ist Premiere. Na und? Ich gehe da nicht hin. Spießrutenlaufen anstatt Schaulaufen. Muss ich mir nicht antun. Ich simse Gomulkian, dass ich mir eine Magen-Darm-Infektion eingefangen habe und nur auf dem Klo sitze. Nette Metapher: Ich scheiß' auf die Premiere. –

So verpasste er nicht nur den Bericht über das unbekannte Vorleben des Bertrand Gomulkian, das die beiden Reporter in der Zeitung veröffentlicht hatten, sondern auch die Premiere und die Fragen der Journalisten am roten Teppich nach Gomulkian. Nur Sonja und Felix waren gekommen. Aber beide wussten nichts und schienen selbst überrascht zu sein, dass sie allein den Film vertreten sollten. Sie wirkten verwirrt und verloren und posierten nur kurz. Im Kino-Saal hatten sich Stein und Kramer absichtlich auf die hinteren Ränge gesetzt, damit sie alles im Blick hatten. Die Zuschauerreihen waren bei weitem nicht gefüllt. Das werteten sie als Reaktion auf ihre Kampagne, weil Premieren im Berlinale-Palast grundsätzlich Promi-Events und daher stets komplett ausgebucht sind. Am Ende des Films gab es nur schütteren Applaus. Auch die Erwartung auf das traditionelle Podiumsgespräch mit Produzent, Regisseur, Hauptdarsteller und Drehbuchautor wurde vom Vertreter des Festival-Pressesprechers abschlägig beschieden. Noch bevor sich der Vorhang vollständig gesenkt hatte, erschien er auf dem Podium und verlas eine Verlautbarung: „Sehr verehrte Premierengäste, leider gibt es nachfolgend kein Podiumsgespräch wie sonst üblich. Der Grund ist die in den vergangenen Tagen und bis heute andauernde Berichterstattung in den Medien, die darauf abzielt, den eben gesehenen Film aus dem Internationalen Wettbewerb zu nehmen. Den angeführten Gründen und erhobenen Anschuldigungen geht die Leitung der Berlinale derzeit nach und prüft sorgfältig deren Berechtigung. Sobald ein abschließendes, gesichertes Ergebnis vorliegt, werden Sie auf den bekannten Kommunikationswegen davon unterrichtet. Bitte haben Sie Verständnis dafür, dass wir die Verantwortlichen für den Film und beteiligten Künstler wegen dieser Situation Ihren Fragen nicht aussetzen wollen. Darüber hinaus bitte ich um Verständnis, dass ich gegenwärtig ebenfalls keine Fragen beantworten kann. Unser Get-Together-Service steht Ihnen selbstverständlich wie gewohnt im Foyer zur Verfügung. Ich wünsche Ihnen allen einen unterhaltsamen Abend." Sprach's, steckte sein Manuskript ein und verließ das Podium. Für die beiden Reporter war die Absage logisch und zwar aus zwei Gründen: Zum einen wollten sich Gomulkian und Siegmund den hochnotpeinlichen Fragen nicht aussetzen. Zum anderen war der Berlinale daran gelegen, den Ball so flach wie möglich halten. Denn sie brauchte Zeit für die Entscheidung, ob sie die ‚Einsiedlerin' aus dem Wettbewerb nimmt oder nicht.

*

„Wie bei einer Poker-Partie im Wilden Westen, wenn zwei Spieler sich gegenüber sitzen und jeder auf dem Tisch den geladenen Revolver liegen hat", beschrieb Stresow die Situation während der Video-Konferenz. Gegen 16.00 Uhr war er in seinen Glaspalast zurückgekehrt und hatte sofort ‚Schwarz' und ‚Weiß' zu sich bestellt. „Der Direktor, die Nasenspitze erhoben, der Blick von oben herab, wie man ihn kennt. Die Chefin äußerlich gelassen, innerlich wohl angespannt aufmerksam. Beide brachten ihren Einsatz, indem sie ihre Positionen absteckten. Der Direktor nach dem Motto: Wir sind die Kunst. Die Kunst darf alles. Die Chefin sinngemäß: Mach was du willst. Aber trage dann auch die Konsequenzen. Danach wurden die Einsätze erhöht: der Austausch von Argumenten. Eins ums andere Mal versuchte der Direktor zu bluffen: Erst gab er den Poltergeist und schimpfte los: Das sei eine ganz gehässige Kampagne, aus purem Eigennutz, um die Auflage hochzutreiben. Die Chefin völlig cool: Unsere Informationen sind sauber recherchiert, die Artikel stets journalistisch sachlich, ohne Polemik. Der Direktor grollend, mit unverhohlenen Drohungen: prozessieren, verklagen wegen Geschäftsschädigung, ein immenser Schaden, auch für das Produktionshaus, das sich ebenfalls mit juristischen Mitteln wehren werde. Die Chefin hielt bei jedem Argument dagegen, höflich, im Bewusstsein der stärkeren Position: Wir haben mehrfach betont, dass wir berichten, um Schaden von der Berlinale abzuwenden. Das haben auch unsere Leser begriffen. Ich dagegen begreife nicht, warum nicht auch Sie dieser Einsicht folgen. In Vorbereitung, Der Direktor holte tief Luft als wollte er gleich platzen, da kam eine Hand ins Bild und legte sich begütigend auf seinen Unterarm. Wahrscheinlich war es der Justitiar, der dem bekanntlich sehr cholerischen Direktor ein Zeichen gab, sich zu beruhigen. Vordergründig ging das Gespräch aus wie das Hornberger Schießen. Aber ich bin sicher, dass es beim Direktor Wirkung zeigt." Dann ließ sich Stresow von den beiden Reportern den fertigen Siegmund-Artikel für die Freitagsausgabe auf dem Bildschirm anzeigen:

> ***Berlinale-Skandal, Teil 5 – Der Lügen-Autor des Lügenfilms.***
>
> *Eine äußerst fragwürdige Rolle im Zusammenhang mit dem Wettbewerbsbeitrag ,Die Einsiedlerin von Rehlingen' spielt der Drehbuchautor. Er nennt sich mit Pseudonym Andree Harbich.*
>
> *In dem Film über das Lebensschicksal der Alexandra Gehrwein erfindet Andree Harbich ihre Geschichte einfach neu. Das ist für einen Fakten basierten Dokumentarfilm eine Todsünde. Er beschreibt sie als eine junge Frau, die vergewaltigt wird und das Verbrechen in Selbstjustiz an den Tätern mörderisch rächt. Damit macht der Autor auch sie zur Verbrecherin.*
>
> *In Wahrheit aber ist der Grund für Alexandras Unglück der damalige, unangekündigte Abbruch und die anschließende Verleugnung der Liebesbeziehung durch Andree Harbich, der tatsächlich Peter S. heißt. Sie lesen richtig: Dieselbe Person, die das betrügerische Drehbuch geschrieben hat, war*

*Alexandras Geliebter und Urheber des Scheiterns ihrer Beziehung.*

*Trotz allem, was Peter S., alias Andree Harbich, ihr angetan hat, liebt sie ihn über die Jahre noch immer. Das mag grenzwertig erscheinen, aber wer blickt schon in das Herz einer jungen Frau? Da sie weiß, dass er mittlerweile Drehbuchautor geworden ist, vererbt sie ihm die Tagebücher, in denen sie ihren seelischen Überlebenskampf ausführlich dokumentiert hat. Vielleicht war diese Übereignung das Zeichen für sie, dass sie ihren endgültigen Seelenfrieden mit sich und Peter S. gefunden hatte.*

*Für die Endfassung des Drehbuchs zum Film spielen die Aufzeichnungen aber keine Rolle mehr. Denn es sollte ein Kassenschlager werden. Dafür machte der Autor seine ehemalige Geliebte im Film zur Verbrecherin.*

*Peter S. wollte nicht, dass man ihm auf die Schliche kommt. Deshalb schreibt er unter Pseudonym. Nun ist aber doch alles herausgekommen: sein feiges Verschwinden aus der Liebesbeziehung und nun der Versuch, aus der unglücklichen Lebensgeschichte Kapital zu schlagen. Ans Licht kommt auch, dass er seine ehemalige Geliebte nicht nur buchstäblich verraten und verkauft hat, son-*

*dern nach ihrem Tod überdies Rufmord an ihr begeht.*

*So bewahrheitet sich einmal mehr: Die besten Drehbücher schreibt das Leben selbst. Hier haben wir den überzeugenden Beweis. Nur, dass manche Charaktere im echten Leben schlimmer sind als die für den Film erdachten Figuren.*

Das Foto mit Bildunterschrift zu dem Bericht zeigte Siegmund im Münchner Flughafen, das Kevin Kramer im Anschluss an das Interview gemacht hatte: *Peter S., alias Andree Harbich, der aus einem ergreifenden Lebensschicksal Kapital zu schlagen versucht und dabei seine Ex-Geliebte verrät und verkauft.*

„Das gibt dem Affen nochmal Zucker. Unsere Leser werden die Story aufsaugen. Solche Geschichten gibt's nur einmal in hundert Jahren: Ein Drehbuchautor verfasst die Vorlage für einen Film über das erschütternde Lebensschicksal einer jungen Frau, dessen Ursache er selbst ist. Obwohl ihr Schicksal ein Teil seines Lebens ist, will er damit nichts mehr zu tun haben. Er fälscht, lügt und verleugnet alles, was mit ihm in ihrem Leben zu tun hat. Das ist schon verdammt schuftig. Auch wegen dieser moralischen Seite, meine ich, ist unsere Kampagne gerechtfertigt. Allerdings wird dieser Aspekt den Herrn Berlinale-Direktor kaum interessieren."

Mit Genugtuung registrierte Stein, dass er und sein Kollege in dem Artikel den richtigen Ton getroffen hatten, wenn sogar ein gestandener Journalist wie Stresow sich in seinem Kommentar so ereifert. Die Bestätigung kam auch umgehend: „Guter Artikel, Leute. Da sage ich nur: Imprimatur.“ Den Begriff, ursprünglich verwendet für die Druckfreigabe von geistlichen Werken der katholischen Kirche, kannte Stein schon von der Journalistenschule. In diesem Moment liebte er seinen Chef.

FREITAG, 9. Tag der Berlinale.

Ferry Stein hatte sehr schlecht geschlafen. Mit zerknittertem Gesicht und muffiger Stimmung machte er sich auf den Weg in die Redaktion. Heute war die allerletzte Chance, das Ziel zu erreichen. Auf 15:00 Uhr war die Jury-Sitzung angesetzt. Vorher musste die Entscheidung gefallen sein, ob der Film im Wettbewerb blieb oder nicht. Sie hatten – das heißt, das Schwarzweiß-Team – alles getan, um ihn zu kippen, jeden Tag einen Artikel, der begründete, warum dieser Film im Wettbewerb keine Chance bekommen durfte. Trotzdem hatten sie ein Etappenziel schon verfehlt: die Verbannung schon vor der Premiere. Wenn sie es nun auch nicht schafften, dass der Film vor der entscheidenden Jury-Sitzung zurückgezogen wurde, wäre die Niederlage komplett. Darüber hinaus wäre der GAU, wenn er mit einem Bären ausgezeichnet würde. Wohl könnten sie im Nachgang versuchen, den Direktor öffentlich in Frage zu stellen. Aber irgendwann muss man auch eine Niederlage eingestehen, um nicht als schlechter Verlierer kritisiert oder der Rechthaberei bezichtigt zu werden. Diese und ähnliche Gedanken hatten ihn um den Schlaf gebracht.

Bisher war er nicht dazu gekommen, die marode Batterie seines alten Golf, die ihn vor seinem Treffen mit Deep Throat so schmählich im Stich gelassen hatte, zu ersetzen.

Auf den letzten Metern von der Bushaltestelle zum Verlagsgebäude war seine Stimmung so trüb und grau wie dieser typische nasskalte Berliner Wintermorgen. Er ließ sich mit dem Fahrstuhl zur Redaktion tragen  und dachte: „Es ist wie beim Elfmeter-Schießen: Du hast bis zur letzten Minute gekämpft, um das Spiel zu gewinnen. Der Gegner hat gemauert, in der Verlängerung stand er nur hinten drin und spekulierte auf das Glück beim Elfmeter-Schießen. Wenn du jetzt diesen letzten Schuss danebensetzt, wenn du ‚das Runde nicht im Eckigen' unterbringst, bist du der Depp und die anderen haben gewonnen. Hinterher fragt Keiner mehr, wie und warum. Der Kaugummi klebt an dir, und du wirst ihn nicht mehr los." Wie immer wollte er sich schnurstracks hinter seine Stellwand zurückziehen, den Kalenderspruch des Tages lesen, das Blatt abreißen, wie gewohnt zu einem Bällchen knüllen und aus zwei Metern Entfernung mit dem Fuß in den Papierkorb kicken. Es war ihm bisher nie gelungen. Er rechnete also damit, dass er das daneben gegangene Bällchen aufheben und senkrecht von oben in die ‚runde Ablage' fallen lassen musste. Das alles geschah vorerst nicht, weil er beim Betreten des Büros ein militärisches Aaach-tung! hörte und auf dieses Kommando hin alle Kollegen aus ihren Bürostühlen aufsprangen, klatschten und Bravo riefen. Stein war völlig verdutzt: Was? – Wie? – Gilt das mir?

Im nächsten Augenblick stand Kramer vor ihm. Mit strahlendem Gesicht gab er ihm einen kräftigen Schlag auf die Schulter und dröhnte: „Wir haben's geschafft! *Wir haben es geschafft!!*" Völlig verdattert fragte Stein: „Äh, was bitte?" und wusste im selben Moment, was gemeint war. Kramer hielt ihm die Pressemeldung der Berlinale unter die Nase: „Mann! Die Einsiedlerin ist gefeuert.“ Niemand konnte sich vorstellen, welche Gefühle diese paar Worte in Ferry Stein freisetzten. Spontan umarmte er den verblüfften Kramer, presste ihn an sich, schob ihn wieder ein wenig von sich weg, küsste ihn auf die Stirn des kahl geschorenen Schädels und sagte fast pathetisch: „Mister Woodward, congratulations and thank you for your support.“ Kramer grinste und rief: "Schampus für alle!"

Im Hintergrund standen auf einem Gastro-Rollwagen eine Magnum-Flasche Dom Perignon im Eiskübel und eine Batterie Gläser. Woher die perlende Quelle überschäumender Lebensfreude gekommen war, blieb ein Geheimnis, das momentan niemanden kümmerte. Keine zehn Minuten später erhielt Stein die Bestätigung auf seinem Smartphone: „Die Einsiedlerin ist aus dem Wettbewerb! Glückwunsch und Danke. Eine Pressekarte zur Abschlussgala ist am Hyatt-Empfang auf ‚Gehrwein’ hinterlegt. Bitte vor 16 Uhr abholen.“ Inzwischen hatte Stein die Pressemeldung gelesen, die ihm sein Kollege eben gezeigt hatte: „Die Leitung der Berliner Filmfestspiele sieht sich leider erstmalig in der Geschichte der Berlinale zu einer außergewöhnlichen Maßnahme gezwungen. Nach sorgfältigen Recherchen und unter Abwägung aller Umstände hat sich die Direktion entschieden, den Film ‚Die Einsiedlerin von Rehlingen’ aus dem Internationalen Wettbewerb der Berliner Filmfestspiele zurückzuziehen. Der Grund für diese Entscheidung ist die erwiesene Falsch-Deklarierung des Films als Doku-Drama.“ Den Rest würde er später lesen.

Erst einmal wollte er sich strecken und spüren, wie die Wirbelsäule sich aufrichtete und die runden Schultern wieder gerade wurden. Wie ein bengalischer Reissackträger hatte er sich niedergedrückt gefühlt. Nun hatte er seine Last einfach in den Hafen von Chittagong geworfen, weil er soeben das große Los der Nationallotterie gewonnen hatte.

*

Siegmund brüllte in seinem Auto wie ein waidwunder Hirsch. Den Wagen hatte er am Straßenrand nahe dem Kiosk in der Lützowstraße abgestellt, wo er sich wieder die Zeitung gekauft hatte. Erst jetzt sah er den fatalen Fehler ein, dass er seinem Vorsatz untreu geworden war und das Smartphone wieder aktiviert hatte. Prompt war auch eine Botschaft auf dem Display aufgetaucht: „Hallo Herr Siegmund, heute ein großer Artikel nur über Sie in der BLITZ. Aus so einem Leben werden Stories gemacht. Hut ab!“ Er las den Text positiv, ohne Argwohn, ohne die Ironie der zweiten Hälfte der Meldung zu erkennen. Nun war es zu spät. Schon die Headline und der Introtext ließen seinen Solar Plexus schlagartig versteinern. Je mehr er las, desto schneller las er. Jeder der Sätze, verpasste ihm einen Schlag unter der Gürtellinie. Er krampfte, stieß die Fahrertür auf und erbrach sich. In vollem Strahl ergoss sich sein halb verdautes Frühstück auf die Fahrbahn. Notdürftig wischte er sich mit einem Fetzen Zeitungspapier den Mund. „Da stimmt nichts, alles gelogen, diese Schweine, Lügenpresse, ja Lügenpresse! Was wollt ihr? Wollt ihr mich fertigmachen, nur weil ich einen Film gemacht habe, einen großartigen Film. Was ist an dem Film, dass ihr mich deswegen fertigmachen wollt? Ich habe nichts getan. Ich bin unschuldig. – Verlassen? Wen soll ich verlassen haben? Diese Frau? Die kenne ich nicht! Diese Frau habe ich nie gekannt."

Er brüllte weiter, schlug mit den Fäusten auf das Lenkrad ein. In blinder Wut riss er den Blinkerhebel ab, so dass er kraftlos an den Drähten herabbaumelte. In sich zusammengesunken saß er dann im Sitz und flennte hemmungslos. Er fühlte nichts mehr. Wie vom Nuklearblitz einer Atombombe vernichtet und verdampft. Irgendwann schmeckte er die ekligen Rückstände des Erbrochenen im Mund. Er stieg aus und ging zum Kiosk. Die Frau hinterm Tresen, eine alte, frustrierte Grauhaarige mit verfilztem Kaufhauspullover, ließ sich in ihrer gewohnheitsmäßigen Einsilbigkeit wegen seiner verheulten Augen nichts anmerken. Wahrscheinlich kamen täglich solche Trauergestalten und fragten nach dem ultimativen Trostspender: „Haben Sie Whisky?" – „Nee, nur Wodka und Chantré." – „Nullsieben?" – „Auch." – „Dann einen Wodka, nullsieben" verlangte er und setzte sich wieder ins Auto.

– Wahrscheinlich viel teurer als im Supermarkt. Ist jetzt sowieso egal. –

Er hatte mit der Welt abgeschlossen. Auf den nun entleerten Magen nahm er einen tiefen Schluck, hockte ein paar Minuten ausdruckslos vor sich hin stierend im Auto und nahm viel zu hastig Schluck um Schluck. Während er spürte, wie die betäubende Wirkung des Alkohols sich in seinem Gehirn ausbreitete, programmierte er das Navi und ließ sich von der Ansagerin zur Glienicker Brücke lotsen.

Auf der halbrunden Ausbuchtung am Brückenkopf stellte er das Auto ab. Fast hätte er den Laternenmast mit dem Halteverbotsschild gerammt. Der klägliche Rest in der Schnapsflasche schwappte hin und her. Er packte sie am Hals und stieg aus.

Einen Moment lang gelang es dem eisigen Wind, die Alkoholschwaden in seinem Hirn zu lichten. Schwankend strebte er der Brückenmitte zu, wo einst eine quer verlaufende, weiße Linie den so genannten Eisernen Vorhang markierte, der sich dann und wann hob, wenn sich die Agenten zu Zeiten des Kalten Krieges beim Austausch von Ost nach West und umgekehrt begegneten. Genau hier wollte Siegmund springen, hinab ins eiskalte Wasser. Es würde nicht lange dauern, dann wäre alles vorbei. Ein letztes Mal nahm er einen guten Schluck und entledigte sich der Flasche in hohem Bogen. Die Flasche machte aber nicht das erwartete ‚Pflunsch', sondern ‚Klirrr – klick, klick, klick'. Er stutzte. Da war kein Wasser, sondern Eis. Ziemlich dickes Eis. Es dauerte, bis er gewahr wurde, dass sein Vorhaben scheitern musste, jedenfalls nicht so glatt über die Bühne gehen würde, wie er sich das gedacht hatte. „Scheiße."

In dem Gefühl, von Gott und der Welt verlassen zu sein, mehr noch, dass sich beide gegen ihn verschworen hatten, starrte er auf die Eisfläche und begann wieder, in grenzenlosem Selbstmitleid zu heulen. Es war ein alkoholdurchtränktes Flennen, das nicht enden wollte, bis er wieder in den Lederpolstern des Mercedes saß. Die wohlige Wärme der Bordheizung ließ in einduseln.

Es war schon dunkel, als er aufwachte, weil die Kälte die Oberhand im Fahrzeug gewonnen und sich bei ihm bis unter die Haut vorgearbeitet hatte. Hätte es das Schicksal gut gemeint mit ihm, dachte er, wäre er nicht wieder aufgewacht – gar nicht mehr.

Auch in volltrunkenem Zustand gab es lichte Momente, in denen er es nach mehreren Anläufen schaffte, auf dem Navi-Display die Hoteladresse einzugeben und das Auto in Gang zu setzen. Obwohl er sich trotz der Ansagen dreimal verfuhr, vielleicht auch mehrere Außenspiegel von abgestellten Fahrzeugen am Straßenrand abrasierte, gelangte er irgendwann am Abend in die Tiefgarage des Hotels.

SAMSTAG, 10. Tag der Berlinale.

Siegmund lag im Bett. Immerhin hatte er keinen Filmriss und erinnerte sich an die gestrigen Schlüsselszenen. Der Rückblick darauf und der übermäßig konsumierte Alkohol ließen ihn in Apathie versinken. Es gab keinen Grund aufzustehen, auch wenn es schon später Vormittag war und heute Abend die Abschlussgala mit der Verkündung der Preisträger im Berlinale Palast anstand. Ihm war schlecht, und er hatte Kopfschmerzen. Er hängte das Bitte-nicht-stören-Schild nach außen und schlief weiter. Am liebsten wäre ihm gewesen, wenn er so lange schlief, bis der Albtraum vorbei war.

Hotelzimmer der gehobenen Klasse wie das Maritim, in dem Siegmund logierte, sind nicht nur zur Außenwelt, sondern auch untereinander gut schallisoliert. Denn wer will den Ehekrach oder das Lustgestöhne der Zimmernachbarn hören, wenn er selber schlafen möchte. Andersherum will sich niemand Zwang antun, wenn er gerade in Fahrt ist, nur weil der Nachbar mithören könnte. Es war gegen halb drei Uhr nachmittags und Siegmunds Geist trieb aus wild bewegten, traumverseuchten Gewässern wieder an die Bewusstseinsoberfläche. Es dauerte, bis er seine innere Verfassung und die äußere Situation begriffen hatte, und dass er gestern noch bereit war, in die Havel zu springen. In dieser Grauzone, in der sich sein phlegmatischer Geist bewegte, musste er die Nachricht auf dem Mobiltelefon mehrmals lesen, bis sie in die Zone seiner Begreifungskraft vorgedrungen war: „Hallo Herr Siegmund, aktuelle Pressemeldung der Festivalleitung: die Einsiedlerin ist aus dem Wettbewerb gestrichen. Sorry." Nach der entgeisterten Verzögerung und verstandesmäßigen Verarbeitung verursachte die Meldung eine Kernschmelze in seinem Denk- und Fühlorgan: „Ihr Schweine, ihr dreckiges Rattenpack! Was glaubt ihr, wer ihr seid. Erst mein Leben zerstören und jetzt auch meinen Film. Der Film, für den ich alles gegeben habe. Mein Baby. Das Beste, was ich je geschrieben habe. Erst Berlinale preiswürdig. Und plötzlich nichts mehr wert. Kein Preis, keine Ehrung. Alles nur Scheiße. Ja, alles nur Scheiße!" Immer neue Verwünschungen und Beschimpfungen fielen ihm ein. Er schrie und fluchte, bis er heiser war. Gestern weinerliche Selbstbemitleidung, heute eine völlig unkontrollierte Raserei. Im Schlafanzug stampfte er umher wie ein Berserker, trat gegen die Schranktüren, dass sie splitterten. Dabei tat er sich weh, was seine Zerstörungswut weiter anstachelte. Das Handy warf er mit Wucht gegen die Wand, das Nachttischlämpchen hinterher. Die schweren

Fenstervorhänge riss er aus den Schienen. Und weil er schon dabei war, schlug er den Stuhl auf den Boden und riss zwei Beine ab. Die Schublade aus dem Nachtkasten schmetterte er auf den Fußboden, sodass sie an den Ecken auseinanderbrach. Irgendwann ließ er sich völlig außer Atem auf die Bettkante fallen. Der Anfall klang ab. Dafür machte sich kalte Wut in ihm breit: „Euch werd ich's zeigen," knirschte er. „Ihr werdet mich jetzt kennen lernen. Wie du mir, so ich dir. Zerstört ihr mich, zerstöre ich euch. Auge um Auge, Zahn um Zahn."

So überhitzt und in Schweiß gebadet er gerade noch war, so eiskalt wurde er jetzt. Er wusste, dass er nun Krieg führen musste. Vom Kleiderschrank riss er den Türflügel, der noch schräg in der Angel hing, und warf ihn zu der demolierten Nachttischschublade auf den Boden. Die Bettdecke knäulte er und schmiss sie dazu. Dann entnahm er dem demolierten Schrank Teil für Teil seines Outfits, das er zur Eröffnungsgala getragen hatte: die Retro-Knickerbockers, das braune Tweed-Jackett, das kanariengelbe Hemd und die Kniestrümpfe mit dem Zopfmuster. Er legte alles nebeneinander aufs Bett, die Haferlschuhe auf den Vorleger. Er duschte, föhnte den Haarkranz, raffte den Haarschweif im Nacken zusammen und kleidete sich ein. Vor dem Spiegel im Badezimmer setzte er die gelbe Show-Brille auf und den schwarzen Pork Pie akkurat in Position. Mit dem Handrücken fuhr er unter den Schweif und legte ihn über den Kragen des Jacketts. Ohne die Verwüstung im Hotelzimmer weiter zu beachten, nahm er mit dem wattierten Lodenmantel über dem Arm den Fahrstuhl in die Tiefgarage und verließ sie mit dem Auto, als sei alles in bester Ordnung.

Niemand, auch nicht der schärfste Beobachter, hätte vermuten können, mit welch kalter Entschlossenheit Peter Siegmund ab jetzt zu Werke ging.

Der lose baumelnde Blinkerhebel störte Siegmund. Kurzerhand riss er ihn ab und warf ihn in den Beifahrerfußraum. „Heutzutage blinkt doch niemand mehr“, brummte er. Von der Stauffenbergstraße bog er rechts ab in die Sigismundstraße, trieb im Verkehrsstrom bis zur Potsdamer mit und wollte nach rechts in die Einhornstraße, die zwischen Grand Hyatt und Berlinale-Palast verläuft. Das ging nicht, weil die Straße gesperrt war. Deshalb parkte er fünf Gehminuten entfernt und ging zu Fuß zurück zum Palast. Am Straßenrand standen Betonklötze aufgereiht, die den Vorplatz schützen sollten. Er betrachtete alles genau und stellte sich vor, wie die Luxuslimousinen angerollt kamen, vor dem Steinwürfel-Durchlass am Roten Teppich hielten, die Stars aussteigen ließen und weiterrollten, um der nächsten Karosse Platz zu machen. In einem Stau wie auf der Autobahn, nur vornehmer, kämen sie Meter um Meter voran. So, jedenfalls, hatte er es bei der Eröffnung erlebt. In der Nähe fand Siegmund ein Bistro. Viel Appetit hatte er nicht, trotz des verpassten Frühstücks. Dafür hatte er jetzt Sodbrennen.

– Dagegen hilft Weißbrot und Latte Macchiato. Und wenn Weißbrot, dann auch Schinken drauf. –

Da er viel zu früh dran war, konnte er sich bis zum Beginn der Gala noch einmal ganz genau auf sein Vorhaben konzentrieren.

*

Kurz vor 16 Uhr hatte Stein in bester Laune die hinterlegte Pressekarte im Hyatt abgeholt. Die berufsbedingte Neugier trieb ihn hinüber zum Berlinale Palast. Er sah ein paar Minuten zu, was auf dem Vorplatz gerade vor sich ging. Auf dieser Fläche, die vom Straßenniveau zum etwas tiefer gelegenen Haupteingang mit weiten, flachen Stufen angelegt ist, installierten die Service-Teams gerade die Begrenzungen für den Parcours mit dem Roten Teppich. Mehrere Rollen waren schon in Abständen seitlich abgelegt. Der Weg sollte wohl vom oberen Straßenrand über die leicht abschüssige und stufenfreie Abfahrt in einem Links-Rechts-Haken bis zum Haupteingang führen. Ein paar TV-Teams und Fotografen lungerten trotz der Kälte schon herum, damit sie nachher die besten Plätze am Parcours belegen konnten. Die Ordnungskräfte, von denen es bald nur so wimmeln würde, waren nur vereinzelt zu sehen. Er sah den Arbeitern kurz zu und fuhr mit der U-Bahn nach Hause, um sich umzuziehen.

„Zur Gala kannst du nicht in diesem Aufzug erscheinen“, hatte Kramer zuvor in der Redaktion gesagt, als ihm Stein die Einladungs-SMS von Deep Throat zeigte. Das sah er ein und fand, dass es bei einem solchen Anlass für einen Journalisten angemessen sei, zwar leger aber ordentlich gekleidet aufzutreten. Folglich zog er eine frisch gewaschene schwarze Chino, ein weißes, offenes Hemd und ein dunkelgraues Sakko an. Darüber die Schimanski-Jacke mit Futter und einen Schal. Beides würde er in der Garderobe abgeben.

Gegen halb sechs verließ er wieder die Wohnung, weil er ohne Stress noch einen Happen essen wollte. Wegen der Feier mit der Magnumflasche war er nicht dazu gekommen. Von zu Hause zu Fuß zum Ernst-Reuter-Platz und von dort fünf Stationen zum Potsdamer Platz. In der Nähe des Events suchte er ein Bistro auf: „Je näher dran, umso weniger kann dazwischen kommen." Im vollverglasten Windfang des Bistros hätte er fast auf dem Absatz kehrtgemacht. Nach unmerkbarem Zögern fiel ihm ein, dass der Typ ihn nicht kennen konnte, der gegenüber dem Eingang an einem Tisch saß und ihn geistesabwesend anstarrte. Stein kannte ihn anhand der Fotos, die er mit Kramer ausgesucht hatte, und die Siegmund mit dem modischen Hut, der gelben Brille und dem gelben Hemd zeigten. Er ließ sich daher von dem leeren Blick nicht weiter beirren, lächelte und nickte ihm zu. Wie vermutet, kam keine Gegenreaktion. Das Bistro war fast leer, er konnte sich daher mit Bedacht einen Tisch auswählen, der nicht im direkten Blickfeld Siegmunds lag, Stein ihn trotzdem unauffällig beobachten konnte. Es war ein Lokal mit breiter Fensterfront, zeitlos-unpersönlich eingerichtet wie Dutzende in Berlin, die aufs Touristengeschäft setzen. Deshalb wird es hauptsächlich um die Mittagszeit von den Tagestouristen, Bus-Kaffeefahrern und Schulklassen auf Hauptstadtreise frequentiert.

Reporter dürfen auf kulinarischem Gebiet nicht empfindlich sein. Oft müssen sie mit einem Burger, Döner oder einer Currywurst vorlieb nehmen. Stein nahm es folglich so unabänderlich hin wie schlechtes Wetter, dass die Frikadellen mit Kartoffel- und Krautsalat nahezu ungenießbar waren. Der Hunger treibt's runter, dachte er sich. Entschädigt wurde er durch seinen Logenplatz mit seitlichem Blick auf Peter Siegmund, der bei seiner Ankunft völlig bewegungslos dasaß und durch Stein hindurchgestiert hatte. In seiner extravaganten Kleidung wirkte er wie ein verirrter Harlekin: Diese gesichtslose Gaststätte bot nicht das Ambiente mit all den Verrückten vom Filmbusiness. Inzwischen, während Stein mit einer Cola die Mahlzeit hinabzwang, hatte Siegmund begonnen, Selbstgespräche zu führen. Gestikulierend brabbelte er Unverständliches. Plötzlich riss er die verschränkten Arme vors Gesicht, kippte nach rechts unter die Tischkante, linste über den Tisch, richtete sich schnell auf, um sofort nach links zu kippen. Dann saß er wieder senkrecht, neigte den Oberkörper erneut nach links, schwang in Normalposition zurück und hoppelte auf seinem Stuhl als würde er einen Esel im Trab reiten. Diese Bewegungen und Selbstgespräche wiederholte er einige Male, so dass Stein unauffällig sein Smartphone zückte, auf Video stellte, es auf Siegmund so ausrichtete, dass nur das Objektiv hinter der Krautsalatschüssel zum Vorschein kam und die Kamera auslöste. Mit der Rechten hielt er das Handy in Position, mit der Gabel in der Linken stocherte er scheinbar lustlos in dem Kartoffelsalat herum. Die Video-Datei schickte er an seinen Kollegen mit dem Begleittext: „Mein Beitrag zur Berlinale. Soeben im Bistro nahe Potsdamer Platz gefilmt. Guckst du das!“ Wenig später die Antwort: „Alle Sicherungen durchgebrannt. Verständlich! Bitte weiter beobachten wg. evtl. Nachschlagstory.“

Den Gedanken an ein Interview verwarf Stein sofort wieder. Denn Leute in dieser Verfassung sind unberechenbar. Deshalb folgte er Kramers Rat und beschränkte sich aufs unauffällige, videounterstützte Beobachten. Irgendwann fand Siegmund wieder zurück in die Wirklichkeit und gab Zeichen zum Bezahlen. Stein machte dasselbe, so dass sie beide kurz nacheinander das Lokal verließen. Nachdem sich sein Beobachtungsobjekt hinters Steuer eines silbergrauen Mercedes SUV gesetzt hatte, drehte Stein kurz vor halb acht in Richtung Berlinale-Palast ab. Die Show würde in Kürze beginnen. Überall war Polizei in voller Ausrüstung mit Maschinenpistole, Helm und schusssicherer Weste aufgezogen, der Vorplatz und das Foyer mediengerecht in Flutlicht getaucht. Zweimal musste er sich ausweisen, bis er endlich den Presseeingang passiert hatte. Jacke und Schal gab er an der Garderobe ab, ging in die Vorhalle, wo sich die besonders wichtigen Medienvertreter und Ehrengäste im Bewusstsein ihres Elitestatus aalten. Schon jetzt summte und brummte es im ganzen Haus. Nur einer stolzierte unnahbar wie Napoleon durch die Vorhalle und bezog Position hinter den geschlossenen Glasflügeln des Haupteingangs: der Festivaldirektor. Sobald das erste Star-Gesicht auftauchte, würde er sich in den jovialen, herzlichen und umtriebigen Gastgeber verwandeln, der mit Allen und Jedem der internationalen Filmwelt auf du und du stand. Es war zu kalt, um im Smoking draußen auf dem Roten Teppich die Ankunft der ersten Gäste zu erwarten. Er würde den Komparsen an den hohen Flügeltüren Zeichen geben, wann sie für einen Augenblick öffnen sollten. Dann würde er sich gemessenen, aber energischen Schritts in Bewegung setzen und alle umarmen und abbusseln, die da kamen und sie hereinbitten in die ‚warme, gute Stube', damit sich die Herrschaften in den schulterfreien Abendkleidern nicht verkühlten.

Nicht der geringste Hinweis auf *das* historische Ereignis in der Geschichte der Berlinale, dass nämlich zum ersten Mal ein Film aus dem Wettbewerb ausgeschlossen worden war. Fast ein wenig enttäuschend, dachte Stein. Stattdessen der Anschein eines Business as usual. So breitete sich in ihm eine wohlige Entspannung aus und der Gedanke an seinen Sieg wog allen Nervenstress der vergangenen Wochen bei weitem auf. Er hatte sein Ziel erreicht und den Direktor beim Armdrücken bezwungen. Im Übrigen musste er deswegen morgen zusammen mit Kramer und Stresow zur obersten Chefin. Das gab Anlass zu gewissen Hoffnungen.

Mit diesen Gedanken bewegte er sich langsam zwischen den lose formierten Grüppchen der VIPs. Keiner kümmerte sich um ihn, er war viel zu unbekannt, um von den anwesenden Herrschaften beachtet zu werden. Unauffällig das eine oder andere Gesicht betrachtend, um es einem bekannten Namen zuordnen zu können, blieb er plötzlich ruckartig stehen. Er hatte eine Stimme schräg hinter sich gehört, die er sofort erkannte. Die zweite Überraschung des Abends nach dem unverhofften Antreffen Siegmunds im Bistro. Geistesgegenwärtig drehte er sich nicht nach der Stimme um, die gerade einer der untätig herumstehenden Hostessen eine Anweisung gab. Die Stimme und das leicht rollende R! Kein Zweifel, das war Deep Throat. Er entfernte sich unauffällig, damit er aus dem Schatten eines umherziehenden Kamerateams heraus sich ein Bild machen konnte von der Person, deren Stimme er gerade gehört hatte. Da stand im schwarzen Kostüm eine Dame, um die sich Hostessen geschart hatten. Es waren sozusagen die Edel-Platzanweiserinnen, die die eintreffenden Celebrities nach dem Empfang durch den Festivaldirektor an ihre Plätze im großen Saal geleiten sollten. Offenbar war sie die Empfangschefin, die an ihrem Tresen stand. Er wäre gerne nähergetreten, um das Namensschild neben dem offenen Kragen ihrer Kostümjacke zu entziffern. Er unterließ es, weil sie ihn wiedererkannt und bemerkt hätte, dass nun ihr Inkognito aufgehoben war. Stein hätte sie damit in schwere Bedrängnis gebracht, und das wollte er weiß Gott nicht.

Mal sehen, fragte er sich, ob trotz des Verdikts über die „Einsiedlerin" jemand den Film vertreten würde: Gomulkian, der Regisseur, die Hauptdarstellerin oder auch Siegmund. Aber vielleicht ist ihnen mit dem Hinauswurf des Films auch die Einladung zur Gala entzogen worden. Bevor er in den Pressebereich im großen Festsaal ging, wollte er ein paar Minuten die Ankunft der ersten Stars durch die hohe Glasfront beobachten. Dafür hatte er sich eine gute Position gesucht, nicht weit vom Tresen der Empfangschefin, die ihn offenbar nicht bemerkt hatte. Und er würde sich völlig unauffällig verhalten, damit es so blieb. Die Kollegen draußen mit Foto- oder Filmkamera polierten zum letzten Mal die Linsen ihrer Objektive, machten Probeaufnahmen, ob auch alles funktionierte. Aus Richtung des Direktors hörte er ein schnarrendes „Türen auf!". Es war das Zeichen für alle Anwesenden, in Habacht-Stellung zu gehen. Das Portal öffnete sich gravitätisch, als hätte der Direktor feierlich „Sesam öffne dich!" gerufen.

*

Siegmund, vom Bistro gekommen, saß im Auto und wiederholte noch einmal im Geiste und kalt wie ein Fisch die Schritte seiner Aktion. Dann startete er den Motor und schaltete das Licht ein. Zum Blinken fürs Ausparken griff er ins Leere. In den Außenspiegel blickend wartete er, bis er sich ohne Blinker einordnen konnte.

– Hier rechts rein in die Eichhornstraße. War vorhin in gegenläufiger Einbahn gesperrt. Jetzt ist da ein Polizeiposten. Es wird ernst. –

Sein Puls war plötzlich angesprungen wie ein alter Lanz-Bulldog. Hart pochend spürte er ihn am Hals und in den Schläfen. „Ruhig Blut, ganz ruhig." Es half nichts. Je mehr er sich dem Polizeiposen näherte, umso mehr kam der Traktor auf Touren.

– Nur eine Stretch-Limousine und ein Maybach-Mercedes vor mir. Sind die anderen alle schon drin oder was? Beim Grand Opening war beutend mehr los. –

Er konnte es nicht verhindern: Der Schweiß lief ihm aus den Achselhöhlen ins Unterhemd. Vorrücken. Seitenscheibe runter. „Schönen guten Abend", wollte er betont höflich grüßen. Es kam aber nur das Krächzen einer Krähe aus seiner Kehle. Er räusperte sich und setzte von Neuem an. Die junge Polizistin kam ihm zuvor: „Guten Abend, bitte Ihren Personalausweis und die Einladung." Er griff nach rechts. Auf dem Beifahrersitz lag die Einladung, die ihm Bianca mit den anderen Dokumenten vor Wochen zugeschickt hatte. Aus der Brieftasche fingerte er den Personalausweis und reichte beides durch das Seitenfenster.

– Zittrig wie Espenlaub, verdammt. Hoffentlich hat Sie nichts gemerkt. –

In der Liste auf dem Klemmbrett fand die Polizistin seinen Namen und strich ihn durch. Bei der obligatorischen Gesichtskontrolle gelang ihm nur ein verunglücktes Grinsen. „Danke. Fahren Sie bitte weiter“ kam es knapp und sachlich von der Beamtin.

– Mach ich. Langsam, ganz langsam. Cool down, Man! Scheiße, hinten kommen schon die nächsten. Nicht drängeln, ganz cool. –

Rücken, Unterhemd und Hemd waren inzwischen zu einer Einheit verklebt. Um das Zittern zu unterdrücken packte er das Lenkrad, sodass die Knöchel weiß hervortraten. Die Augenlider flimmerten. Mit dem Kinn fast über dem Lenker und starrem Blick schlich er vorwärts. Bis auf den Fokus vor sich nahm er nichts mehr wahr. Er zwang sich zu klaren Gedanken und besann sich auf das, was er im Bistro wiederholt durchgespielt hatte.

– Langsam. Die da auf dem Teppich müssen weg sein. Motor abwürgen, das bringt Zeit. Karre steht. Moment. Anlasser ohne Kupplung mit eingelegtem Gang. Dreimal nach vorne ruckeln. Jetzt Kupplung treten. Starten. Anrollen, langsam weiter. Noch ein paar Meter. Sachte nach links ausholen, dann plötzlich scharf nach rechts rüberziehen, damit ich durchpasse. An den Betonklötzen zwei Hostessen. Weg da ihr zwei! Gas! Hupen! Weg da! –

Genau an der Stelle, wo die Betonklötze für die ankommenden Gäste weiter auseinander stehen, da bricht

Siegmund durch. Die Hand auf der Hupe, den Fuß auf dem Gaspedal. Ein Satz nach vorn beim Beschleunigen, fürchterlich knirschende Kotflügel.

– Scheiße, der Durchlass war doch zu eng. Egal. Endlich auf dem Roten Teppich, jaaa! Bremsen, sanft bremsen. Die Räder rubbeln über die flachen Treppenkanten. Nach rechts ziehen auf die glatte Zufahrt. Ganz auf den Teppich. Wenn sie jetzt schießen. Oberkörper nach rechts kippen, Deckung, knapp übers Armaturenbrett schauen, weiter, nicht zu schnell! Keine Panik. Gleich der Links-Rechts-Haken Richtung Glasportal. Kein einziger Schuss. Vielleicht wegen der vielen Leute. –

Am Knick nach links rammt er die Absperrung. Die Fotografen dahinter fliegen weg, die Kameras auch. Schockstarre. Dann Geschrei, schrill, panisch. Schreckverzerrte Gesichter, aufgerissene Augen und Münder. Körper, im Versuch der wilden Flucht, verkeilen sich, verklumpen. Der Direktor! „Weg, du Depp. Spiel' nicht den Helden!" Alles taghell, Siegmund zieht das Steuer nach links, richtet sich blitzschnell auf, reißt am zweiten Haken das Lenkrad nach rechts, kippt wieder in Deckung. Kein einziger Schuss. Er richtet sich erneut auf. Zuckende Blitzlichter, gleißende Filmscheinwerfer. Die Fotografen arbeiten kaltblütig. Sie erleben die Sensation live, die sie umgehend in Wort und Bild rund um die Welt jagen werden.

"Yeah, yeah, yeah!" schreit Peter Siegmund währenddessen und sieht nur den Roten Teppich, das wunderbare, rote Band der Verheißung, das ihn geradewegs dorthin führt, wo Triumph und Ruhm zu Hause sind. Hier entlang, da vorne rein, in diese geile, glitzernde Höhle! „Hallo,

Alexandra! Alex! Wie kommst du hierher? Alex, oh, du lachst so glücklich!“ Er, nur er, sieht sie in XXL auf die riesige Glasfassade projiziert. Wie sie ihn anlacht aus dem Seitenfenster ihres R4. Den Unterschied sieht er nicht, denn nun lacht sie triumphierend, siegreich – nein, das sieht er nicht. Er lacht zurück: „Wie geil war das damals! Yeah, yeah, yeah!“

„Alexandra! Nicht! Vorsicht, da vorne! Die Klippenkante! Steig aus!! Alex!!!“

Im selben Moment gibt Siegmund Gas, folgt dem Wegweiser zum Triumph, geradewegs auf den Felsabbruch zu. Der Haupteingang. Er duckt sich hinters Lenkrad. Die Türdiener hechten zur Seite. Es kracht ohrenbetäubend, die Flügeltüren springen auf, Glasflächen bersten. Scherben regnen herab. Ein Meter messender, gläserner Dolch bohrt sich ins Autodach als wollte er Siegmund metzeln. Unter dem krachenden, klirrenden Glasbruch hindurch schiebt sich das Auto mit letztem Schwung voran und bleibt inmitten wüster Zerstörung stehen.

Ferry Stein hatte etwas geahnt. Er sah den silbergrauen schweren Mercedes auf das Palast-Portal zurollen. Unwillkürlich war er ein paar Schritte in den Hintergrund ausgewichen und hatte sich geduckt, da krachte es schon. Wo er eben noch gestanden hatte, zerplatzen Scheiben der Glasfront auf dem polierten Steinfußboden.

Die Dame im schwarzen Kostüm war hinter dem Tresen in Deckung gegangen, keine fünf Schritte entfernt, wo das Auto jetzt steht. Entsetzt hatte sie auf das durchbrechende Fahrzeug gestarrt, erkannte am Fahrer nur die gelbe Brille und das gelbe Hemd, bevor sie abtauchte.

Im Moment, da das Auto zum Stehen kommt, weiß sie, wer er ist. Ihre Schreckensblässe wandelt sich unversehens in Zornesröte. Während die meisten an ein Attentat glauben und den tödlichen Knall eines Sprengstoffgürtels erwarten, während draußen vor der zersplitterten Glasfront Kommandos gebrüllt werden und schwarz uniformierte Polizisten mit Schutzwesten und Maschinenpistolen im Anschlag vorrücken, in diesen wenigen Augenblicken stürzt die Dame in Schwarz an die Fahrertür, reißt sie auf und schreit ihn an: „Peter Siegmund, bist du völlig durchgeknallt? Willst du Leute umbringen, nur um dein Mütchen zu kühlen? Was soll der Auftritt? Du gehörst in die Klappsmühle gesperrt, du Idiot!“

Während der Schimpfkanonade starrt er sie geistesabwesend aus den schlaffen Airbags heraus an. Sein Blick fällt auf das Namensschild. „Kira Kallwey“, murmelt er. Wie aus weiter Ferne trifft ihn ein Erinnerungsstrahl: „Kira – – du?“

Da wird Kira Kallwey schon von einem Polizisten grob zur Seite gestoßen und Siegmund blickt in die Mündung einer Maschinenpistole. Zwei weitere Beamte greifen ihn, zerren ihn aus dem Fahrzeug und werfen ihn mit geübten Griffen auf den Boden. Handschellen klicken. Der steckengebliebene, gläserne Dolch im Autodach neigt sich unter seinem Eigengewicht zur Seite, fällt und zersplittert im Chaos der übrigen Scherben.

***